望

袁占才◎著

中国文联出版社
http://www.clapnet.cn

图书在版编目（CIP）数据

守望 / 袁占才著 . -- 北京：中国文联出版社，
2018.12（2023.3 重印）
ISBN 978 - 7 - 5190 - 4019 - 2

Ⅰ.①守… Ⅱ.①袁… Ⅲ.①散文集—中国—当代
Ⅳ.①I267

中国版本图书馆 CIP 数据核字（2018）第 266683 号

著　　著　袁占才
责任编辑　周小丽
责任校对　蒋　佳
装帧设计　中联华文

出版发行　中国文联出版社有限公司
地　　址　北京市朝阳区农展馆南里 10 号　　邮编　100125
电　　话　010 - 85923025（发行部）　　85923091（总编室）
经　　销　全国新华书店等
印　　刷　三河市华东印刷有限公司

开　　本　880 毫米×1230 毫米　　1/32
印　　张　8
字　　数　200 千字
版　　次　2023 年 3 月第 1 版第 2 次印刷
定　　价　75.00 元

用心（自序）

袁占才

很多秃顶者，人常谑之曰聪明绝顶，其实不一定；看似憨拙的，抑或肚里不少弯弯绕。人的智商相差无几，从外表多看不出什么名堂。事业成功与否，不在天分怎样，主要看后天努力。天地之大，舞台之广，原是任尔驰骋的，但偏偏很多人有将才而不能领兵，有文采而不能铺展，老死也没找到可供自己任意挥洒泼墨的空间。很多人为生计而奔波劳碌，干的都是自己不想干的事。虽说是金子总要发光，但这一束光芒要等到千万年后人方看见，谁还等得及？羡慕姜太公在八十岁高龄用直钩"钓"到了周文王，真是大幸。所以，我对现今电视中《你最有才》《梨园春》《星光大道》等栏目推介布衣平民的才艺选拔非常赞赏，否则，多少千里马要骈死于槽枥之间，岂不哀哉？

这社会，人才济济，一个位置，吸引多少人虎视眈眈。看看公务员考试，千军万马争过独木桥。所以，在其位，那是需要用心去做好的，否则，勿言愧对了月月领取的几两纹银，更是愧对江东父老，愧对培养和信任你的人。很多人做得不错，很认真很负责，但认真负责与用心去做还是有天大区别的。认真负责，不免过于机械、教条、冷漠，只唯书只唯上。而用心去做一件事，无论做得好与不好，那是在用尽全部身心、日思夜想、千方百计、殚精竭虑，那是不计报酬、无私无畏、克服困难。两者岂可同日而语？！

仿佛是一晃间，我在文联工作已十多年。叹岁月这么快，不知不觉的，花开花谢，春种秋收，怎么就迈过了知天命的门槛，白了青年头。最近几年，我常常夜间失眠，眼望天花板，想想昨天干了什么，今儿该干什么；日子悄无声息地溜走了，不管是它带走了什么、留下了什么，果然许多事情都看开了。儿子大了，像鸟一样飞出去，管不了，也懒得管了；没有投机做生意，或者入股分红；想有点绯闻也沾不上边儿。心就扑在工作上，两点一线，除了上班还是上班，除了想文艺、炎黄文化研究上的事还是想文艺、炎黄文化研究上的事，也自认用心了。至于成效怎样，朋友们认不认可，且不去管它。总之，干自己想干的事，干自己喜欢干的事，权作留下些到这世上生存过的踪迹，也不枉了。

这些年，虽"为几钱散碎银子搔首频频，周游列国"，周日也少休息，然要说荣辱甘苦，该各占一半。为挖掘鲁山地方历史文化，主编了十来部书，经正规出版社出版；还有好几部，未经正规出版社出版，窃喜都印刷得还算精美；有的还获了省奖。《尧神》季刊也坚持办了下来。办份杂志那是相当不容易的一件事情，从组编稿件，到排版印刷，环环相扣。还成功申报了"中国牛郎织女文化之乡""中国墨子文化之乡"。鲁山是华夏文明的滥觞地，想想习总书记提出的文化自信，鲁山这两张文化名片价值蛮高。文联的几个文艺家协会隔三岔五活动不断，文艺界的动态像核裂变一样在微信上传来传去，我心甚慰。只是自己心境不净，散文少写了许多，寥寥几篇也是应景之作，不免又有些遗憾。

在第一部散文集出版后，我就想着以后不再写了，因为爬格子实在太苦太累。虽说好文章可担负起经国之大业，但要写得如《六国论》或《阿房宫赋》，千古不朽，那是需要祖坟上冒青烟连带蒿子劲动的。我辈写点儿东西，除了证明自己会码几行文字外，亦可能徒增文字垃圾。好不该我们太爱文学。文学到底是什么，弄得我们多少人如痴如醉，神魂颠倒？弄得我多少次暗下决心不写了不写了，但还是又写了？弄不明白，就沉浸其中权作=种幸福电。我写东西，没有一遍成的，总是放了又放，改了又改。有人说，你写文章比生孩子都难。诚不谬也。所以，人央我写点什么，说："你会弄这，一会几就成了。"我一听就来气。

写了这么些年，到现在，虽然没有一篇自认为比较满意的作品，但敝帚自珍，这些篇什不汇集起来似乎是个缺憾；汇集起来，日后翻翻看看也算是个念想。书名曰《守望》，一乃取书中一篇文章之名，二则表达我对鲁山历史文化的一种守候和期望。

我非处江湖之远，长期做的是文艺工作，对于鲁山厚重而又博大的文化瑰宝礼敬有加。多少农人，一生一世会守着那三分薄田，栉风沐雨，播种希望，收获幸福；但我分明守着中华的原点文化，朝夕与共，我很想让人们都从心灵上去感悟鲁山这原点文化的荣耀与魅力。鲁山的历史文化，分明是一坛陈酿，愈品愈醇，也分明是一个地方精之所存、气之所蕴、神之所附；在文脉兴盛的今天，承接地域文化之律动，吮吸地域文化之源泉，我很想让更多的人去品味去陶醉，由之迸发出强大的凝聚力和创造力。出集子，人都找名人作序，偏偏我认得的全国散文界的名人少，我看中人家，佩服人家的文章写得好，人家未必看中我；又想，即使人家勉为其难，写几句夸我的话，意义也大不到哪儿去——索性还是自己啰唆几句罢了。

2018年1月3日

精神家园守望者的情怀（序）

鲁厚之

当今，物质生活丰富了，吃穿无忧，可读书的人少了；居舍富丽堂皇，一应尽有，却不见书本堆案；通信业发达了，地球变成了村庄，鸿雁传书的真情没有了；经商的人多了，经济殷实了，但精神家园空了。有多少人心甘情愿去清贫地守护这个家园？正如袁占才在《守护精神家园》一文中所说："每个人心中都有一片情感的天空，都有一块精神的高地。"的确如此，他一生一世"无怨无悔，倾情执着，苦行僧般做了守护神，站了瞭望哨，成了守望者6"袁占才本人就是鲁山这片精神家园的守望者。他用一颗赤子之心，弯下腰来，小心地捡起散落在鲁山大地上的一块块古文明的碎片，又用情感的胶水一点点地把它粘合起来，形成了鲁山独特的文化内涵。

袁占才是板板正正的文人，官至县文联主席。做官鞠躬尽瘁，两袖清风；作文洋洋洒洒，华章迭出。鲁山这片文学的田野，在他的带领下人才辈出，硕果累累，满园葱茏葳蕤。

及至读了这本集子，才真正了解、认识了袁占才，才知道了什么叫"位卑未敢忘忧国"，才懂得了"精神高地守望者"的高尚境界，才悟出了什么是"清贫坚守""参禅面壁"。

这本书从日常小事到家国大事，娓娓道来，如数家珍。语言朴实亲切，但又不乏妙语佳句，间或甩出些稍事调皮的冷幽默，让人不知不觉进入书中，一钻进去就不愿出来。或一种大气撞击着情怀，或一股暖流润泽周身，这便是一个精神高地的守望者的家国情怀。

摒弃浮华　清贫坚守

鲁迅当年弃医从文，是为了唤醒黑暗中沉睡的民众，鲁迅觉得医术只能拯救人的身体，文学可以医治人的思想。而当时中国落后的根本原因在于思想。鲁迅先生就是想利用文学的力量改变中国的国民思想。他本可以成为一代拥有优厚待遇的名医，但为了理想，却偏偏选择了注定清贫一生的文学事业。袁占才在这方面不无雷同，也是弃医从文，他偏偏喜欢在文化的原野上播种，清贫劳累地坚守着，因为他"对这片土地爱得深沉"。他用自己毕生的精力去守望，要给世人带来一股别样清新的空气，让其洗涤喧嚣与浮华，氤氲物质极大丰富中的人们的精气神。

如果人世间的工作让你任意挑选的话，你会挑选什么呢？工作不存在好坏，喜欢干的工作，就是好工作。干我所干，爱我所爱。袁占才是最幸福的人，不为名利而庸庸，不为琐屑而碌碌，一心守望着精神家园的一方净土。在任恪尽职守，光明磊落；退居坦坦荡荡，心无旁骛。

胸怀决定了一个人的高度，渊博决定了一个人的长度。天地苍苍，乾坤茫茫，而高度和长度都具备的人实在难能可贵。

一瓣心香　悠悠情怀

登泰山而小天下，望大海而小溪流。泰山之高不辞抓土，大海之深不拒溪流，故能成其大。袁占才心里装的是故乡的"人物"，装的是文化原野里的禾苗，装的是鲁山的历史文化。

袁占才背着"责任"的行囊跋涉在鲁山大地上，去追寻开启中华古文明的密钥，去呼唤屈原、墨子回归故里，去挖掘历史文化的精髓。十几部大书堆积案头，容易吗？多少次皓首穷经，多少次焚膏继晷终不悔，因为，他把自己融化在了文化的绿野里。

走着走着，他发现："竟穿越了这么多古文化，难道冥冥之中，历史是在给鲁山一把密钥，让我们在这里开启中华之古文明？"（《在鲁山追寻开启中华古文明之密钥》）为找寻这把密钥，开启古文明的大门，几度风雨，几度春秋，他最后把行囊装得满满的。"文化像阳光和雨露，滋养我们的心灵，培育我们的风骨，它让我们的胸襟更加博大，情怀更加高远，让我们直起腰来走路。"（《让文化滋养我们》）袁占才是黄土地上养育出来的作家，亲眼目睹了故乡人因为没有文化所遭受的苦难，也亲历了有些现代人因缺乏文化滋养而轻狂浮躁、暴殄天物的现象。比如："山案一样的点菜，可总是吃的没有剩的多，浪费触目惊心。好多人觉着可惜，但又恐失了面子，不好意思打包，于是一任扔便扔吧，倒便倒吧。"（《蜕变的舌尖》）这些让作者心痛。古人云："历览前贤国与家，成由勤俭破由奢。"如果这些人但凡读一些古训，就不会浪费如此巨大。接着，作者以自己少年时为例，告诫人们要懂得珍惜，千万别肚子不饿精神饥。

精神世界丰沛的人，总是阳光灿烂，心绪悠然。墨子屈原回

归，一段历史光耀鲁山，他兴奋；天河飞架，一泓碧水绕鲁山，
他奋笔疾书；山城巨变，一道亮丽的风景，令他拍手称快。本
该歇歇了，但他还思念着"乡里的人物"，还有端午节心灵手巧
做香囊的"四婶"，想着家乡醉人的毛桃花，想着那片曾经滋养
过自己的土地；想着鲁山横空还世的花瓷，想着牛郎织女那经典
的爱情；想着草根艺人李福才，想着挥毫飒飒的青年书法家王峰
涛；想着人怎样才能活出价值来。真是进亦忧，退亦忧，然则何
时不忧也？这就是《守望》者的内心自白，这就是心香一瓣、情
思悠悠的原生态的袁占才。

星光闪耀　激励后人

20世纪八九十年代，袁占才在鲁山文坛就伊声名鹊起，报刊
佳作不断。那时，我在二高教书，无意中《尧神》的前身《鲁山
文艺》闯入了我的视野，我一页页地看下去，很是激动：大学毕
业这么多年，整天在教科书和高考题之间流连忘返，无暇看什么
文学类的杂志。之前我最爱品读上海的《朝霞》，后来《朝霞》
停刊了，我便常常想：如果能拥有一本属于自己本土的杂志该多
好。及至见到《鲁山文艺》，梦景成真，就有一种亲切感和投稿
的冲动感。我鼓励学生去投稿，在县委三楼简陋的办公室里，袁
占才编辑热情地接待了我的学生，给予他们指导和激励。每次占
才都让学生捎信：让你们老师勤来做客，今后多来稿件。其实，
我一次也没去过。那些年，有《鲁山文艺》相伴，我的学生写作
文的激情特别高，高考成绩也是最好的。感谢《鲁山文艺》给师
生提供了一个创作的平台，飞跃的跳板，他们得益于语文水平的

飞升，都考上了理想的大学。

十年过去了，《鲁山文艺》不见了，其间我还多次打听过，却没有答案。但《鲁山文艺》和袁占才的名字像刻录在了我记忆的硬盘上。我常常把以前的《鲁山文艺》拿出来读给学生听，有时还印成剪辑报，发给学生。其中有曲令敏的、周国平的、毕淑敏的、梁衡的、周涛的、卞毓方的等等，但袁占才的最多，因为他离我们最近，最接鲁山地气，孩子们喜欢读。

又一个十年过去了，在文化馆接孩子，几次都和袁主席擦肩而过。直到2007年，袁占才的名字和《尧神》出现在了大众的视野里。从《鲁山文艺》的停办，到《尧神》的崛起，其间所经历的风风雨雨，酸甜苦辣，三言五语难以述之。读了袁主席很多文章，却似曾相识而不识。2010年我退休，一次偶然的机会，参加林旷德《妈妈领着我们闯关东》座谈会，才和袁主席对住了号，并认识了《野太阳》的作者叶剑秀。

小小县城，相识竟如此漫长。

人间相聚皆是缘，不觉转入此中来。退休之后的日子，《尧神》便与我作伴，寂寞的人日子充实了，心情也舒畅了，真正找到了精神的归宿地。《尧神》给文学爱好者提供了广阔的平台，这个平台上人才荟萃，有高山仰止、妙笔生花的老前辈，有中流砥柱、才华横溢的文学精英，有才思敏捷、前程似锦的文坛新秀。他们各领风骚，撑起了鲁山文学的一片蓝天。

《尧神》就是鲁山人的精气神，《尧神》就是鲁山人的精神高地，《尧神》就是鲁山人生存的第二个太阳。它像空气、水分、氧吧一样滋养着鲁山人的心灵。每当看到人们捧着《尧神》孜孜不倦阅读的时候，我就看到了鲁山的希望和未来。贫穷不可怕，精神贫穷最可怕。鲁山人很富有，因为拥有《尧神》这座精神宝库，还有什么困难不能战胜呢？

小杂志，大舞台。当浮云将要遮望眼的时候，当淘米的溪水将要浑浊时，袁主席领着我们用圣洁的文字去拥抱家乡的青山绿水，用神奇的笔去拨开喧嚣，寻求静谧，让孤独的人获得快乐，让忧伤的人追求美丽。

生活在墨子故里这片充满希望的大地上，处处都是诗，处处都是文学，每一寸土地里都渗透着神韵。怪不得，袁占才在文中写道："多少次想停笔不写了，可总是又停不住。"为什么？因为有多少时代的心音在这里回荡，有多少迷茫的心灵在这里看到归途的阳光，有多少文学的浪花在这里激荡、冲撞，汇成华妙的海洋，有多少山城才俊要从这里踏上有力的跳板破浪远航。他能放下笔吗？能做一个真正的闲云野鹤吗？

文字是情感的水滴，文章是情感的波浪。袁占才用心灵去守护《尧神》这颗温暖人心的太阳，一字字、一篇篇地去书写，去撞击人们心底的海岸线。他写了一篇又一篇，写了一本又一本，文思的野马总是收不住缰绳。他是文化界的一股清流，滋养着一代代新秀，繁荣着鲁山万紫千红的文学的春天。读读这本集子，你会有一种别样的收获，会有一种心灵的撼动。相信，一个痴情守望者的家国情怀会碰撞出你心底的浪花。

2018年6月21日

目录 CONTENTS 守望

目录

在鲁山追寻开启中华古文明之密钥

　　鲁山原是一片湖，但现在人们已感受不到丁点儿湖的概念，倒是我，在尧山顶曾捡到过鱼的化石。难道是谁在山下拾一块化石扔上山去的吗？不会的，当然是火山爆发，地壳运动，湖底隆起，奇峰才立耸，山川方秀出。汩汩的温泉，浩浩的盐田，乌乌的煤田是佐证。水流荡荡，蚩尤带领部族沿河渔猎农牧，繁衍生息。这位民族英雄怎么会选择这么个山水丰茂之处耕作猎狩、制陶养蚕？怎么就选择这么个资源富饶之地采沙澄金，冶炼铸造？而后人是记取了这位牛头人身、豪爽英武的战神是如何攻城掠地，拓展疆域，与轩辕黄帝战于涿鹿之野，强强相依，共筑华夏文明的，所以后人就取其赖以生存之河流叫灌水来纪念。那时的滍水是什么样子呢？郦道元在其《水经注》上说"发源岩穴，滞沉洋溢，箭驰飞疾者也"。郦道元做了多年的鲁阳太守，这位地理学家是看中了鲁山这块宝地自动请缨到鲁山任职的吗？《水经注》用大量的篇幅记载了鲁山的地理风貌，他对鲁山的山川那是再熟悉不过了。是鲁山成就了郦道元，还是郦道元把鲁山推向了一个历史地理的高峰区？遗憾的是今人把这条日渐瘦弱的河流叫作了沙河，湮灭了历史的印记，少人忆得起滍水昔日猎猎的辉煌了。

　　滍水之源在尧山，一瓢泉纳百流恣肆成汪洋。勿言《水经注》考其源头出南阳鲁阳县西之尧山，巍巍尧山该是中原的喜马拉雅山，尧山之玉皇极顶当是珠穆朗玛峰了。我在玉皇顶上，一屁股坐了三个市，一双眼看了三个地：南眺宛襄广袤无垠，北望伊洛帝都之气，东瞻平顶山浮光耀金。可别小觑了这座尧山，崇山峻岭掩映在层层叠叠之中，却成了三大流域的分界线分水岭，三市虽都属中原豫地管辖，然而河汉迢迢，扭扭头，往南看的是悠悠白河，入了汉水，入了长江；伊河蜿蜒，转转头，往西北，迷迷蒙蒙中，则是伊水过了伊阙，注了黄河；瀑流飞泻，抬抬头，湍水东走，住一住腿，打一个漩，聚一泓昭平湖，歇一歇脚，眯一个盹，凝一碧白龟湖，这才恋恋不舍地去了淮河。

　　有道是山不在高，水不在深，关键是看山上有没有仙，水中有没有龙。尧山因帝尧在此驻跸而名，尧无疑是古仙；温水因蚩尤所居而得名，蚩尤乃真正的古龙。铜器铭文中所见之蚩尤为水畜，蚩尤以蛇为图腾，蛇即是龙。史书载：古鲁县，御龙氏所居；张衡《南都赋》言："远世则刘后甘厥龙醢，视鲁县而来迁，奉先帝而追孝，立唐祀乎尧山。"那位养龙的高手刘累何以要奔了鲁山而来？亦恐是因鲁山遍地生龙。姑且不论这龙到底是个什么动物，刘姓的老祖宗是不愿把自己这门养龙的技艺荒废了啊！那公"潩"与"尧"这两个符号当之无愧就成了鲁山远古之魂灵。

这就不难理解鲁山怎么会成为兵家必争之风水宝地了。你也争，我也争，争来争去，争得周唐属了洛都京畿之地；春秋战国成了楚之北陲，楚庄王为保安全，就在鲁山周围的峰岭山脊上修长城打边墙，四百多年后的秦始皇也是学习了楚修长城的经验，才大规模筑长城。楚长城就成了秦长城的鼻祖；争得鲁之东南西周时就封作族姓古国，其后又建肇邑肇城，历经千年，把中国最早的一座屈原庙也建在了笚城，大量的史料和民俗佐证，肇城是三闾大夫屈原之故里或谓第二故乡；争得在鲁之南熊背与南召交界处设置鲁阳关，王莽一路追杀刘秀，眼看要追上，合该刘秀坐江山，乌鸦叫着在鲁阳关的古路上为刘秀引路，刘秀这才逃过劫难，终成一代帝王。争得大唐盛世时鲁山归到洛阳汝州管，那位与岳飞齐名的抗金英雄牛皋，史书上一直记载的是汝州鲁山人。放眼华夏，说鲁山南控宛襄，北扼伊洛，莫如说南连巴蜀，北通秦晋。这鲁山人虽不喝长江黄河水，却是属过长江流域再属黄河流域，今又归了淮河流域。也难怪鲁山口音风俗兼容并蓄，泱泱华族，独此一县也。

鲁山有无数幅远古的画卷，最为亮眼的当是仓颉了。仓颉真的是生在了鲁山葬在了鲁山吗？但鲁山的山山水水是无不打着仓颉造字之烙印的。我曾多次走在鲁山仓头乡山岭村间，对这片神秘而又神奇的土地顶礼膜拜，溯古复原，聆听大禹冢、楚长城、青古寺、古墓群向我倾诉四目仓颉是如何探求宇宙与自然之奥秘。如果要问：中华民族高贵在哪里？我们的回答是，高贵就高贵在文字；中华民族的遗传密码是什么？首推是汉字DNA；中华民族血脉中流淌的是什么？当然是汉字文化。当我置身于冢高数丈、红石围砌、大殿巍峨、廊庑俨然的仓颉古祠，陡生无限思古之幽情：仓颉，他老人家怎么会纠结于先民结绳记事的烦琐，用象形的图画文字来传情达意？他是禀承天命来鲁山造字的吗？心有千千结，想必仓子爷内心有无边无际无穷无尽的孤独，这才能够在丽日巡天的白昼察鹿迹羊蹄，观鸟虫鱼态，在繁星点点的夜晚仰望苍穹，把无限的心思都付诸到造字上。"始作书契，以代结绳"，仓颉用文字开启人类心智的混沌。文字的力量实在是太伟大也太可怕了，当仓子爷把电光石火的文字呈于世人面前时，山川起舞，河流律动，上天下起雨点般的粟米，灌满了仓头无数个窑洞，这就不难理解仓头乡何以有十几个带"窑"字的村庄地名。而鬼怪也被惊吓得在夜间哀鸣不止，仿佛他们的末日就要来了。"惊天地，泣鬼神"的来历盖源于此。如今的汉字虽早已脱去仓颉始创之状，但分明原始密码还在着。气韵濡染，薪火承传，我们有无数个传统节日，鲁山的汉字节是重中之重，这是我们文化自信的具体体现。

载入中华文明史册的圣贤人物，也就那么几个思想能自成体系的带"子"的人：老子、庄子、孟子、荀子……鲁山的墨子，在毛泽东主席看来，他不做官，那是比孔子还要高明的人。仔细想想，的确是这么个理。作为墨家的创始人，墨子的"十大主张"与今天的平等博爱、崇贤尚能、倡导节约、构建和谐一脉相承。墨家虽是与儒家并称"显学"，但墨子却是平民百姓的代言人。我们听听在鲁山传唱的墨子的歌谣："披头发，大脸膛，橡壳眼，高鼻梁。一身黑衣明晃晃，皂角大刀别腰上。雉鸡翎，发里藏，肩上挎个万宝囊。一双赤脚奔走忙，天下污浊一扫光。"这不就是裂裳裹足、摩顶放踵为天下苍生不停奔走呼吁的平民圣人的形象吗？！多么的深入人心。墨子名翟，翟也即雉鸡，如今鲁山的山里还到处有山鸡，冷不丁就能捉上一只。这也就不难理解鲁山的五六个乡镇要么建有墨子祠，要么建有墨子坊，要么建有墨子庙了。辛集还有一座穷爷庙，庙里塑的也是墨子像，当地百姓说，这墨子是为咱穷人办事的么，咱不敬他敬谁？

　　与鲁班相比，墨子毕竟游走于底层与士大夫之间，地位和身份都是比较高的，而作为能工巧匠的鲁班，他与墨子关系密切却又有较大差异。两个人自小就是好朋友，在一起比放风筝。能成为发小的，住的相距肯定不远，无疑鲁班也是鲁山人。墨子崇尚科学，以人为本，兼通工匠技巧，能把实践经验上升到理论高度去认识，抽象出修身、治国、平天下的道理，是哲学家、理论家。而鲁班是个敬业爱岗、技艺精湛的巧匠，是创造发明的能手。二人曾有过四次比巧，比的虽是高超的技艺，体现的却是各自的美好愿望，展示的却是各自的博大胸怀。这二人救世，不是以鱼授人，而是授人以渔。如今我们提倡学习工匠精神，不就是学习他们俩各自的长处吗？

中华文明或文化之精髓在精神，可感可触在文物。鲁山有四个国家级文物保护单位，两个在城中心，另两个一在城南一在城北。在城南的是汉代冶铁遗址，为南阳最大的官家铁工厂，占了四个世界第一，当时技术领先世界；在城北的是唐代段店花瓷遗址，泥土升华，又属艺术范畴，连著名的收藏家马未都先生都说鲁山的花瓷在中国的陶瓷史上意义非常重大。一技一艺，亦算工匠精神之传承。

提起上面这些古人，十亿华人，没几人不熟悉他们名字的，但虽熟知其名姓，却不一定晓得都出自鲁山。怨不得鲁山挖掘宣传不够。虽然史学家们纷纷在说得中原者得天下，得鲁山者得中原，但毕竟战略转移，三十年河东，三十年河西，这几十年，山川秀丽的鲁山成了豫西闭塞贫苦之地，像闺阁中营养不良之美女。所幸当政者慧眼，提出要大打文化品牌，实施"三都一地"发展战略，三都即智慧之都、花瓷之都、家纺之都，一地乃爱情圣地。纵观几千年，鲁山出这么多名人，于今千万学子游子又建功立业于世界各地，确乎智慧非凡；而值钱的古物多不就是瓷器吗？由低温窑变到高温窑变华丽转身、受到玄宗喜爱之贡窑花瓷，乃宋钧鼻祖，无疑是中华瓷器之根本，岂不更值得打造。

　　说起这家纺之都、爱情圣地，更有意思。鲁山地产，驰名天下者，首推鲁山丝绸。作为《诗经》中的故乡，鲁山柞蚕丝绸在周代已为高贵衣料。用鲁山柞蚕丝织成的绸子，着一色而五彩斑斓。传说，这鲁山绸由西王母之幼女织女巧手织成，寂寞的织女自天宫义无反顾与牛郎结缘，她是携着嫁礼——吐丝之"天虫"到鲁山来的，鲁山的山间这才有了遍野的蚕宝儿，"牛郎织女""仙女织""织女织"由此成为驰名世界的品牌。"一带一路"之古丝绸之路，无论源头是在西安还是在洛阳，其实根儿在鲁山，善于负重致远的一队队骆驼叮叮当当所开拓出的丝绸之路，那是从鲁山出发，往南去了水路，往北到了欧亚。无怪乎家纺业大亨要云集鲁山，家纺之都并非无缘之木，爱情圣地又是人心向往的祈福之地。

　　文化内涵深邃，那是会让心儿荡起无限涟漪的。而再深邃的文化比不过古文化深邃。巡礼山水鲁山，竟穿越了这么多古文化，难道冥冥之中，历史是在给鲁山一把密钥，让我们在这里开启中华之古文明？

我们都做了春的俘虏

　　春与冬的厮夺，不像战争，硝烟弥漫，杀声连天，而是悄无声息地进行着。去年，冬尾巴冥顽不化，僵而不死，苟延残喘多日，冰化了又结，结了又化，今年，冬的特征并不太明显。按说，春打六九头，由残冬到初春，该非常短暂才是。这个叫"春"的姑娘，到了这时刻，该迎面扑来，蓦然回首，她就站在我们身边才对。今年却是有些特别，天气虽然和暖，但我们扭脸回望多日，还逮不住春的倩影。我晓得，春就爱捉迷藏，她让我们找寻久了，晤面时才有情趣。她的性格是那么的温柔，她的声音是那么的甜美，她的面庞是那么的妩媚，她的气韵是那么的典雅，我们谁不怦然心动？有朝一日见了她，我们怎不臣服于她，拜倒在她的石榴裙下，甘愿做她的俘虏？

　　春首先俘虏的是风。风有形，冬天，她心肠冰冷，手里攥一把刀子割人，割得人生痛。忽然有一天，她一改狰狞的面孔，变得柔顺起来，贴了人的面颊，狗尾巴草似的，轻轻一甩，甩得人心里痒痒的，舒展展的；她拂一拂柳梢，不经意，柳眉嫩芯，吱吱哇哇可以吹响了；她顺着地皮，梳理大地的肌肤，钻进地缝，那种柔韧劲，连再坚硬的土地都让松动了。地表下的虫儿呀、草儿呀什么的，胆大胆小的都想探头，要和春近距离地接触，零距离地亲密呢。

转瞬间，春张开怀抱，万物俯首帖耳，轻易成了她的俘虏，被她收编进门。太阳为大地罩上一层温暖的光环，山川披一袭透明的纱衣，禁锢了一冬的溪水开始唱起小曲；细白的、粉嫩的、浅紫的、单个的、簇成团的、满坡满野的，各色花儿带着一脸的娇羞，千姿百态，向春谄媚。有一些花儿，比如桃梨，没有枝叶遮掩呢，也闹嚷嚷挤上枝头争宠。春一一接纳。不要说春泛爱主义，她飞一个媚眼，任谁骨头都酥了醉了。

勿言天地万物受不了春的诱惑，不能用语言倾吐的，就可着劲姹紫嫣红，展示其曼妙无比的美丽；能够用语言表达的，譬如鸟儿，百灵、画眉，唧唧啾啾，婉婉转转叫个不停，从这根树枝跳到那根树枝上，更多时候是听得见声音看不到影子的鸣唤，那种高兴和俏皮劲甭提了。这语言我们也可能听不懂，但鸟儿自个儿懂，春也听得懂。

当然，说到底，是我们被春俘虏了去。春搅破了冬的残梦，搅碎了我们酣懒的旧梦，搅得我们心池荡漾。年轻的紧赶着往春情里走，年迈的也复苏了青春的激情。春一旦穿上这新娘的嫁衣，立即，我们的听觉被鸟声包围，我们的嗅觉被花香引诱，我们的视觉被鲜艳夺去，我们的心被这个季节劫持。春让我们无可奈何地陷落其中，沉湎于内，不能自拔。在春的怀抱里，我们一无所有，我们却拥有天地万物。在其它季节里，我们懈怠彷徨，可能忍受不了酷热和严寒，不愿意去奔波劳作，而在这个生机盎然的季节，因为我们的心被俘虏了去，即便没有人催促，我们也要匆匆忙忙赶着去赴约，去耕耘播种。

皆因为，心甘情愿，我们都做了春天的俘虏。

桃花开在盛春里

桃花一开，这春便盛到了极致。

春原有三节儿，是谓初春、仲看、暮春，曹雪芹却把她分成四节儿：元春、迎春、探春、惜春。我辈俗人比不得雪芹分的深刻，咱从万物生长的角度去瞎揣摩，亦不妨把春分为嫩春、盛春、残春。这头一节儿，什么都刚刚露出一点点儿，清鲜鲜可以入口的，姑且称嫩春；这二一节儿，桃花嫣然出篱笑，天地都让桃李照得睁不开眼，蜜蜂和蝴蝶围着她们使劲转，弄得人心神也一摇一颤的，感叹整个春天再没有比这时候更好看的景，就叫盛春吧；三一节儿呢，流水落花，花褪残红，残春是也。

在春天，桃花是最重要的角色。桃花一登场，百花逊色，春戏就算唱到了热闹处，人们纷纷走出户外，争睹桃花之容颜。说来，春事刚发生时，岁月是随着万物一同苏醒的，但风还免不了凛冽，草色遥看，无名小花儿壮着胆开在不起眼处，还是零零星星的几朵，成簇成团云霞般涌入眼帘的气象没有。寻寻觅觅，是有争暖树的早莺和衔春泥的新燕，而早莺仅仅几处，新燕又不知钉飞往哪家去了？嫩寒未发，花寒懒发，寻春要有些敏锐才行，愚拙如吾辈者，是难以捕捉到春之律动的，那么就继续赖在被窝里，只待听一场润物的夜雨催开桃花的心事了。

种桃，不但花儿开得好看，果儿也吃着甜。这世上有很多树呀草呀只开花不结果，也有只结果不开花的，像桃树这种既开艳花又结硕果的真是不多。桃花一簇开无主，豫西鲁山的山里，房前屋后，山寺沟坎的，多生桃树，以野桃毛桃居多；毛桃一经嫁接，就长成了大白桃，所以鲁山人格外喜欢桃树，说是能给人带福来的。近些年，荒山成了金山，略一治理，坡坡岭岭，山民们都种成了桃树，浇过水施过肥，一样的桃之夭夭；看林丰庄园、凤凰山庄、下汤万亩桃园，桃林漫山遍野。虽说桃的花期短暂，但早开接续着晚开，绵延月余，花事缤纷，一入鲁山，仿佛进了桃花王国，高低起伏，灼灼其华，分外妖娆。

争开不待叶，桃树的开花是等不得叶子的。疙疙瘩瘩、曲里拐弯的桃枝，眨眨眼，那一骨朵一骨朵的花就密密地沾上去了，刹那之间，无数桃花，白的可劲的白，红的可劲的红，粉的可劲的粉，原本结节突出、丑陋无比的桃枝也变得美丽起来。老树着花无丑枝，桃树也是在以丑为美吗？人在想方设法对抗衰老，但扭曲盘转的桃树不怕老，年年在诗意地绽放，给人以美的享受。

看这无数桃园炫彩夺目，胜过邻家漂亮女孩儿的婚嫁场景，即使不邀约，也该去凑凑热闹才对，何况都蛰伏了一冬，身心急需刺激和滋润。久在樊笼里，复得返自然，桃花一开，春情勃发，于是，城市里，有闲人士携家带口，不惜驱车数百公里蜂拥而来，车靠车车连车首尾不见，人挤人人挨人摩肩接踵，在桃花的掩映之下，手机咔嚓咔嚓拍个不停，少男少女们是叽叽喳喳笑个不停。

　　花儿之中，心事最重的要数桃花。秋雨梧桐叶落时，春风桃李花开日，由桃而及人，这盛春就很值得人去吟咏了。表面上看，桃花日日笑看春风，该开就开，该落就落，似乎并不太重情重义，但实际上，牵挂她的人多了去了。面对桃花，风雅之士良多"年年岁岁花相似，岁岁年年人不同"之慨，即便有无限的感伤情怀，晓得"崔颢题诗在上头"，也羞惭得不好意思再抒发了；而春梦依依之少男少女心事惆怅，独钟情于"人面不知何处去，桃花依旧笑春风"的诗句，惋惜于茫茫人海擦肩而过的那人不再，明白岁月无情，红颜已老，机会稍纵即逝。而走入婚姻围城者，面对这姹紫嫣红，则很容易想起同桌的你。至于"侬今葬花人笑痴，他年葬侬知是谁；……一朝春尽红颜老，花落人亡两不知"的伤怀则过于悲怆，并非人所共有的。

　　要想与桃花产生共鸣，只可一个人去，寻上一处开着桃花的清净之地，哪怕就一棵开着。林黛玉正在葬花，宝玉一去她就葬不成了。如今，人们去到桃园赏花，人多得蚂蚁一般，哪里还能想一想无限的心事，思辨出些桃红又见一年春的哲理。

人被这社会环境逼得已少有心灵的净土，只剩了浮躁和喧嚣，从大城市里出来，为的也只是散散心悦悦目，纯粹的赏桃花罢了。桃园的主人面对这么多游人，明白挡是挡不住他们来的，却又无计可施，整日里愁眉苦脸。有头脑的朋友就劝他：这万亩桃园，目遇之而成色，谁来看都是看，既然挡不住，何妨办个桃花节，不收他们门票，可着劲让他们来。这桃花节要比樱花节、槐花节、杜鹃节好，那些个花只开花不结果，气势也没有桃花壮观。说给桃花办节，来的人定然会多，人都图个新鲜热闹么。百里迢迢的，人来了，饭总要吃吧，钱就掏给了饭店；山货要带点儿吧，这地儿的百姓就得利了；桃子熟时，保不齐桃子熟时这些人还会来摘桃子，省得你出去卖了。园主一听好主意，赶紧邀会写两笔的朋友在微信上发布，说定于某某日举办桃花节，相互传开，成了当地一大新闻。桃花节那几天，果然车马塞道，县乡派出上百名警察疏导交通。园主人怕来人折了花枝，就去上汤金凤花卉公司定做了桃花花环和大个儿鲜艳的寿桃，邀村上几个漂亮姑娘做模儿，照一张一块钱。这花环和寿桃看上去比真的还真。山里姑娘也都是见了大世面的，她们并不怕羞，摆弄出无限风姿，任凭"长枪短炮"对准了照，权当宣传自己，将来不愁找不到个好婆家。附近百姓把自家在深山里拾的却舍不得吃的猴头蘑菇摆在了路边，亦有把自家养的土鸡用红布条绑了来的，还有七八十岁的老头老太，从地里薅来了鱼腥草、蛤蟆皮、翻白草、黄黄苗、水芹菜的，说这草清热，那苗祛火，单方治大病，神奇无比，五块钱一小把儿，果然卖得快，眨眼工夫没了。桃园主人家二婶，看邻家大人小孩都在挣钱，急了，把自家年关时捂的一二十把儿酸菜也汇到路边。城里人山珍海味儿腻了，图吃个新鲜，看见酸菜，说多少价给多少钱，二婶一晌午就卖完了，喜得二婶乐颠颠的，逢人就说她也会在家挣钱了，还是他侄娃子栽这桃树好，办这桃花节好。

　　说来，顺时应势，这也是如今山里农家乐旅游的妙处。桃花节算是把春演绎到了极致。

藏　者

　　人这一生，免不了收藏一两件心爱的东西。别人不屑一顾呢，自己是踏破铁鞋无觅处，千方百计搞到手后，视若宝贝，藏在家中，为的时不时看上一眼，会心一笑。这样的收藏，在寻求一种心灵的愉悦，藏者与藏品间有根琴弦弹拨无声，却产生了共鸣。这共鸣别人感受不到。抑或只此一件藏品，可作传家宝的，却并不藏起，而是天天带在身边把玩，玩得这物件明光，有了灵性；也可以放在明眼处，故意炫耀，人见之，就津津乐道于藏品的历史，讲得三转九叠，让人羡慕不已。二者的共通之处概乎藏者达道性情也。有一个人，得了件古董，卖又不能去卖，藏又不忍藏起，干脆做了猫碗，里面搁一点猫食，放在大门口，把猫拴在碗边，自己则坐在一旁假装闭目养神。有行家识货，游走至此，心中窃喜，以为要捡漏，害怕直接买猫碗主人生疑，声称买猫，高价谈妥，捎带讨碗。主人摆摆手笑了，说："我卖了几个猫，这'碗'，你出多少钱，我也是不卖的。"买主恍悟，明白陷入猫主布的阵中。这就叫聪明反被聪明误。叹服这样的人堪为玩家，是真正的藏者。

衣食足，知荣辱。钱太多，花也花不完，带又带不走，只剩了数字的概念，并没有太大的意义。小鸟无存折，天天悠悠于枝头，不停地歌唱；人类积存许多东西，希望增值，不免时常忧虑与叹息。爱钱倒不如藏古币，把那开元通宝、乾元重宝成串地挂在墙壁上，比之把人民币存银行成一串数字好看。痴迷艺术，不妨搜求字画，淫浸在溪畔幽居、春水野渡的氛围中。爱抽烟的不妨收藏烟盒火机，嗜酒的不妨搜罗酒标酒瓶。回忆每一种烟酒的味道，沉醉于一方天地，品鉴它留给我们的生活气息和独特回忆。我有一友，爱酒亦爱书法，字写得不怎么样，对于各类酒的酒瓶酒盒上，字是谁人所书，品评得头头是道，论起前两年有两种酒，广告做得不小，何以在鲁山市场上未打开销售局面，皆因字非名家所写，缺乏风骨。连书法都没有什么品位，酒味儿又会好到哪里去。谬也？不谬也。

搞收藏乃雅趣。贪官们有朝一日成了阶下囚，从家中搜出不少名人字画，这贪是谓雅贪。雅贪比之只爱钱财美女的贪官们让人怜惜多了。审美情趣不同，收藏品类各异，不要以为只有收藏瓷器青铜器古玩字画才算正宗。剑走偏锋，藏界不乏特立独行者。某人喜古诗文，每读《诗经》"月出皎兮，佼人僚兮，舒窈纠兮，劳心悄兮"，抑或曹植《洛神赋》"凌波微步，罗袜生尘"句，不免联想古时女子行走时"一步三摇"的美态就心惊摇颤；爱鸟及物，竟对古代女子之罗袜、肚兜、绣花鞋产生出无限爱恋之情，遂广求天下这方面的东西，在一般人所不屑甚而不耻于收藏的特殊空间中，一头扎下去，透过历史的罅隙，深入研究起这古代的香艳文化与服饰，最终出版一部女性私密专著，用独特的视角，把古代女子时隐时现、含羞内敛的体态美感呈现在读者面前，让我们窥见古代女子丰富的情感与审美世界，成一景也。还有一位淘宝者，搞老广告收藏，兴之所至，在浩如烟海的故纸堆中披沙沥金，历时数年，出版几部鉴藏老商品广告的著作。可谓失之东隅，收之桑榆。更多的藏者因爱好而"积物"，像英国王储查尔斯，癖好是搜集形形色色的马桶，尤其名人用过的，陈列于自家储藏室中。他是想在另一种蔚为大观中探究名人的隐私？说来查尔斯自己也是名人，惜乎未出一部《名人蹲桶的尴尬》。积物的目的在于积学，不少人积着积着有了质的飞跃，搞着搞着搞出了名堂，无意插柳，却成了专家学者、藏界名人，有了收藏家的称号。歪打正着，这是始料不及的。有成语叫玩物丧志，说的是人玩赏自己所嗜好的东西，而消磨掉了奋发的志气。搞收藏有时也需要这样的境界。如果不仅仅止于玩赏，而是深入研究，则是玩物励志了。

如今，收藏之热似乎如火如荼，实际上，多是隔岸观火，推波助澜，而真正肯巨额投资，名副其实，拥有工数蕊口的并不多。期望从收藏中获利，非超人的胆略与雄厚的资金而不能。拍卖会上动辄千万元的拍卖那是要担风险的。我辈俗人，囊空如洗，如果倾家荡产搞收藏，难免为物所累，也太悲哀。何妨藏几幅地方名人的字画，沾一沾文化的气息，受一受艺术的熏染，不让人以为过于浅陋无知，也不失人生一道风景线。切实的收藏莫如结合自身爱好，亲近自然，搜一石之奇，求一木之异，陶情冶性，有无限乐趣。鲁山有很多这样的人。爱奇石的成立起观赏石协会，爱根艺的成立起根艺协会，玩得都很愉快。人以群分，大家聚在一起，滔滔不绝，有说不完的奇妙经历和独特感受，提及哪一件藏品，就引以为豪，不免勾出一段美好回忆，说出一段收／藏历史。收藏活动追求的是一种境界，它给人带来的快乐与充实，与金钱没有太大关系。那么我们何妨在闲暇之余，做一名藏者，以平和的心态，收集生活中让自己心动的甚至是极普通的东西，享受这些司空见惯，却承载有独特生活体验和文化感悟的藏品所带给我们的乐趣呢？！

瓷　魂

先民由猴变人，从树上跳下来聚群居住时，首先想到的是盘泥捏器储存食物。这泥捏的器物当然既要耐用也要好看，不妨就放到火窑里烧烧。不料，这些泥器竟在火中涅槃，窑门开启，被赋予了神奇的文化密码。

陶瓷和人一样，都是泥土的杰作。土掺水和泥若烧成了陶瓷，不管是用它当尿壶还是置于案头把玩欣赏，这泥土就升华成了金贵的东西。怪不得陶瓷能成为民族瑰宝，宝到连英语china（中国）的原意都要用瓷器表达，就在于它的遗世独立名扬寰宇。沧海桑田，风云激荡，历史留给了我们什么东西？留给我们的唯有沉甸甸的书籍和陶瓷。书是圣贤们的心血，陶瓷是窑工们的心血，二者都是历史文化的精髓，都是美的一种独特存在，都需要细心阅读。发黄的纸页直截了当教诲我们，沉静的古瓷却让我们去幻想意会。观其器形，抚其胎纹，我们会穿越历史，油然生出无边思古之幽情。

无论什么东西埋到地下都是要速朽的，朽不掉也黯淡无光了，连铁器青铜器也免不了锈迹斑斑。唯古老的瓷器深埋于地下那是最好的储藏。它耐得腐蚀，经得考验，愈经岁月打磨愈加生辉，以至于辉成国宝，受到世人的无限追捧。海底发现一艘沉船，那船上沉的若是瓷器，何止于价值连城。《红楼梦》中有一块来自女娲补天的通灵宝玉。玉经了打磨就有了灵性。说来，这瓷器经了煅烧，也算是通灵宝物了。

泥土是陶瓷的前生，陶瓷是泥土的新生，瓷又是陶的再生。古人也可能是受了太上老君炼丹的启发：那孙悟空在炼丹炉里七七四十九天不是炼得一双火眼金睛吗？就把这器物装到窑炉里，用上好的柴木去烧炼吧，看它们是不是也能炼出个金刚之躯。但窑工们实在想不出窑内到底是在发生着怎样的变化，心就一直提溜溜悬着。一天，两天，累了，困了，找人替换，不眠不休。急不可待了，打开来看，泥土成了陶器，有了质的改变。但在这炼狱般的过程中，窑里的温度是怎样的升腾着呢？窑工们想知道窑里边浴火重生的状况，就又在窑口处留一个瞭望口，塞进去几块泥条，是谓火照，隔几个时辰取出来看看这泥条变化到什么程度。数着星星，三天，五天，持续不断地加薪烧火，总以为温度已高得不能再高了，又取出火照来看，一种特别的惊喜终于呈现。窑变效果出来了。打开再看烧出来的东西，那风格，有的朴实恬静，有的热烈奔放，那釉色，有的碧如蓝天，有的艳如彩云，层次想象不出来的丰富，真可谓"入窑一色，出窑万彩"啊！这可高兴坏了窑工们，意识到开窑分明开得恰到好处。柴烧的陶瓷并非美轮美奂，掌握不好火候，一窑货指不定能不能烧出一件精品，但柴烧散发出的是一种浑厚古拙之美。这也正是柴烧家们陶醉痴迷，苦苦追求的一种自然与人性的最高契合：木材燃烧，焰火窜入窑内，留下了柴木温柔驻足的痕迹，这种驻足没有粉饰之气，唯有倾心真淳的滋润。它与之后的煤、气窑烧形成的高温有着天壤之别。它让我们明白，这世间万物，只要能倾心真淳去滋润，都是能够收到意想不到的好的效果的。

因为温度的高低变化，由陶到瓷华丽转身，于是，人世间，完成了一个由大俗之物到大雅之物的质的飞跃，进而由原先陶的实用引为瓷的欣赏。

陶瓷啊，它经了几十道工序，是窑工们在泥土与柴火间寻找契合点，让泥土与柴火自然对话，亲切交流，共同舞蹈，血脉相融的结果。难怪陶瓷是有灵魂的，她温润得养手养眼养心。

陶无声，瓷无语。繁华落尽，千年古瓷，朗然有声。它凝缩着各朝各代的风骨：古朴自然是秦汉以前农耕文明的反映，雄浑庄重是泱泱盛唐的享配，精致内敛是宋代偏安尚文的体现。一枝独秀的元瓷，浓艳多姿的明瓷，繁缛富丽的清瓷，良莠不齐的民国瓷器，都是当时社会理想、审美情趣、科技能力的展示，是时代最耀眼的光环。还有什么东西比之陶瓷能承载这么多文明发展的信息？

　　现今之家庭，稍有点儿文化味的，就附庸风雅，在客厅里摆上个博古架，淘得几件瓷器，旧的也好，新的也罢，见客人来，就滔滔不绝地介绍。风雅总比庸俗的好，摆几件古瓷要比摆几件石膏像的好。鲁山有几个人，其貌不扬，却令我刮目相看：吸的劣质烟，骑的破车子，兜里没闲钱，但谈论起陶瓷来，一套一套的，到家里一看，更让我大吃一惊：屋子里摆的尽是瓷器和瓷片。说这一件是他花多少钱买来的，那一件是他花多少钱淘来的，大堆的瓷片是从古瓷窑遗址上拣来的，都是捡了漏的。我说干脆卖给我一件吧，他们断然摇了摇头，他们说他们的魂都叫瓷"钩"了去了，这些个瓷到了他们手里便再也不忍心卖出去了。我说，你们给我介绍介绍瓷的品类吧，他们就说这瓷的器形多了去了，有碗罐瓶盏，有壶碟盆盘，有钵盒盅鼎，有匣盂筒枕等等，何止于百千种。又介绍每一器形上的不同图案，精雕细刻，手工描绘，各呈异彩，目不暇接，眼花缭乱，每一样都是不出重复的。说不重复那才算得是艺术，不然的话是工艺了。我听得似是而非，虽然还是不太明白他们怎么就迷上了瓷器，但自那儿以后，自己竟然也对陶瓷感兴趣起来。

蜕变的舌尖

　　我们的舌尖不行了，什么入口都淡而无味。为刺激感觉，大把大把放佐料，嗜辣嗜香嗜咸，寻艳猎奇，不敢吃的东西统吃。害怕客人吃不好，山案一样的点菜，可总是吃的没有剩的多，浪费触目惊心。好多人觉着可惜，但又恐失了面子，不好意思打包，于是一任扔便扔吧，倒便倒吧。

　　是什么原因造成了舌尖的退化，味觉的蜕变？窃以为不是化肥农药上得多了，而是生活条件好转、过于丰衣足食之故，天天肚皮撑着，什么也不再新鲜。深层里，恐怕是很多人没有挨过饿，体会不到由饥饿所引起的一系列无奈而又残酷的生理心理反应。如果他曾经饥寒交迫食不果腹；如果他经历了万般劫难，生存环境受到过严峻挑战，曾经被饿得奄奄一息，我想，对于粮食、饭菜的珍惜就会大不一样，吃什么也都会有味得多。

　　回忆起我小时，虽然常常受饿，但是吃什么都有味道，感觉香甜可口。

　　我小时正逢"文革"，家中姊妹又多，记忆里肚子总是空落落的，放学到家见母亲，先扒筐儿掀锅盖找吃的。娘说："你是饿死鬼托生？"我委屈："肚子饿，我有啥办法！"那时，一天三顿，多玉米糁汤煮红薯，即使变花样，还是以红薯作主料：红薯叶红薯干，红薯面红薯馍，离了红薯不能活。吃红薯吃得心酸害怕，提起来爱恨交加，既感谢它让人活命，又疑惑这土地何以只会生长这东西。

　　一年里，平时难见一丝腥荤，逢年过节中才割那么一点点儿肉，割的是肥多瘦少。肥肉香。即便如此，母亲还总是把肥膘再过过锅，油熬出，封存起来炒菜用，油渣则剁碎掺进萝卜馅包饺子。这就是节日最好的生活改善。有一年，我偷剜腥油化到稀面条碗里津津有味喝时，被母亲发现，挨了一通骂，再不敢了。

　　大哥成家后分门另过，大嫂有哮喘病，瘦得像细麻秆。大哥心疼大嫂，挖窟窿打洞挣俩钱，进城割一小疙瘩儿羊肉，剁成馅儿包饺子，自己不吃看着嫂子吃。嫂子却也并不独吃，总是先盛一碗半碗的，避着我等姊妹们端给母亲。母亲见了，皱皱眉，叹叹气，摇摇头，接了，自己也舍不得吃一个，留待我们回来，这个分两个，那个分三个。问母亲为什么不吃一个，母亲回说她不爱吃，我们也并不为怪。背人处，母亲劝大哥："你不会说说她，过日子要精打细算，细水长流。"大哥只一味嘿嘿地笑。大嫂早逝，若干年后，老母还逢人唠叨："多孝顺的媳妇。"说着说着，她眼角就湿润了。

那年月，"贼来不怕客来怕"。怕也不行，客来也还是要倾力倾情招待的。外出借盐、借面、借鸡蛋是常事。借面烙馍，不烙油馍烙饼馍；三两个鸡蛋，煎得黄鲜鲜的，覆到萝下丝菜上面，好看。吃饭时，母亲把我们姊妹几个哄到灶间，怕我们的馋相扰了客人的食欲。客人也都知道我家的窘境，凭了母亲怎么劝，只象征性取一两块儿，就放下碗筷说吃好了。母亲心知客人的意思，赶紧把剩菜剩馍端出来，给我们一人卷一个，催上学走。我们乐颠颠地慢慢享用，吃一路唱一路，整个下午，上学格外有精神。

及至上高中住校，一周背几斤玉米换粗票，拿一瓶萝卜丝作菜。冬天天凉还好些，夏天，周四左右萝卜丝就变味了，忍着吃到周六。我算是我们家上学学得好的一个，特殊待遇就是常随了父亲进城卖红薯粜粮食跟班算账。我乐得去的一个主要原因就是粜完粮食父亲会给我买一毛钱一碗的胡辣汤。这是对我的最高奖赏。胡辣汤麻辣，蜇得舌头忍不住伸到口外，实在过瘾。村上十一叔被誉为"故事篓子"，我缠着让他讲了很多"瞎话儿"，最爱听的是他讲"王小砍柴"，说那王小偷来一个拨浪鼓，一摇，瞬间，"四盘儿两碗一火锅，正中间夹着热腾腾的小蒸馍"。那时，我认为人生的最大幸福就是天天喝胡辣汤，隔三岔五能四盘两碗火锅一回。

这样的日子，虽吃不饱，但贴肚皮强忍饥，稀溜溜未断沟，毕竟还算不得过于忍饥挨饿。有的学生家里更为困难，几致饿晕过去。闲来，我们相互交流饥饿的感受，这个说："我饿得两眼发绿，喉结一伸一缩，大脑一片空白。"那个说："我一阵阵眩晕，看眼前东西什么都是吃的。"还有说："我肠胃蠕动，像狼掏不是狼掏，像刀剜不是刀剜，前心贴后心，六神无主。"我对饥饿的体验没有他们切肤，但感觉到了饥饿恣意蹂躏无辜生命的悲痛。及至后来听老集入讲 19 世纪 40 年代初的大饥荒、60 年代初的大年懂，野菜、树皮、草根吃尽，又吃滑石吃麦秸，人或浮肿饿死，或撑胀而死；庆幸生之也晚，遇了这样的好年代、好年景。

人在饿时，是没有什么闲情逸趣的，甚而更多的是对于人生的失望或绝望。如果说有企求，那就是吃一顿饱饭。饮食父母，吃穿用度，吃排第一位，再怎么勤劳，风里雨里不停干，雪中冻裂缝裳手，却依然是儿女争开啼哭口，这日子还有什么过头？！"野蔬充膳甘长藿，落叶添薪仰古槐"，能够野蔬充饥却吃得甘美，靠古槐落叶当柴毫无怨言的女人不多，而像郑板桥"归来何所有？兀然空四壁。井蛙跳我灶，狐狸踞我床"，穷困潦倒到这步田地，还用阿 Q 精神调侃，这样的男人更是寥寥无几。

有一首诗曰："东风满天地，贫家独无春。负薪花下过，燕语似讥人。"说的是穷人是没有春天的。穷人只顾低头背柴快往家赶用以煮粥果腹，哪管得了花间呢喃的燕子讥笑我们不懂得珍惜春光?

家贫无春是对大人而言,但春天却也赋予了入间不少可吃的野物,一任贫家挖春采春煮春吃春,把春吃个透,于是吃出一种味道:苦、微苦。所以,在过去,这春天还有一个名字叫"苦春"。原本很多是属于春天里用来欣赏的东西,都拿来入口。也真是苦了春天。孩子们的春天则是另外一个样子。他们虽不晓得赏春惜春,却知道摘花捕蝶,速鱼捉鸟,扒蝎撵兔,什么虫虫蛐蛐,哪怕拱粪堆的屎壳郎,掐头去尾,火里烧烧,锅里焙焙,缺油少盐的,也心花怒放,满嘴喷香。他们很少去管什么春荒难度。

我辈童年正如苦春。

春光只有那些衣食无虞的有闲阶级欣赏。鲁迅评论《红楼梦》,说经学家看见《易》,道学家看见淫,才子看见缠绵。我第一次看红楼,什么也看不懂,只见了这些富贵簪缨族们的骄奢豪华;只见了红楼开夜宴;只奇怪大观园这些公子姐儿他们这么靡费钱是从哪儿来的?只记得其中有一道菜叫"茄鲞"。说这"茄鲞"用茄子做成,有一点茄子香,却还不像茄子。怎么做成的?是把才下来的茄子皮削了,只要净肉,切成碎丁,用鸡油炸了再用鸡脯子肉并香菌、新笋、蘑菇、五香腐干、各色干果子,俱切成丁子,用鸡汤煨干,将香油一收,外加糟油一拌,盛在瓷罐子里封严,要吃时拿出来,用炒的鸡瓜一拌是了。不单刘姥姥听得摇头吐舌,看得我也是摇头吐舌,不知不觉间口水都流下来了，心想世上还有这么一道菜。怪不得刘姥姥说这一顿饭抵得上乡下人一年的口粮呢。别说这些个东西混在一起又经过这么多制作工序，单是其中哪一样，我也是见都未见，尝也未尝。想想她们真会享受，实是在暴殄天物。

说话间，改革开放 30 多年过去，胡辣汤可以天天喝了，不用拨液数，隔三岔五也可以四监两确一火钢了。再贫图，也衣食无虞，春光明媚。一般家庭，四季都是鸡鸭鱼肉不断，水果蔬菜新鲜，山珍海味常见，副食糕点齐全，煎炸烹炒，想吃什么做什么。吃的概念由生理的果腹升格为养生、解馋、觅食、猎奇，天上飞的，地下跑的，都想尝个遍。我们的生活比之大观园也有过之而无不及。仔细想想，你我想吃什么倒情有可原，然令人痛惜的是，如今名目繁多的宴请增多，"舌尖上的浪费"触目惊心。觥筹交错、举箸买醉，公款吃喝，吃的没有扔的多，岂非在犯罪？岂非暴殄天物？

追苦思甜，忆往比今，我们实在没有必要、更没有理由浪费。因为我们都是从苦日子里过来的。

适度饥饿，感受饥饿，对人生不无裨益。

天河飞架

　　为润泽京津，汉水北去。这一渠碧泓，斗折蛇行，走南阳，过方城，匆匆莅鲁，于鲁之马楼乡薛寨村北腾空而起，由渡槽承接，飞越沙河、将相河、大浪河，在鲁峰山东南隅牛郎洞下回落地面，渺渺然朝东北方荡去。

　　好一座天河飞架。

　　这一座沙河渡槽总长 12 公里，总投资 27 亿元，被誉为天下第一。其 U 形槽身单重 1200 吨，单跨 30 米，最高处距地面 9.6 米。而槽身厚度却只有 0.35 米。槽身之重，槽壁之薄，跨度之大，世间少有。

　　因之，鲁山人觉得叫她沙河渡槽不平等，太俗。鲁山境有南北干渠两条，每条上都有渡槽。这么个光耀华夏的工程，若也叫渡槽，岂非鱼龙相混。于是，承载牛郎织女文化的鲁山人，就为她起了一个新颖的名字：人工天河。

　　飞渡未建成前，是鲜有人联想及此的，即便想到了也会心疑：像不像天河呢？然而当汉水北来后，一泓清碧绕鲁峰山半圆而过。站在这座海拔 300 多米高的锥形山顶，触目山周方圆 20 公里内无数的牛郎织女遗址，想起古诗句"迢迢牵牛星，皎皎河汉女"，你就会恍悟：民俗厚重，民风纯朴，天河飞架，造化神功，天河佐证。心香一瓣自然而然缥缈到瑶台之上：地域文化有魂，这真是一座人工天河啊。

因一条天河之名的依附，这个传说故事愈加凄美生动。鲁山是中国牛郎织女文化之乡。牛郎故里钟灵毓秀，织女情地沙河扬波。牛郎洞正应着这座飞渡。汉水悠悠，渠水汩汩，叫人工天河再恰切不过。因了天河飞架，鲁山的这个文化符号更加完备，文化精髓更加凸显。

这也是地理机缘造就。

话说回来，神话中那条天河原是王母娘娘金簪所划，今天，从丹江口到北京这条天河，乃人工修建。千年前的那条天河虚无缥缈，今天这条天河乃人间奇迹。中华文明诞生过无数奇迹，这一条不舍昼夜向北输水的大动脉，比之大运河和都江堰这两个彪炳千秋的水利工程，又伟大几许？！千里长龙，天外飞来，辉映世界，整个一条水脉，强劲的律动着，确乎是一道长长的人工天河啊！

而这道人工天河的精华，是鲁山的沙河飞渡。

"南方水多，北方水少，如果可能，借一点儿水来也是可以的。"早在 60 多年前，一代伟人指点江山，挥斥方遒，就提出了这样一个大胆的设想。然而，要让江水改线，汉水北行，听起来无异于天方夜谭。且不论需要移民几十万，耗资数千亿，试想，丹江口与北京，相距千余公里，落差仅百米，要穿越700多条河流，翻过无数的障碍，实现自流，谈何容易？

尤其是要跨越宽阔的黄河与沙河。

甘苦寸心知。为了南水北调，为了人工天河，全国上下做出了多大努力？鹰城儿女做出了多大奉献？鲁山人民又做出了多大牺牲？

窄窄的一条渠堤，斜穿鲁山5个乡镇，占去可耕土地6000余亩。

为了大局，牛郎坟附近数百亩正在盛果期的葡萄藤被果农们含泪拔掉。国家赔偿实在微不足道。

牛郎故里辛集乡义不容辞，担负起淅川县河扒村1600多口移民的整体搬迁安置工作。乡党委和政府从交通便利、土质最好的6个村征收2000余亩水浇地分给移民群众，为他们盖最好的房子，为他们提供最优的生活条件。移民人均土地超过当地不少村人均数。

然而，再怎样倾情倾心，饱受故土难离、乡情难舍折磨的移民百姓与当地村民还是矛盾重重、纠纷不断。该县辛集乡党委原书记邢春瑜提起那段时日，既觉辛酸又感欣慰。他说："为了一江清水北流，比起离家前，面对着老屋旧舍，祖宗坟茔，三跪九叩，一步一回首，满怀无限眷恋之情踏上迁徙之路的库区移民，我们吃点儿苦受点儿累，又算得了什么？！"

　　开凿这样一项旷世宏伟的水利工程，需要贯通古老的治水智慧和现代化的调水技术，追求千年大计民生工程的卓越。在施工现场，我无数次被豪迈壮烈激情澎湃的场景感动。钢筋密织，焊花飞溅，墩柱支撑，水泥浇铸。建设者挥汗如雨、高空作业的镜头让我触摸到当今时代强劲跳动的脉搏，让我真切感受到中华民族无畏无惧克难攻坚的信念信心。

　　终于，十年之役，人工天河成功通水。

　　原以为汉水北输，匆匆过平，我们所做的是无私奉献。不料去夏从无缺水之忧的平顶山竟发生千年不遇的干旱。多亏近水楼台，这一泓清泉提前惠及鹰城儿女，解倒悬之急，亦算未雨绸缪。

　　年末岁尾，冬阳和暖的一天上午，我站在鲁峰山顶南天门处远眺。东看，新城区高楼鳞次栉比，风貌崭新；东南望，白龟湖笼在一片轻纱似的薄雾中，如梦如幻，仙境一般；西南观，浮光耀金，山色辉映中，沙河飞渡，天堑飞鸿，斜刺里似要朝着鲁峰山肚腹钻。整个飞渡背靠鲁山城，似弓形彩虹状，岂非人工天河？

　　织女应无恙，当惊世界殊。感谢南水北调的设计师们具有先见之明，把举世瞩目的现代水利工程与历史文化深度融合，造就了新的人间奇异景观。

　　不禁想起《阿房宫赋》中的句子：长桥卧波，未云何龙？复道行空，不霁何虹？

　　南水浩如是，北调见清魂。千里奔流、震惊寰宇的一条
人工水脉，再没有一个制高点像站在鲁峰山上俯瞰眺望，看得
如天河这般气势宏伟了。

　　面对着从天外引来的这一泓碧水，我感佩中华民族改造
自然、造福人类的豪迈与伟大，虔诚默念：无论我们受未受惠
于南水，每个人，皆当心怀感恩，珍惜这生命之泉源。

小时候的端午

　　20世纪六七十年代，豫西乡间节日，过得最热闹的数春节，过得最热烈的是端午，乡人把音念转，叫过"耽误"。可不，端午前后，麦浪正滚，上午，麦梢还不十分十的黄呢，隔个中午，热风一吹，麦就黄得犁眼，要赶快下镰开割，保不齐晚半天，这饱墩墩的麦子就焦到地里。偏偏乡人兴过端午节，两下里挤到一起，心一急，可不就把"端午"化成了"耽误"。

　　当娘的体会端午节的分量，推波助澜，把歌谣唱给孩子们听：

　　　　五月里，午端阳，
　　　　家家户户收麦忙。
　　　　炸油馍，软又香，
　　　　瞧瞧俺的丈母娘。
　　　　五月里，午端阳，
　　　　清早起来上北岗。

竹叶青，猫眼黄，

艾蒿插到门两旁。

五月里，午端阳，

一头扎到青水塘。

包槲坠，撒冰糖，

香布袋挂到脖子上。

五月里，午端阳，

屈爷庙里上炷香。

鞠个躬，磕个头，

保俺中个状元郎。

孩子们跟着唱"瞧瞧俺的丈母娘……香布袋挂到脖子上……保俺中个状元郎"。

做父亲的听在耳里，不免叹息一声。

怎样既过好端午，又不耽误麦收呢？不妨就赶着往前过节。一进农历四月半，当娘的就买来辛夷、朱砂、香附子以及五色线等，讲究的买更多，什么川芎、菖蒲、苏合香、冰片、白芷、麝香，都是些芳香开窍的药，掺到一起，好闻得很，趁空穿针引线绣香布袋。绣成，先挂孩子们脖子上瞅来瞅去，看做得好不好看，给当娘的脸上长不长光，然后再摘下来，挂到屋里墙上。任凭孩子们哭闹要戴，也不给，非得到端午早上才给戴，就像春节大人给小孩们买的花衣裳，要等到正月初一早上才能穿到身上的。而一旦戴上去，孩子们睡时也并不再摘下来。有谚说："戴个香布袋，不怕五虫害。"这时节，蚊虫蠢蠢欲动，这香布袋清香驱虫、避瘟防病，功能多了去了。

我那村子，很多家都绣香布袋。做得好的数后院的四奶。四爷去世早，四奶四个闺女，没有男孩，俩闺女嫁到城里。闺女们孝顺，逢节就掂着果子匣回来看娘。闺女带的果子四奶并不稀罕，我去四奶家，四奶总撕开匣子叫我吃。四奶家院里有棵老枣树，枣儿结得稠，叶都落光了，四奶才把枣拿出来可劲塞给我。我没事就往四奶家跑。

四奶手巧，早早的，她就让闺女买回各种香草，再让闺女从城里的缝纫铺里带回些边角布，花花绿绿的。一入四月，四奶就，上面再绣些花鸟图案，再把白刺刺的蒜秆剪成一截一截穿上去。家里没男孩，收麦的事她也不用管，闺女们自己的麦不收也急慌慌回来给娘收。四奶呢，只是忙着做香布袋，到了初五早上，就拄着拐杖挨家挨户送人，这家三个，那家五个的。那一天，我吃着娘包的煮的榭坠、大蒜和鸡蛋，脖子上挂着四奶奶送的香布袋，心里头甭提有多高兴了，一年里学习都格外提劲儿。

四奶死时，村里人差不多都去了。

现今，农村已少有人绣香布袋了，倒是城里大街上，到处是推着三轮车，车上三面挂香布袋卖的，把豫西的端午氛围烘托得格外鲜艳，可惜走近细看，多是机绣，少了手工的抽美。

再说炸油馍。端午的前一两天，乡村里，空气中弥漫的油馍香盖过了新麦的清香，节日的气氛达到高潮，家家户户放下麦收炸油馍。日子都过得紧巴巴的，平时，很难吃上一顿油馍，这时节，又收又种的，正出力流汗，做父母的也想着犒劳犒劳全家。油多用菜籽油，也有用香油炸的。炸油馍要三个人，一人揉面切面，一人捞馍，一人烧火。火苗烧旺，窜出灶门老高。人出家门，嘴上留香，指上拈香，袖里盈香，打个喷嚏都是个香，连树上的鸟雀儿也都楚到庄上闻香气来了。油馍炸成，首先要让当外甥的扣一篮送给姨啊舅的，热络热络亲情。

要是谁家孩子订了亲，这端午节就又被附上另一层的含义：男方家必要给女方家送油馍，一直送到婚后第一年。婚后第二年，生了孩子，就不再送了。瓜菜半年粮，吃不饱穿不暖的，订亲和结婚，亲家翁不一定要很多彩礼，要也拿不出，各方倒是都很看中年来节到的瞧亲戚，尤其端午送油馍，七大姑子八大姨的，直近亲戚都送，一家一"三号篮"油馍。用细竹篾编的三号篮，一篮能装五六斤。碰上大户人家，一二十篮子，咬着牙也得送。百十斤面，得炸满满一天，盛好几簸箩。也难怪，农村里，生个闺女，当爹的噘噘嘴说："又生个油馍篮。"

炸油馍也有顺口溜，记得是这么溜的：

炸油馍，和面团；

搅呀搅，拌呀拌；

生着火，把柴添；

拉风箱，火苗蹿；

油锅热，直冒烟；

捞呀捞，翻呀翻；

眼也馋，嘴也馋；

先送给俺丈母娘解解馋。

不会炸油馍，炸出来难吃难看，会炸，虚凡凡的，外焦里嫩。庄上，我本家大哥会炸油馍，那几天，家家来请他去炸。他炸的"炉盘油馍"，是一绝，像真炉盘一样，两端相连，中间的"炉齿"粗细均匀，焦黄焦黄。"炉盘油馍"的秘诀在于既好看又体积大，一篮子装不了多少，就鼓堆起来。当年我十二爷给他亲家送节就是这么送的，后来，亲戚成就，亲家嫌我十二爷精细，总说十二爷是"炉盘油馍"——虚巧二空。

我六叔订了邻庄一大姓人家的姑娘。每年端午，得送22家亲戚。满庄子找不够三号篮，就找来送米面的柳编屉斗代替。油馍上面覆几片槲叶，槲叶上面再盖条红毛巾。毛巾要新毛巾。谁家平日会备一二十条毛巾？也出去借，把好几家的花枕巾都借来了，借来的枕巾脏，洗了又洗，晒了又晒。东西备齐，又借来辆新自行车，在车后座上绑了两根桐木棍，摞得山一样。

篮子绑得多，骑不成只好推着走，好在，路不太远。

要是路不好，怎么办？准新郎只好用挑子担着送。路远呢？用架子车。记得小时候在路上遇到过好几次这样的情景。早几天与县作协主席叶剑秀说到这个话题，他就说，他们村有套着毛驴，拉着架子车送端午油馍的。我之婚龄时，这一风俗已经淡化，丈母娘说不用送了，但我父母还是遵从了农村习俗，专门炸了香油馍让我扛了两篮子送过去。

于今，油馍不再是稀罕物，订婚娶亲照了钱的头儿，农村里，端午送油馍的风俗也不见了。

中国的传统节日是与吃、穿、送连在一起的。中秋吃石榴送月饼，春节吃饺子送元宵。端午吃的习俗倒还有不少样，只是送的概念淡去了不少，谁家包槲坠，给邻居们送几个尝尝鲜，但扛着篮子瞧亲戚的不多了，这多少有些遗憾。

古典爱情

　　我没有惊心动魄的爱情经历，但我常常沉浸在古典爱情里不能自拔。相信不少人都有这种感受。古老的爱情故事像鲜花一样生动了几千年，像一坛埋入地心深处的"女儿红"，时间愈久，便愈加绵甜醇厚，无论其是悲剧抑或喜剧，总叫我们涕泗横流。漫长的历史长河孕育出了无数可感可叹的古代爱情。正因此，这些生生死死的古代爱情成了诗歌戏剧，成了爱情的经典。

　　我一直认为，古代诗词中，唯爱情诗词成就最高。古代诗人把这一类伟大而永恒的主题契合自己的感受讴歌描写得深刻到无以复加的程度。把两情相悦时的种种心理插上翱翔的翅膀，飞越过时空的阻隔，升华成超乎寻常的想象。仿佛古代诗词是单为爱情诞生的，因为爱情，古乐章才如此璀璨辉煌。字字珠玑，文字的组合蕴含入世爱情的蓓蕾花果，便产生了无穷的张力，美妙的音韵自几百数千年前的诗人手中弹拨而透过，无论轻拢慢捻抑或乍然訇鸣，把你拢入到一种怦然心动感同身受的情景之中。"巧笑倩兮,美目盼兮""所谓伊人,在水一方""窈窕淑女,寤寐求之"……这些《诗经》中的诗句,令人恐极尽铺陈亦难传其神韵。"静女其姝,俟我于城隅,爱而不见,搔首踟蹰",寥寥四句,岂不就把男女幽会前心急如焚之美好心态表露无遗?"山无 陵,江水为竭,冬雷震震夏雨雪,天地合,乃敢与君绝。"今天痴男怨女们的山盟海誓,比之千年前这一对坚贞不渝的绝唱是不是已经感到了容百完刀?敢不敢承认自愧不如?

天涯地角有穷时,只有相思无尽处。古代由于交通不便,战祸不断,情人分开,夫妻别离,此后相隔千山万水,生死茫茫,相互空劳牵挂实在又放心不下,清夜漫长,谁个不起相思?相思始知海非深。一寸相思一寸灰。这便时时想起昔日相恋相爱的情景,沉醉在过去美好的时光中不能自已,"春欲暮,思无穷,旧欢如梦中"。此情可待成追忆,所以,古代爱情诗中相思诗词占了很大比重。"月不长圆花易落,一生惆怅为伊多""情似蓝桥桥下水,年来流恨几时干""思君如满月,夜夜减清辉",这些都是直抒胸臆的诗句。古代没有火车飞机,没有手机电话,杨贵妃想吃鲜荔枝,还得飞马从四川运,待运抵长安却也已经枯萎了。布衣男女的相思实际也是无可奈何,恨到极处亦难到天涯,排遣不开时则积忧为"枕上潜垂泪,花间暗断肠"了。有捎书带信之人,一行书信千行泪地写成,亦未卜何日夫君才能接到——思念深时,竟会产生错觉,"终日望君君不至,举头闻鹊喜"，可惜的是喜鹊也常常不理解春闺怨女的心情，不能够把郎君送回——思念深时，竟会产生幻觉，"打起黄莺儿，莫叫枝上啼，啼时惊妾梦，不得到辽西"。刻骨相思，竟把自己幻化成一只飞鸟，于梦中飞越万重阻隔欲到丈夫戍边之地。情痴更兼意淳。正因了体会的不同，这些五彩缤纷的感人肺腑的思念，把古典爱情阐释得更加深刻，过滤得更加纯洁神圣。

　　古代美丽的女子隐匿在乡间，鲜花一样一朵朵开在山野，除了皇宫的选美，多就花开花谢，终老村野，她们很少能在世人面前展示自己的美丽，可不像现在，当明星做模特上杂志封面。古代四大美人的有口皆碑那是因其在古典爱情中关联政治才演绎一段段佳话：采桑女罗敷史传千古则因其贫贱不移的高尚心灵；令老百姓赞叹不已、谈论不休的"梁山伯与祝英台""董永与七仙女""许仙与白蛇"等，则是因为我们于苦难中赋予了这些爱情更为传统的审美意趣和人生向往。这并不是说古典爱情完美无缺，古代婚姻的一妻数妾，从一而终等都不可取，但今人的泛爱主义又有几人心中珍藏有一段纯洁的爱情。那些圣女般看似超凡脱俗的胭脂女孩一个个招摇过市顾盼生情，撩拨得你心旌摇颤。待掀开面纱又有几人不是浅薄无知腹中空空，一朝又去傍了大款。

　　相比之下，现代爱情比古代爱情是逊色和退化多了；对于爱情的理解和实践，也平淡肤浅多了。因了生活的浮躁和喧嚣，爱情已不再是月上柳梢头、人约黄昏后的小夜曲，而是灯红酒绿的奢侈；因了交通和信息工具的发展，爱情也不再是"情人怨遥夜，竟夕起相思"以及"风吹荷叶动，无夜不摇莲（恋）"的意境；那些深沉、含蓄、韵味无穷，鲜活了唐风汉月、厚重了历史的千古绝句也已很难再产生。借此，现代爱情比古典爱情，怎不汗颜？

说说豫剧

　　至今不明白，中原文化怎么就孕育了豫剧，其苦乐忧凄，人生七情，怎么就能表现得如此行云流水、横空出世般的酣畅淋漓！多了一份慷慨高亢，多了一片明丽欢快，多了一曲悠扬悦耳。是八百里伏牛山之回应？是兵连祸结胸中块垒郁积唯一吐方快？是疆场驰骋几多忠良骁将可歌可泣几许奸佞挡道可唾可骂？历史的风云恍在耳畔猎猎作响，真善美和假恶丑在这里激发和碰撞，这才有了花木兰花打朝抬花轿对花枪；这才有了风流才子皇帝告状血溅乌纱五世请缨狸猫换太子穆桂英挂帅……

　　豫地中原三大剧种：曲剧、豫剧和越调，唯豫剧雅俗共赏。三者虽粗可归类入苏东坡手执象牙板歌曰"大江东去浪淘尽"中，然又以越调为稚拙率真，大腔大调；以曲剧为深沉幽邃，温润和缓；而豫剧则浪花飞溅、百川汇流，取数剧之长；是故民间有顺口溜："粗越调细二簧，论听还是梆子腔（河南梆子即豫剧）。"正因此，国人推波助澜，作为地方戏的豫剧，大有与国粹京剧争雄之势。河南电视台《梨园春》更是把豫剧演绎到如火如荼、妇孺皆喜的程度。烟花楼台，空蒙迷离，吴侬软语，多情虽是仙凡之缘，毕竟不可企及，那越剧黄梅等缠绵之曲听时虽可使人幻化入内，但听后又不免怅然若失，仿佛只此一段恩恩怨怨空劳挂牵；而豫剧多争雄斗智纵横捭阖枪刀剑戟，文武万般真实笃信爱恨分明，观之如饮甘露岂不快哉！出个题目：我国哪个剧种观众最多？我想不少人都会答曰"京剧"，其实不然，这跟问你世界上使用哪种语言的人最多，答案并不是英语而是汉语一样，这答案也不是京剧而是豫剧。据统计，就剧团的数目上，豫剧乃全国第一，观众最多；湖北河北有，陕西山西有，不唱自家唱人家，普天之下皆龙种；就连台湾也成立了个"飞马"豫剧团，评选出"豫剧皇后"来，足见其流风之广了。

这块土地虽然贫瘠，但真诚而质朴，大方而热情，从《诗经》的歌赋比兴、酬和答问，佐以几千年的杀伐征战和世世代代的摸爬滚打、耕耘劳作、困苦煎熬，是否由此便孕育和酿造出了这足以提神解乏、消灾祛难、释疑人生的豫剧？把一切怀想与思考，灰心与失望，孤寂与郁闷，爱与恨，都融入到那急风骤雨般、波翻浪涌般、行云流水般的鼓锣钹铙的打击中、唢呐板胡的吹拉声中、生旦净丑的演唱声中，看完听完了，拍拍屁股站起，细想戏情即世情，悲欢离合人借人作态，欢天喜地莫不转眼皆空，我辈庸人，又何必争强好胜，愁眉不展？就禁不住畅怀一笑，罢罢罢，人生一世，莫再自寻烦恼！

　　正因为豫剧有此特殊功效，我们豫西这一带一度是村村锣鼓响，乡乡办剧团。土台草棚，柴桌鳖灯，演尽人间酸甜事，唱出天地苦乐情。有那唱得好的，尤其公子小姐，台下乱往台上扔花米糖、油麻糖、芝麻糖。古刹庙会、年关节日、农闲时候，必搭台唱戏，戏非豫剧而不演；于是便培养出无数的戏迷们，这厢看过奔那厢，十里八里，乐此不疲。一场戏下来，肚子饿得咕咕叫，却比吃了顿"雁肉包子兔肉汤"还舒坦。有些戏迷，听见弦子响，自己喉咙也痒了，就跟了剧团走，唱到哪儿跟到哪儿，义务给剧团帮忙贴戏报，叠戏箱，烧夜餐，做了剧团的帮手，慢慢地成了团上一员，上台演出，实现了自己的夙愿。

　　豫剧被一方百姓誉为"秫秫棵"戏。田间地头，河道沟梁，锄地时却把锄头的起落作了简板，放牧时却把"啪啪"炸响的鞭梢作了过门，蓝天白云绿树红花则是妙不可言的布景舞台道场。炊烟袅袅，夕阳西坠，收工归家，路上唱一曲，消歇疲乏；月暗星稀，急匆匆一人返途时吼一段，驱寒壮胆；即便记不清唱词，那么反反复复一唱三叹哼一节曲谱，效果也一样出来。晴空朗日，随便到河南的山野乡村走走，便可听到此起彼伏、"未成曲调先有情"的豫剧，便可感受到天空一样辽阔而旷远的豫剧所营造出来的氛围。试问豫人，谁个不会唱两句"刘大哥说话理太偏，谁说女子不如男"，或者"西拉嗦嗦米来刀西拉嗦嗦米拉刀米……"怕连树上的鸟儿也早已听得稔熟了，不会错认故乡为异乡的。

乡村人物

在乡村，不乏称得上人物者，他们言虽微人却不轻。四乡八野，对出类拔萃的智者最高赞赏就是竖起大拇指："×××，那可是个人物啊！"禁不住一方百姓肃然起敬。

是人物，当然得登过几年学堂，肚子里有点墨水。如果不识字，是睁眼瞎，即便轰轰烈烈，本事再大，村人也不认同他是人物。但人物虽然聪明，读书却不怎么用功，原以为学习是件很简单的事，考试却总砸锅。抑或人物是班里的尖子生，只因家中太穷，父母供给不起，只好辍学在家；勿需仰天长叹，咱就是修理地球的命。但因识俩字，无事便翻闲书，背戏文。翻闲书，民间故事记了一篓又一篓，三五岁的小儿总跟在他屁股后缠着让讲。讲了，听了，夜半会惊得小儿们哭叫连声；父母亲问清因由，翌日免不了寻上门骂人物，人物却只嘿嘿地笑。上坡下地唱戏，戏文唱得像绕口令。例如：

春日春暖春水流；

春草满坡放春牛；

春花开在春山上；

春鸟落在春树头；

春堂学生写春字；

春女房中思春愁。

因为识字，人物便成了家家户户离不开的人。婚丧嫁娶，婚联或挽联都少不了；修房盖屋，左青龙右白虎，吉庆镇邪之帖也需现写，人物成了上宾。人物常写的一副婚联内容是："在天愿作比翼鸟，在地愿为连理枝"；挽联是："想见父面云万里，再听严训三更天"；春联是："天增岁月人增寿，春满乾坤福满门"。人物喜欢这几副对联，念给村人、讲解给村人，听得村人不住地点头，由是一村的人都对这些对联熟悉并喜欢起来。是乡村，没有不爱这些联语的。

但人物小的时候过于顽劣，顽劣得令村人头痛：夜里偷瓜，先用小刀四方四正把西瓜切开个口子，拉一泡屎进去，然后再把口封上，气得瓜农绕村子骂；比赛上树，他上得最高，脚踩在树枝上玩杂技，不料树枝"咔嚓"二声断了，摔下来头晕了半天，幸无大碍；把前排女生的长辫绑在桌腿上，下课铃响，女生站起，"哎呀"一声跌翻凳子，痛得大叫，引得哄堂大笑，老师罚他站到教室外边半天；上课不注意听讲，老师冷不防一个粉笔头砸过去，他却眼明手快，伸手一接，把粉笔抓在手里。

及至长大，明白事理，人物知道少年时的所作所为并非英雄，而是恶作剧，便不再胆大妄为，做事讲究起谋略来。媒人介绍个对象，姑娘愿意，姑娘的父母却总嫌他家穷。一次与姑娘约会，恰被姑娘的父亲看见，人物灵机一动，大着胆子猛亲了姑娘一口，羞得姑娘几日怕见老父，而这一吻却定了乾坤。姑娘的父母觉得闺女与人物的关系既然发展到了这一步，保不准也早已不是清白之身，再横加阻拦已无意义，是泡狗屎呢，闺女愿意，由着她吧！这是人物初出茅庐所做最引为自豪的一件事情。村人从此对人物的看法大为改变，他们调侃别人时，总会戏曰："有本事你也学学人物，不花一分钱，亲回来个媳妇！"但别人亲不来。

能称得上人物者，当然得智勇双全，全就全在有一两件轶闻趣事，全就全在有一两件义举壮举。有勇无谋，村人承认他是条英雄好汉，却不会承认他是人物。人物听说城里小偷多，专偷乡下人，进城去，就掂个提篮，篮子里放一把大葱，两根黄瓜，钱压在菜底，买什么东西摸出一张；往信用社贷款，人物把钱用手绢包紧，放到箩头底，一张报纸铺了，铲上两泡牛粪，用铁锹挑到肩上，大摇大摆走回家来。再高明的小偷也估摸不出这箩头里会有巨款—现在想这么做是不可能了，无论城乡，找泡牛粪也殊非易事。

能大不小是条虫，能大能小是条龙。人物或许就是乡村里一龙。那年月是哈年月，一交腊月，家家便米光面净，村人无事可做，只好懒洋洋聚到向阳的墙角处晒暖，看枯树和枯树枝头栖落的一粒豆子似的鸟，发愁这年该怎么过，却独独不见了人物。人物汇个篮子，拿顶破草帽出村讨饭去了。及至腊月二十八，乡村上空也该飘香了，寂寞的村路上，人物拉一架子车红薯干、玉米、馍头回来了。一村人羡慕得直了眼睛。饿死不讨饭，村人原以为讨饭是件丢人的事，人物也觉不雅，但人物有点子，凡有菜威往来的村子躲开不去；讨要时以草帽遮脸避免撞见熟人；每村讨后于背人处掏出笔和本记上村名以免讨要二遍。人物的传奇讨要经验改变了村人以为讨饭丢人的看法，春荒苦度，过来了。若干年后人们还会提起这件事情。

　　人物有威信。威信的树立就在于村人佩服人物有点子，敢说罢春节，村上不少人开始外出讨饭。不管怎么说，日子总算熬过话，能办事，能压事。娶媳嫁女，交通车祸，人物可以调解说合；邻里不睦，妯娌不和，人物可以化干戈为玉帛。有时人物处理得不一定很公允，但双方会心下思忖，人物的面子得给，咱保不准什么时候还得找人家帮忙，咬咬牙便认了。所以很多翻不过去的火焰山，最后都会找到人物，说："哥，你得发句话哩！"似乎再难缠再难办的事，一经人物，便简单化了，人物的一句话一个点子，比村长都管用。也是的，人物所在的村子与邻村发生地界纠纷，矛盾升级，两下里剑拔弩张，连村干部都慌了神，人物领着村人咨询律师，一纸诉状把邻村告上法庭。庭审一过，邻村眼看败诉，加紧了活动步伐。人物让村里做了一个巨匾，上书"执法如山"，敲锣打鼓提前送至法庭，终于赢了官司。

人物的胆识和谋略让村人不再仅仅认为人物是小人物了，他是可以当领导的，但因为各方面政治条件的限制，人物当不成科长局长，于是村人纷纷鼓动人物出任村长，人物却坚辞不就。人物说，当了村长，一人做事众人看，横挑鼻子竖挑眼，他或许就不成人物了。只是村里再有了什么事，村人不再首先去找村干部，而是先来找人物出谋划策了，俨然第二村委，弄得村长也颇为尴尬。但村长是不敢得罪人物的，见面还得先给人物递烟，赔着一脸的笑。

人物是百事通，略通医理，土单验方收寻不少，谁个头疼脑热无私奉献；会背六十甲子，对周易八卦也颇懂行；关注三峡工程、北京奥运，关注美伊战争、印巴局势，似乎眼观六路，耳听八方。人物什么生意都做，做生意不忍心坑农害农，却又离不开农字：种西瓜、植香菇、养鸡子、做豆腐、贩青菜、开磨坊；日子顺畅，钱不图多挣，却也未少接济亲邻。人物德高望重，到老来，成了一方的荣耀，每每向外村人提起，村人又会赞曰："×××，那可是个绅士啊！"熬到这一步，成了太上皇，村人可以不听村干部的，却没人敢不听人物的，跺跺脚，村子晃三晃，连村干部有了难题也来请教。这样的人物一村只有一个半个。然雏凤清于老凤声，新人辈出，人物上些年岁，看淡了人生，就躲到了幕后，让新人物给取代去了。

　　乡村里的人物充其量是小人物，能经常在电视上露脸的才是真正的人物。但电视上的人物离乡村太遥远，村人看他们在画面上热热闹闹慷慨激昂，内心漠然置之，波澜不惊；十年寒窗，鲤鱼跳了龙门，从乡村飞离出去的人称得上小村培养的人物，但他们融入到另一块天地去了，尽管村人还时不时要去议论品评，但乡村鲜有人称他们为人物。人物是在特定的环境下造就的，人物固守在生养他的这块贫瘠的土地上，人物隐逸在槐菊飘香的山野间。在农村这块星空下，众星捧月般让村人臣服且须臾不能离开的那个无职无权的人才堪称人物。他们是乡村的主心骨，是乡村清脆鸣叫的鸟儿，是乡村放出暗香的草花，是乡村独特生长的一棵树，是生生不息几千年的村魂。他们虽然很难载入史册，但可以口碑传颂，因了他们的存在，乡村平静而枯燥的日子才生动和滋润了许多。

打雁的故事

　　去年，我去山里表叔家。表叔陪我到山上玩。时值深秋，一群大雁往南飞，那叫声哀怨、辽远、富有深情。表叔定定地看着排成"一"字的雁群由远而近、由近而远、慢慢消失，向我讲述了一个大雁的故事。

　　表叔年轻时爱上了一位姑娘，因为不可抗拒的原因，姑娘成了别人的妻子。数年后，又因不可抗拒的原因，他娶了另一位姑娘为妻。姑娘温柔娴淑，对他知冷知热，但即便姑娘成了两个孩子的母亲时，仍未激起他对她的爱意。

　　山中多鹰狼狐兔，闲极无聊，一入深秋，表叔便一人掂枪入山。他迷上了打猎。这年深秋，表叔进山六七天，一无所获，想起出门已一周，该返家一看，便携枪回归。快入村时，一群大雁排作"人"字形，鸣叫着从头顶飞过，鬼使神差，表叔立定端枪拯动了扳机。随着枪响，雁群乱了阵容，一只大雁往下跌落。伴着这只大雁失衡的跌落，杂乱的雁阵边飞、边凄厉地鸣叫，做着重新的组合。当雁群重新归列布阵如前，飞过百米远的距离时，奇迹出现了，又一只大雁突然脱离雁阵掉头回来，飞抵雁阵惊散的那片天空，迂回盘旋，寻找失落的同伴。两只大雁一个天上，一个地下，不停地遥相鸣叫，那叫声显得涩滞、绝望，声声入耳，叫给表叔一人听。冷风横急雁声长，塞外雁寒，一年一度到江南；前边的雁群已消失得无影无踪了。它们可能根本未发现这两个失落者，或许也已发现，但为了按原定计划飞临目的地。空中这只孤雁已感受到地下伤雁再未高飞可能，也许还想到自己任重道远，只好用声声缠绵而又哀怜的鸣叫，表达自己无望的心情，然后丢下战友，向遥远的雁群奋力追去。

　　一般情况下，猎人是不打候鸟的。枪响雁落那一刻，表叔便后悔了，这一枪打下的可不是一只凶猛的野鹰或者喳喳乱叫的麻雀，而是一只富有情感可以托书带信的大雁。目睹两只大雁痛苦离别这一幕后，表叔更加意识到这一枪放得实在荒唐。万里江天无归路，他让这只大雁是没有归路了。但事已至此，表叔也只好走上前去，拾起断了翅翼，已无力挣扎，只有残哀几声的大雁，掂着返回家去。当晚，妻子一如既往，饭后默默为他倒上一壶酒。酒尽耳热之际，表叔向妻子讲述了猎获这只孤雁的故事，并嘱妻子不要杀它，要把它养起来。养它何用？表叔说不清楚。妻子眼里闪着泪花，默默点头称是。翌晨，便在空阔的院中打扫出一大块干净地方，篱笆围起，禁止狗猫接触，一日三餐，精心喉养起来。

这只孤雁伤得够厉害，一扇翅膀几乎被击断。对于禽鸟，失去翅膀就等于失去了天空，何况这是一只志在高远的大雁。最初几日，表婶每每把食物送至篱边，它不饮不啄，也很少鸣叫。叫给谁听呢？无人解语；羽毛缩垂，不知伤痛又心痛；孤零零一副失魂落魄的样子。几日后，它才开始淡忘痛苦，慢慢进食。光阴如梭，不觉冷冬过去，大雁断翼处的伤口愈合，但这扇翅膀已失却飞翔的功能。可怜的孤雁，有几次用一扇尚且灵动的翅膀使劲拍打地面，企图振起，但无济于事；不停引颈望空长哀；是南思洞庭水？北想雁门关？抑或心念别离时绕空三匝的同伴？那段时日，表叔不再出门打猎。夫妻二人尽管感情还不太融洽，但行动分明默契起来。

冬去春回，从鸟的叫声中可以辨出，曾经熟识的候鸟相继归来。一日，表叔与表婶在院中默然相坐。表叔暗想：去年的那群大雁北归是否还会打此经过？天外，果然征鸿排鸣；地下，受了一冬煎熬的这只孤雁马上翅翼拍地，嘎嘎回应。表叔抬头望去，雁阵正从空中掠过。一串串短促的鸣叫声中，一只大雁脱离雁阵，斜冲下来，随着天上地下声声鸣叫的回环往复，两只大雁终于相拥交合在一起。相逢欲话相思苦，春水深不似情深。此时，表叔才明白，这两只大雁本是一对恩爱夫妻啊！亏得没有宰掉伤雁，否则，它们就没有今天的重逢了。生郎织女七夕之会有期在约，而这对大雁则是无望的等待，正因无望，此刻的团聚，才更体现出离合悲欢。

良久，这对患难夫妻的相亲举动才趋于平缓。北归的雁阵早已飞得不见踪影。落下的这只大雁是用什么语言感召伤雁的，只见它腾空飞起，短促而又温馨的盘旋在天鸣叫；而地下的这只伤雁用一扇翅膀使劲扇地，以期飞回监大，飞回雁阵，飞归旧巢，与情侣耳鬓厮磨。但再也不可能了。空中这只着带不起伤雁，只好又飞落回篱，二雁又一番相亲相拥，之后，好雁又一次飞起，在空中引叫，其声切切。然任凭它怎样的呼唤，地下残疾的这只雁再不能起离地面，飞返蓝天。此时，天上的大雁叫得更加凄婉、哀滞；它也许想到，感情已不堪折磨，与其生离，莫如殉情，为爱而献身。只见好雁在空盘旋几圈后，义无返顾回落下来，两只大雁终于哀鸣着，相互交颈缠绵扭曲良久，双双殉情死去。

表叔表婶目睹了这悲壮的一幕。两只大雁死去好久，表叔才转头回望表婶，只见表婶眼中泪花滚动。表叔长叹一声，对表婶说："把它们埋到后山上去吧！"

此后，表叔折断枪杆，发誓再不打猎。夫妻二人从此恩爱至今。

两条红纱巾

人生的关键时刻，如果能不被不切实际的美丽和奢华诱惑；如果能接受批评，适时调整自己，变压力为动力，柳暗花明，则有可能到达理想的峰巅。否则，会功亏一篑，毁了自己的一生。

讲的是两个中学女同学的事。

是"文革"后期。我们大队还办着一所中学，两年制，收的都是本大队的学生。我正上初一。秋去冬来，枯霜骤降，寒风乍一起，天气变冷，一些男同学戴上了帽子，一些女同学围上了红头巾。十四五岁的年龄，尽管居住在农村，女孩子爱美的天性已经充分显露出来，谁若拥有一条或红或蓝的棉制的头巾，便能招来别的女同学好一阵的羡慕与嫉妒。家家都穷，做父母的若能为女儿买上一条这样的头巾，便喻示了这个家庭相对的富有和对女儿的娇惯与宠爱。那时，纱巾刚刚出现，但纱巾是城市的女孩子可能拥有的东西，农村的女孩子，是想也不敢想的。

就是这种城市女孩子才能够拥有的红纱巾，突然的一天，被两个同村的女孩子想了，并且拥有了。当她俩系在头上，围在脖子里，出现在校园里时，马上放射出鲜艳夺目的光彩，成了冬日的风景线，成了女同学议论的焦点，引来的是无数羡慕与嫉妒的眼光。两人犹如高傲而又漂亮的公主，被女同学簇拥着这个夸、那个赞。以致预备铃响，同学们纷纷进入教室，仍喊喊喳喳在议论着。直到上课铃响，教我们"工知""农知"的王老师踏进教室那一刻，才终于静了下来。

那时，高考制度尚未恢复，初中开的课程，除语文数学外，还有一门工业基础知识，一门农业基础知识，简称"工知""农知"，为了毕业后回到广阔天地里大有作为。教我们"工知""农知"的民办老师姓王，一个大队的人。他家里负担重，师母长期有病，几个孩子又小，穿得十分简朴，根本不像个教初中的老师。但他任课从不马虎，堂上有板有眼讲解，课下认认真真批改作业，总怕误人子弟，深受同学们的欢迎。

王老师一走上讲台，我们便发现了他异常的神情。搁平时，无论堂上堂下，他总面带微笑，显得和蔼可亲；而今天，他则紧绷着脸，威严的目光扫过一个个学生，好久没有开口。课堂上出现了难耐的静默，地上掉根针怕也听得清清楚楚。同学们暗自猜测：期中考试刚过，恐怕我们的考试成绩都不合老师的理想吧！

果然，静默良久，王老师开口了，入题，便用沉重、缓慢的语调开始念这次中考成绩。每个同学心里都捏了一把汗，担心自己分数低，受老师批评。成绩念完，落在榜尾的两位恰恰正是系着红纱巾、被女同学们艳羡不已的那两位。

这节课成了一节政治课。王老师念完成绩，综合评价了这次考试，话题一转，激情澎湃声情并茂，说道："同学们，我们要珍惜在校的这段宝贵时光啊！……可是有的同学，在校不好好学习，却比吃比穿，向家长要这要那，威逼着父母去城里卖一担红薯，为她买回一条纱巾。一条纱巾三块多钱，用去的是父母辛辛苦苦挣的一担红薯钱，是一个劳力十多天的工资钱，围在脖子上难道你就不惭愧？你就不觉得对不起父母亲？……"

王老师没有点名，但每个学生心里都清楚老师所指是谁。王老师与这两位女同学同在一个生产队，他也许无意识听了这两位女同学父母的叙述，知道了她们买纱巾的经过；一名老师的强烈责任感，加之这两位学生恰恰考试不好，促使他对她们提出了这么严厉的批评。但是王老师也许料想不到，他的话触及到这两位女同学心灵深处，让她们羞愧得把头低到桌面下去，直到下课也未抬起来。

下午，只有一位买红纱巾的女同学来上课。她把红纱巾留在家里，以后，再未见她系过；而另一位，下午便未再到校，从此辍学了。

那位把红纱巾留家再未系过的女生，发奋苦学，后以优异的成绩考入县高中，高中毕业，又恰遇高考制度恢复，顺利升入大光，现在其一座大城市工作，事业有成。而那位辍学女生，现在日日刷锅下灶，做了农村家庭妇女。而王老师，后来清理民师，也又回家专一种地，今已弓腰驼背呈垂暮之景了。

　　二十年过去，作为曾经聆听了王老师那节课教诲的一名男生，这件事在我心里留下了深刻的印象。尤其两名女同学因此而产生的两种结局，更令我感慨万端。一条红纱巾改变了她们各自的人生命运。她们要求父母为之头红纱巾本没有错，老师的批评也是金玉良言。值得惋惜的是那位辍学的女同学，如果也能像另一位一样奋起直追，她的人生当也是另一种美丽的风景了。

关于意境

　　我读文章，不喜过滥的抒情，作者让主人翁仇恨满腔，抑或爱得死去活来，读者并不领情，觉着你是在无病呻吟，大可不必。仔细想想，这些故事情节发生在现实中，根本到不了那一步。西方小说大段大段的心理描写，我看不下去，总觉着缺乏韵味。

　　登高山川小，留白天地宽。人说话，过于直露并不见得好，好文章也一样。我特别喜欢有品磨味的作品，给读者留一些想象的空间。写文章应该少用华丽的词语。人穿得再漂亮也不见得有内涵或者品位。相反，有些语言平白而不浅陋。艺术的最高境界是无境界。《红楼梦》原著中有段描写，黛玉一边葬花，一边哭诉，宝玉躲在一边偷看偷听，二人都偷洒了一捧泪水，接着又说了一番掏心窝子的话，这才冰释前嫌。这样的处理原也不错，及至看 30 集越剧电视连续剧《红楼梦》，演到这一节时，有几句延伸的话。宝玉说："好妹妹，你放心"；黛玉说："你倒说说看，我有什么放心不放心的"；宝玉说："难道我平日在你身上用的心都用错了吗"？！多出这几句平实的话语，留下了无限空白，却让她们的爱情得到了进一步的升华。这种爱情比现在的男女爱情见面抱住就啃含蓄有味多了。到后来，钗黛一嫁一殇，一边是鼓乐齐鸣，宾客盈门，桃之夭夭，笑语喧喧；一边是烛灯残照，寒风穿竹，低泣呜咽，玉殒香销。强烈的对比带来无限的震撼。

　　唐诗乃中国诗歌的峰巅，人们喜读喜颂，其重要一个原因是平白如话却醇厚绵韵致远。无论五言七言，四句八句，唐诗没有一首不是摹写的意境，令人遐想，给人愉悦，所谓象外之象，景外之景，人所共有，人所都不能言者，却让诗人们给表达出来了。"孤帆远影碧空尽，惟见长江天际流""春潮带雨晚来急，野渡无人舟自横"……寥寥数字，描画出一种神奇而又阔远的意境，暗香疏影，余韵袅袅，达到只可意会而不能言传的效果。这种语境效果以及所要表达的意蕴，若要用散文去表述，恐怕用千八百字也说不清楚。最佩服柳宗元那首《江雪》："千山鸟飞绝，万径人踪灭，孤舟蓑笠翁，独钓寒江雪。"一句一景，层层渲染，把个冬日的肃杀刻画得淋漓尽致。即便不知道柳子厚的经历，不晓得其因怀才不遇在托物言志，只这幅清高孤傲、天人合一的寒江独钓图，也能深深地打动人心。

　　古诗中，虚实相生，情景交融，穿越时空，抵达人性心灵的句子比比皆是："旧时王谢堂前燕，飞入寻常百姓家"知何处去，桃花依旧笑春风""白头宫女在，闲坐说玄宗"……

时移世迁，物是人非，盛衰沧桑，尽在不言之中。

不少人熟知这个故事：苏洵在家宴客，限以冷香二字为联并先吟出联语："水向石边流出冷，风从花里过来香。"苏轼当场对曰："拂石坐来衣带冷，踏花归去马蹄香。"时画院招考，考官命题作画，题为《踏花归去马蹄香》。画家们面面相觑，一筹莫展，不知画笔润往何处。仔细揣度，这题也真是看着容易作着难。有一位画家独具匠心：画远景繁花满枝，落红遍地，画近景马儿飞驰，马蹄飞扬；两只蝴蝶在追逐着马蹄翩跹。满画不著香语，却香飘四溢。异曲同工者还有《竹锁桥边卖酒家》和《深山藏古寺》之画题，前者所画小桥流水，竹林密掩处露一酒帘，上书一大大"酒"字，透出"锁"的嫩意；后者高山深处现一蜿蜒小路，一僧担桶河边汲水，实中映虚，突出"藏"的蕴涵。实在是意在笔外。早年还看过一幅照片：两只鸟儿亲昵着，另一只落寞地在一边扭头看她们，作者起名《三角恋爱》，令人忍俊不禁。鲁山摄影家郭东伟有一幅获得大奖的摄影作品《只因春风更醉人》，画面上，几位身着白色婚纱的新娘聚拢在一起私语，一个摄影人并没有被这群美女吸引，而是背对着她们，用镜头去捕捉美女身后几朵早春盛开的鲜花，不言而喻，人是被这早春的景色沉醉了。这些人的画艺摄艺也不见得最好，却是匠心独运，弦外有音。

恬淡闲适也好，雄伟壮阔也罢，要把个人的主观情思与客观的景物浑然一体交融，确乎不是一件简单的事情。绘月难绘其明，绘泉难绘其声，绘人难绘其情。说着容易做着难。要营造一种氛围，让她产生一种绝妙而又深远的意境，使读者觉其明、听其声、动其情，非倾心而不能。曲终人不散，悠悠数千年，高的写手，一生若有一篇或者一首，乃至一句让人记住的话语，就不简单了。

守护精神家园

每个人心中都有一片情感的天空，都有一块精神的高地。她属于私密空间，可能不愿为人所知，她属于精神范畴，抑或唯恐人所不知。她柔软而又纯净，坚强并且恒久。她也许天生颖悟喜爱，她也许在生活的一个节点上受到启发触动，决然一生一世不计得失，无怨无悔，倾情执着，苦行僧般做了守护神，站了瞭望哨，成了守望者。

农村里常见一类人：儿女在繁华的都市，要接爹娘去住，爹娘死活不去。爹娘喝不惯自来水，蹲不惯马桶，看不惯车水马龙高楼林立；人地生疏，儿女们上班一走，家里空落落的，连个拉话的人儿也没有；深层原因，实是忘不掉那几棵老树，放不下那几亩薄田。土地勾着他们的魂；在家，面对着枯藤老树昏鸦，心里舒坦。

这是对土地的一种眷恋，这是对家园的一种守望。

可贵者为了一句承诺，为了一份爱情。很偶然的一个时间，相遇了偶然的你，拥有了一段温婉的记忆，难以释怀，于是义无反顾，抛弃浮华绚丽，穿越时空隧道，默默牵挂祈祷，苦苦追求寻找，直到地老天荒。

花开一季，情开一瞬，芬芳无限，令人唏嘘感叹。

可惜我辈俗人，是难有一段这样刻骨铭心的奇遇了。

然而，我感佩的是鲁山有一个群体、一支队伍，他们是鲁山文化田园的守望者。遑论天份发挥、地缘使然、责任所在，他们走上了这条路，等于也是走上一条不归路，海枯不移其心，石烂不坠其志。避开繁华，舍弃荣辱，清贫坚守，孜孜以求：李富才十年面壁，影像入石，指上茧厚盈寸，那把剪刀方游刃有余；王忠富十年参禅，彻悟得道，对民俗体察入微，那撮泥土才栩栩灵动；冯国乔双锁对曲艺情有独钟，专注于一副简板一段唱词，弦歌雅意，轻捻慢缓，成了曲苑名角儿，成了鲁山的瑰宝。

对于这些个人儿，在他们初始阶段，不少人难免热嘲冷讽，说他们犯"痴"——痴迷、痴呆、痴傻、痴癫，几近一种病态表现。可我觉得这些个说法都不准，准确说应该是痴情。都云作者痴，谁解其中味？哥儿们若要改弦更张，拜倒在孔方兄门下，也恐早衣食无虞了。

一位伟人说过：聪明人太多了，便无法支撑这个世界的正常运行。鲁山的聪明人不少，都千方百计要跑出去，留下这些地地道道的文化奇人守望鲁山的文化，也算是一件幸事。

可敬者还有一类人，孤守一隅，默默无闻，几乎用一生的时间做着一件事：守护我们传统的地域文化、民俗文化。这些人也可能没有身怀绝技，不会吹拉弹唱，缺乏艺术天赋，但他们身临其境，身处其中，在长期的生活实践中，最了解地域文化的本真。在物欲横流的现实世界，很多人离本土文化越来越远，而他们离得最近。那些曾经闪烁在历史天空中的零零碎碎的记忆、片片段段的故事已融入他们的血液中；他们意识到这些遥远的东西是我们勤苦善良的先祖留给我们的文化精髓，需要我们去瞻仰。如果我们不去关爱呵护，很多宝贵的属于精神的非物质范畴的东西也可能就要渐行渐远飘渺而逝；一旦出现历史文化的断层，我们岂不成了千古罪人？于是就产生了强烈的文化自觉，具有了责任与使命：辛集乡孙义村的许四妮，母亲做了50余年九女庙的司管，她最了解牛郎织女的民风民俗，义不容辞，她就担当起传承牛郎织女文化之职；尧山镇尧山村的孙德润，因为1964年听了当时守护墨子故居的墨家弟子学派传承人相同寅老人一句嘱托的话，也便担当起守护墨子故居、传承墨家思想之责；县志办原副编审郭成智，因为19世纪80年代接触到墨子是鲁山人的史料，30年来竟一头扎进故纸堆里，撰写论文数百篇，从中找出200余条依据确证墨子是西鲁之鲁山人，被誉为世界墨子里籍研究第一人。

　　也许，他们最初的动因并没有这么复杂，也没有这么高远。也可能仅仅是一种信念，是一种情结；然而在历经时间的砥砺之后，这种信念或情绪就变成了信仰，就具有了沧桑色彩，就具有了厚重感，就抵达了精神高地。

　　人活着，需要仰望一些东西，也应该守望一些东西，保有一块心灵的净土。

　　再没有"守望"这个词饱含感情了。在汹涌的城镇化面前，人们栖居于钢筋水泥封闭的堡垒，变幻的情感靠虚无的网络传递；生活在同一栋楼房，匆匆忙忙的出出进进，却不知道左邻右舍姓啥名谁。在古朴典雅的村落印记渺如烟云之后，农耕文明土崩瓦解，传统生活方式趋于湮灭，人类文化个性逐渐消弭，一种文化精神的遗失令我们落寞惆怅。

　　今后，有谁还能够用一生一世的时间、一生一世的情怀守护我们的精神家园？

让文化滋养我们

我们的血液中有很多成分，物质的可通过检验化验手段测得数值多少，非物质的却无法用某一标准去界定高低。然而，有一种"试剂"，却能够最大限度地去评判其精神道德的优劣：这就是文化。

血液中，物质的成分滋养我们健康地生长，非物质的成分滋养我们幸福地生活，而文化，使我们的精神境界高尚，思想境界高雅。

其实，文化并非一般意义上的识几个方块字，或一纸文凭；文化人更非当几次明星、出几次镜就可忝列其中。它的内涵很深。拆开讲，文，指精神痕迹，诸如宇宙自然、宗教哲学、文学艺术等，化，即变化美化，合之，文化就是用人类已有的思想文明去感化教化人，在潜移默化中规范并指导人的行为。《周易》中有言："观乎人文以化成天下"，说的就是文化的教化功用，正因此，才得以使人类从远古的蛮荒时代迈向现代文明。

一个人，有没有文化，宽泛讲，指他读书多少，有没有学问。

多年前，在一卦摊前闲看算命先生算命，瞎眼的算命先生握住一老农满是老茧的手掌，开口谑曰："不打紧，我这一握，把你的文化握跑了。"我不仅对算命先生心生敬佩。话又能说回来，即便学富五车，如果他出的尽是馊主意，贪污腐败，当了汉奸走狗，坑国害民，缺乏民族气节，学问再深，他也并非真正意义上的文化人。这样的"文化"人，玷污了文化的名声。不少人风度翩翩，口吐莲花，实则道貌岸然，阴险毒辣。灯红酒绿间，看一些女子雍容华丽，但真正和她们坐下来攀谈，却又浅薄无知。大街上，我曾见过不少漂亮女子，看上去确实让人心动，不明底细的人，以为是美人，但偏偏脏话连篇，干的是不齿于人的事。高贵的气质是可以装出来的，典雅的气韵是装不出来的。相反，很多人其貌不扬，谈吐不凡，救危济困，乐于奉献，胸怀忧国忧民之心，充满爱国爱民之情。战争年代，这样的同志那是可以抛头颅洒热血、舍生取义的；生在和平年代，他们激浊扬清，一身正气，两袖清风，淡泊名利，品高德劭，堪为师表。

　　文化像阳光和雨露，滋养我们的心灵，培育我们的风骨。它让我们的胸襟更加博大，情怀更加高远。让我们直起腰来走路，而不致于使我们狭隘地羁绊在一孔之见、一己之得中沾沾自喜。很多人在暴发之后，心理膨胀，目空一切，出言不逊，吃喝嫖赌，挥霍无度，归根结底，缺乏文化的支撑。看着是一堆财富如果没有文化去涵养它，那是很难支撑久远的。如果没有文化的润泽，美好的人生也会像脱缰的野马，免不了出现偏差，甚至误入旁门左道。

文以载道，以文化人。古往今来，广为赞誉的名人大家，以精湛的艺术魅力和高尚的人格魅力而受人推崇，他们诠释了德艺双馨的文化内涵，树立了千古不朽的光辉典范。

我们一出生，就落入中国文化的氛围中了，这是无法选择的。我们在这种中华民族优秀的传统抑或独特的地域民俗文化中生存生活并参与文化的弘扬与创造。我们的生活基础并非自然的安排，而是文化形成的习惯。我们的幸福感和成就感也建立在文化之上。文化让我们的生活更加充实，让我们的人生更加精彩。我们每一个凡夫俗子很难有伟大的济世情怀，但我们因为文化而充盈，可以摆脱尘世物欲和纷杂的干扰，获得一个对于真善美无限向往的心境，可以保有无限的心灵愉悦，可以保有积极健康的审美情趣，从而提高我们对生活的满意和幸福程度。

文化养人。养人的气韵、养人的信念、养人的心智，提升人的境界。一个人处于贫困时，希望物质财富的增加，当物质财富积累过多，便徒增无奈和烦恼。所以，衣食无忧后，个人的幸福很大程度上取决于对精神文化生活的需求。广阔无垠的文化阵地，积极健康的思想文化不去占领，腐朽颓废的糟粕文化就去抢夺。文明促进和谐，文化引领生活。这几年政府实施的一系列文化惠民工程，就在于活跃群众文化，用高雅的文化引领健康的生活。可以说，文化的精髓就在于引领，引领政治、经济、社会以及生态文明等协调持续发展。

说到底，是文化在引领我们的幸福生活。

怎样做一个文化人呢？无外乎学习再学习，掌握历史，丰富阅历，增长才干。中华五千年，璀璨的文化在历史长廊中呈现，浩浩荡荡的历史长河，铸成了灿烂辉煌的现代文明。文化是历史发展的结果，中华文明是中国文化的核心。只有传承中华文化财富，借鉴历史所蕴含的经验和真知，体味历史长河中悠远而又绵长的至臻化境，才能开启我们的智慧。

让我们携手共进，怀着敬畏文化、发展文化、繁荣文化、创造文化的心态，让文化滋养我们的身心，让文化融入到我们的血液中去。

有一缕阳光温暖卑微的你我

　　我患腰椎间盘突出,去琴台街盲人店按摩,按摩师30来岁,长得帅气、明净,可惜两眼瞎了。虽然凭的是感觉,但他推拿捏搓,轻重缓急,非常到位。按摩中,我和他闲聊,得知他眼是半路坏的。他家住深山区,父母长期有病,初中毕业,便无奈离开校园。农村风俗,一二十岁的小伙就草草定亲结婚,因为这事儿得早些办了,尤其现在姑娘们一出去打工便不愿再回来。别人给他介绍个对象,彩礼要两万元,家里哪拿得起啊,一狠心,去北山下煤窑,不料井下瓦斯爆炸,命保住了,两眼却被熏瞎了。看不见外面的世界,对象离他而去,缺乏生存的门路,小伙几次轻生,又被救活。一个偶然的机会,别人介绍他学按摩。他日夜习练,努力走出心灵的阴霾。三个月后,便可以单独操作,如今月资千余元。小伙找回自尊自信,原本开朗的性格显现出来,又加按摩细致,服务得体,沟通到位,顾客纷纷回头,很多人进店里点名找他。慧眼识珠,店内收银姑娘看上了他。

"后会下没要眼瞎么？"我试探着问他。

"谁想眼瞎？这世界花花绿绿，看不见多急啊，不然我会寻死？也亏得没死成。"小伙对前景充满了美好。

"这位对象比原来那位长得好看不？"话一出口，觉得过于唐突：他是看不见的呀！

"比原来那个漂亮多了。"小伙毫不介意，爽然回道。也不知他的所谓漂亮是怎么获知的。

室外，一缕温暖的阳光透过玻璃窗，洒到按摩床上，落在小伙洁白的大褂上。

我居住的街道俗名"剃头街"，在理发店不曾昌隆时，街口被剃头匠占领：两条木凳，一副挑子，木柴火烧水，早上摆出摊来，日落收回去，光顾者多蓬头垢面之人。于今，街口扩宽，两边门面被理发美容店盘踞，店内现代化的理烫工具一应俱全，墙上贴花花绿绿的发型图，满是流行风，这顶上功夫多由妙龄姑娘占了去。躺在电动椅子上理发，当然比坐木凳舒坦了。于是，经受风吹日晒的露天剃头市场萎缩。在理发也由技术往艺术迈进的今天，多少剃头匠耐不住寂寞而改弦更张。

却仍有两位老师傅在坚守。文明城市创建，有碍观瞻，街头无法再摆那陈旧的剃头挑了，只好往街巷深处退避。年轻人虽多往理发店里钻，但还是有上了年岁的人寻到这摊上来，让老师们替个光葫芦瓢，或刮刮胡子。两位师傅刮脸刮胡子格外好，尤以矮者最为细致。刮前，他用热毛巾漏了又漏，让温热渗入毛根刮的时候便不再涩滞疼痛。他一遍又一遍，让剃刀轻柔舒缓地在唇颊上游走，仿佛微风拂过心田，那种舒服劲甭提了。包括剔眼窝、铰鼻毛、刮耳廓、掏耳道，都一丝不苟。我胡子硬，长得又快，隔天不刮，脸摸上去就糙涩，去理发店刮脸刮胡子，因为要不上价钱，人家厌烦，总是三下五除二，刮得生疼。有几次还刮出了血。这便引我到矮师傅摊上来。刮一次，便舍弃不掉了。

我问矮师傅："您干这行多少年了？"

矮师傅叹口气："我从十岁学，眨眼 50 多年了。"

"您咋想起学这门手艺？"

"哎，家里困难，上不起学，找门谋生手艺，就跟着串乡的师傅打了下手。"勾起往事，矮师傅打开了话匣子："那时，我大姐一心想叫我学木匠，我却执拗学理发。因为这，到现在我俩不和睦，她不上我家，我也不去她家。"

"有啥解不开的疙瘩？您姐也是为你好么。你该去道个歉。"我劝他。真想不出他还与他姐姐有这样的纠结。

"她该给我道歉。"老师傅语态平和，但语意硬决："她一直看不起我，看不起我干这行当，说是下九流。我觉得一辈子干这，不偷不抢，虽然挣的是辛苦钱，也挺好的。可我姐就是不理解。现在我闺女、儿子也在这街面上开理发店，不也都成家立听了，心里有些酸涩，对矮师傅却又更加敬重了。

县委大院东墙外有个钉鞋摊，主人是位青年，确切说恐怕已是中年——自我二十几岁时，他就在那里摆摊，于今我早迈入中年，他应该也年岁不小了。但奇怪的是他收拾得总是齐齐整整，在我印象里，一直还是二十多年前的样子。岁月的风霜似乎在他身上镌刻的痕迹不明显。实质上一年四季，春夏秋冬，冷热寒暑，他都要出摊摆摊，干的又是脏活粗活，比谁都辛苦。每次去他摊前修鞋，他都十分热情，笑容满面，服务周全。无论如何让修，从不嫌脏叫烦。更为令我敬佩的是他竟是个残疾人，重症小儿麻痹后遗症，自小儿一条腿不能走路，靠一根单拐支撑。

他的鞋摊位置不错。拥挤繁华的老城大街车水马龙，根本不容许露天占位，毗邻的县委与政府之间正南这条道口，宽也不宽，窄也不窄，人骤然稀少，又加两栋高楼之间上午下午都挡了阳光。太阳炽热移照的中午，他用一把黄色的油布伞撑罩。

按说这样的摊位属于冷摊，但他的鞋摊并不冷清。他备了一盘木质大象棋，客人来了，赶快招徕做活，闲了，就下棋，棋子摔得啪啪响，引过路人行人驻足，机关干部，科长局长，贩夫走卒，引车卖浆之流都来，或观看或参战，成了老街一景。

去年，单位挪南环办公，离县委大院有二里地远，不料早上上班就见他挂了木拐歪斜着往县委方向走。我停下摩托问他："你怎么走这儿？"

"你还不知道吧。"他手一指隐约的村庄，"我家就是这村儿的，一直就在这儿住。"

我有些狐疑，又恍然："你就这么天天走着前去出摊摆摊东西呢？"我原以为他就在县委后边住，想不到这么远，又没有骑车。

"东西寄存在附近。习惯了，不远。"

"成家了没？"我问他。

"打光棍的多少，谁愿意跟咱这瘸腿人？自食其力，多好。"他笑着说。

目送他渐渐远去的身影隐逸在车流中，我感慨万端。

我想，在这个世界上，人的一生有平凡、伟大之分，甚而有高低、贵贱之别，但人生的灿烂与辉煌又有几何？生活的幸福标准又怎么划分？有卑微的人却没有卑微的人生。他们虽然生理上有些残疾，但心理是健康的；他们选择的职业虽然谈不上但他们自食其力，不必依靠别人的施舍和救济，活得有尊严。同时，他们从事的工作有益于别人，也算体现了人生的价值。他们承接了人生赋予的一缕温暖的阳光，又把这一缕阳光回馈别人这缕阳光照亮漫漫人生，温暖自己，也温暖了别人。这是一种奇迹，更是一种幸福。

山城一道亮丽的风景

这豫西鲁山，风景不少，温泉绵延百里，高百余米的大佛闻名遐迩，5A 级景区尧山中原独秀，农家乐小景区数百家，然而这些景多在乡下，县城却没有短暂休闲的好去处。两年前，县城南环路南侧，县宣传文化中心广场和毗邻之西汉冶铁遗址公园建成，虽宽敞，但花不盛，树不茂。不料，风生水起，宝地诞金，早晚两个时段，竟突然漾出一道亮丽的风景：舞潮。山城人从四面八方汇集于此，少者数百人，多者千余人，随着优美的旋律翩翩起舞，荡为一抹流动的清新而又跳跃的风景。

南环路是鲁山城最宽的一条路，修成十多年，毫不夸张地说，既是跑车道，又是晨练道。晨曦微露，身着裤头背心，气喘呼吁赤膊长跑锻炼者成为南环小景。今，随着舞潮的涌动，这条路上已难觅晨练人之踪影。小景不再，镜头切换，每天早晨，太阳吐红，抑或夜幕降临，花灯初放，人们穿得周周正正，风度翩然，纷纷奔向近万平方米的广场公园。这里，五六台音响不停地播放着优美而又欢快的乐曲。音响多是自备，县文化局设有多个电源插头。有两台好音响竟是舞友们兑了好几千块从郑州购回好音响音质的确不一样。几种音乐交汇，虽有共鸣却又各自独立。随着乐拍，男男女女，年老年轻，各色人等，一个个、一群群舞动起来。不少是晨练人改弦易张，更多是新的舞友。昔有诗友书友文友称谓，今又有舞友流行。慢三慢四、快三快四、恰恰伦巴、华尔兹布鲁斯吉特巴……富有地方色彩的民族舞，高雅时尚的现代舞，或轻盈优雅，华丽多姿，或热烈奔放，激情四溢应有尽有。尤其夏秋之夜，人潮如涌，真的成了舞的海洋。白天宽广笔直的南环路，一到傍晚拥堵起来，路两边停满舞者的自行车、摩托车、小轿车……商贩的摊位也从大老远移师过来，灯明如昼，闹嚷嚷赶大会一样，竟不知何时入夜。

舞蹈原是一种艺术化的人体动作，表达的是人与自然、人与社会、人与人之间变化流动的情感，创造的是被感知的生动的审美形象。它是美好情感生活升华后的最高境界。古语曰："情动于中而行于言，言之不足故嗟叹之，嗟叹之不足故咏歌之，咏歌之不足，不知手之舞之，足之蹈之也。"这可能就是舞蹈一词的最初诠释。然而，几千年来，民众为生活所累，为生存所逼，根本没有心思，没有机会欣赏，更谈不上参与这高雅的艺术，由此，舞蹈成为曲高和寡的阳春白雪，成为达官贵人悠闲阶层所拥有。十年"文革"，舞蹈又沦为阶级斗争的工具，造反舞、"忠"字舞、语录舞盛行，图解政治，英雄人物成为舞蹈塑造的主要对象。每20每看到电影中表现20世纪三四十年代上层社会灯红酒绿,男士西装革履,女士雍容华贵,于舞池由优雅旋转的镜头一我就羡慕不竟箕的下嫁民间,成为布衣百姓早晚随身潇洒的本领,雙有蒿难已,暗忖洒家何时也能学会这门艺术出人其中? 转瞬之间。舞蹈度的芭蕾舞、爵王舞、拉丁舞、脏皮舞以及近白众武汉牙流行过来的三步踩也入驻鲁山,目之所触,或浪漫飘逸,或激越刺激,神采焕然,令人惊诧若狂。

当然,多数人跳交谊舞、国标健身舞,属体育舞蹈。虽艺术审美为要位,但目的不仅仅在于表演让别人看,也不仅仅为健身,更多是自娱自乐。不用穿统一服装,更无需化妆,只要投入,没人管你跳得是笨拙蹩脚,还是霓裳飞旋,一任狂欢为佳。最初,不少人游离在音乐与场地之外,慢慢地,就克服那羞怯的心理障碍,融人其中。来跳的又多是熟人,不是朋友是夫妻,也不必担心缺少舞伴,遭受冷落。

再没有别的艺术像舞蹈一样,用人的形体变化去展现激越情感,这种情感美好美妙得无以言表。如果他天天为生计所累,杂事缠身,满腹心酸,就根本没有心情去舞之蹈之的。山城舞潮涌动的原因归根结底是人们衣食无忧后,幸福指数提高。幸福指数提高的标准就在于人们由对物质生活的追求转变为对精神文化生活的追求。说起跳舞的好处,县舞友协会会长、曾任鲁山副县长的黑丙午先生侃侃而谈,他说:"跳舞一可使人心旷神怡, 烦忧远去; 二能拜师结友, 切磋交流; 三则展示自我, 健身美体。跳舞能增强心肺功能, 促进血液循环, 有利于冠心病糖尿病肠胃病骨骼关节病……的治疗与康复。早上跳过舞, 一整天, 我干什么事满劲。"面对他滔滔不绝的讲述, 我说:"怪不得你年近古稀还像小伙子一样。"老领导哈哈大笑, 说:"我得过重病, 是舞蹈让我溜过鬼门关。现在我每天早上 5 点半起床, 开着车, 带着你嫂子侄女全家都来跳, 心里舒坦极了。"

细细品味, 置身于这样的氛围中, 随着音乐的节奏, 万虑皆息, 独存一念, 扭腰摆胯进退甩转, 肢体弹跳伸拉, 手舞足蹈, 诚欢欣鼓舞也! 真像又回到年轻时代。观左右伴舞者中, 不乏年长者, 却都是鹤发童颜, 个中道理不言自明。

若论山城舞风的起兴, 春风化雨, 顺时应势者, 当归县舞蹈界人士, 尤以"李宾舞校"校长李宾为最。李宾把舞蹈作为献身的艺术事业, 多次被聘担任国家级国标舞比赛评委, 曾率学员参加 200 余次各级比赛, 获得金牌 50 余枚, 银牌 70 余枚。这位年过不惑的汉子, 从小跟随在剧团的母亲练功, 2001 年创办李宾舞校, 连年举办体育舞蹈公益健身活动, 长期免费教授学员, 大冬天, 手都冻坏了。学员们感其奉献精神, 一致推举他为县舞蹈家协会主席, 赠匾"桃梨满天下", 赞誉他是一个把爱跳给生命的人。其后, 推波助澜, 鲁山舞蹈培训班雨后春笋般应运而生: 三人行舞蹈工作室、丹青舞蹈培训中心、华美拉丁舞培训中心、文旋拉丁舞校、胜利国标舞培训中心……

粗略计约 20 家，就连偏远乡镇也开办起舞校。风起云涌，舞蹈领域思维活跃，艺术创作呈多元文化格局，人们表演欲望高涨，每遇演出，纷纷毛遂自荐，登台施展才艺。为推动文化大发展大繁荣，活跃群众文化生活，用健康高雅的民间文艺引领文化时尚，这几年，每当夏夜，周末晚上，县委宣传部、县文化局、县文联在文化广场举办"欢乐中原康乐鲁山"民俗展演，从未听说过名字的舞蹈队，诸如俏姐表演队、情系梨园艺术团、喜洋洋晨练团、兴鲁舞蹈队、艺臻苑文艺中心、舞友协会……舞蹈节目华丽多姿，欢快流畅，加指点，笑声掌声不断，熟人演熟人看，愉悦了自己也愉悦了别人，这场景是多少年来从没有过的。

　　一位舞友写了一首题为《舞恋》的诗，赞颂鲁山舞风之盛和他对舞蹈的执着。诗曰：

　　　　我们是一群热爱舞蹈的人
　　　　我们把舞蹈作为健康的追求

　　　　我们就这么跳啊跳啊
　　　　跳得舞鞋永不寂寞
　　　　跳得眼泪不再飞落
　　　　跳得蝴蝶在空中翩跹
　　　　跳得心永不会凋零

跳得生命如花儿一样绽放

我们沐浴在音乐的河流中
不停地旋转、飞舞

三县交界盐店村

鲁山西北，最远乡是背孜乡，最远村又数这盐店村了。翻过山岭，盐店再西是汝阳，再北却是汝州界儿。小小盐店，一屁股竟坐住三县，三县又分归了三地儿管，人听了一脸惊诧：金地啊，要是开发，三县人都往这儿楚，岂不热闹？！村人却撇嘴：这沟沟岔岔的，偏得不能再偏，目光被层岭隔断，轿子抬着人家，都未必来。有人不服，眼一横，反驳说：盐店，听听这名儿，不就是古辈子骆驼队骡马队，驮着茶叶食盐什么的打这儿过，天晚了歇脚留宿才叫起来的么？！如今，这盘山路都成了水泥的，好山好水，扭一扭到了，咱侍弄好，还愁没人来？！

的确，早年间，由宛襄去洛阳，走的多是汝阳的路，那是必经盐店的。时过境迁，今人去洛阳，又多走汝州，路改到了盐店东的背孜街。繁华落尽，山林静寂了下来。

边界的划分，多在人迹罕至处，抑或峰岭山脊上，微上。界石概。但这界石隔得开隶属，却隔不开风俗。站在连编的为山峋山上登眺，看得见汝阳人的牧放，不免呐几声喊，攀爬汁来，凑在一起抽较姻，拉拉家常，心贴心自是亲近了诸多，总情处就许一门亲事。山高档不性心近，有婴过来的，自然有娘过类的，山西山东，山北山南，虽是一山之隔，却是两县通婚，娶来的遵的是鲁山的民风，嫁去的随的是汝阳汝州的习俗，连口音这盐店既沾有汝阳的，也沾有汝州的，皆缘情感牵系。怪不得说鲁山人是五花蛮，地理使然。十几年前，我曾去盐店，那会儿，鲁山这边比汝阳那边生活要好，汝阳大姑娘不少嫁了过来。连接亲情的搭在峋山上的那条蚰蜒小路太细，承载不了太多的情感纠葛，村干部正挨家挨户动员兑钱买炸药，组织群众开山修路，为的是两县人走亲戚更加方便。这路自是修到了老百姓的心窝里，老百姓称修的是民心路、鸳鸯路。十几年过去，蚰蜒土路不见了，连接两县的山路拓了再拓，全硬成了水泥的。谁料得汝阳汝州竟比鲁山这边发展还快，这边的姑娘倒是又都争着想嫁那边去了本地人目睹，心里满生惭愧，外乡人听了，心中陡感酸楚。一声叹息，眼神迷离，五味杂陈。真是风水轮流转啊！

依山就势，盐店村滨河而居，40多个自然村豆子一样撒在15平方公里的山坳里生根发芽，多少人家被山罩住。一个山坳，三户两户，山峦掩映中，花树遮盖处，云外一声鸡，看不见人影家家修仙一般。三户以上聚居成落方可称自然村，村名就有了讲究，而一户独居呢，这地方也有名称，姓田，就叫田家庵；姓李呢，就叫李家岭。山大石多，尺地寸金，鸡屁股大的地方，就想撒上几粒庄稼，点上几粒菜种，没必要占几分地儿，把院墙垒得铜墙铁壁一般。没人偷没人抢的，防贼莫如防兽。于今伤人的野兽已不多见，倒是野鸡到处乱飞，野猪到处乱窜。不再乱砍滥伐，生态越来越好，不常见的鸟儿都来栖了，不设防，它们倒可以随便落到屋门口觅食，见惯不惊，都权当是自家养的生灵。

盐店人有的是力气，力气用在了改造自然上。那一道道堤堰是村人百千年来战胜自然的写真。"文革"期间，盐店人用了几冬的时间，在悬崖峭壁上开凿出引汝（汝阳）入鲁水利工程，当地人叫"小红旗渠"，并且建起一座小发电站。如今，政府实施人畜饮水工程，一根水管东盘西绕，各家自来水流不断，小红旗渠虽早已废弃不用，但那在绝壁上的雕凿痕迹却明显在着，我们一看，不免吃惊当时工程之浩大，感叹盐店人的实干。果然，党的"十九大"召开，平顶山市出了两名代表，一个是市委书记，另一个就出在盐店村，叫王羊娃，连名儿都土得掉渣，在煤矿上当掘进队长。初掘，王羊娃成了全国五一劳动奖章获得者，再掘，成了党代表，别人不明白其中的缘由，盐店人却明白：那是咱羊娃靠实干干出来的嘛。

也难怪盐店人最是纯朴厚诚。地里的瓜果，不熟不要摘，熟了，别管哪家种的，谁摘都可以，主人并不责怪，更不会骂街。那天去时，见河谷的堰埂上有几个十多斤重的倭瓜葳蕤在藤蔓下，我随口说我爱吃倭瓜，相眼的村支书三话不说，揪下来放到了我们车上。我们不好意思，支书诚："没事，别说是地里的，就题树上的，花椒、柿子、粟子、核桃，也随便你摘。"支书叫潘改焕，同行人开玩笑说：'支书要改地换天吗？"支书却一脸正经："这山里的面貌是该改改了，要不然，会请你们来出主意搞开发？！"

鲁山境大小河流差不多上百条，河名多因地而名，譬如北来河、清水河、团城河、香盘河、想马河，听听就知道是什么地方的河。倒是这荡泽河名儿，虽无地域特色，却颇具气韵，闭了眼，就想象得出它浩浩荡荡的样子。我们去的时候是农历八月，雨水出奇的稠，季节被淋得湿漉漉的，荡泽河水泻流急，喷珠溅玉，声响若雷。溯流而上，但只见水自汝阳境奔向盐店，聚沟凝壑，跳涧汇溪，波翻浪涌，水量何止枯水期十百倍也。说来也怪，天再怎么久旱无雨，很多山沟早不见了河的影子，倒是这荡泽河，还潺潺成流，汩汩成溪；哪怕是瘦成了一条线，也环佩叮当，琴韵纤细，甚而至于作无声的弹拨，足见其所涵养区域之丰润。河水九折十八弯，横冲直撞，在岩床上滚过，冲撞出的是无数的瀑潭：黄龙潭、金龟潭、横梁潭、簸箕潭，状物名物，似兽名兽。而瀑却不叫瀑而叫撞：头道撞、二道撞、三道撞……一直"撞"下去，奔流到海。山里人到平原、到城市，不就如这荡泽 河水一样，一直撞下去，直到撞出一片又一片新天地吗？！鲁山山大瀑多，大的瀑布当然要数尧山的、十八垛的、龙潭峡的……海拔高，落差大，荡泽河那是比不过的；而若论潭之多少，荡泽河的恐又最多了，转转弯现一个，扭扭头展一个，多得数不过来，且皆深不可测。水打着一个漩又一个漩，歇一次脚再歇一次脚，为的是再一次的闪亮冲撞。望潭之幽深，听水之轰鸣，想潭里是潜着蛟龙水兽？情思不免洞穿到远古，无数个关于龙的传说就在民间生动起来；而待水枯时，看这潭水静若处子，明如宝镜，含蓄柔媚，心便衬托得无比纯洁，金童玉女的爱情故事又幻化出来。

盐店山脉的山石是梅花玉，底色有豆青、茄紫、赭红三种，光亮细腻。看激流冲刷山体和石质的河床，几树梨白，梅影点点，冰晶似雪，清逸飘洒，浓淡有致，简直花了人眼，疑心这世界是梅做的，心又变得无比柔软，但分明骨里添了些傲的感觉。世人有几个不爱梅花呢？偏这独特的玉质观赏石是出在盐店山，出在荡泽河里，难免让人对这片山水刮目相看。翻看资料，也果然发现梅花玉是集中出在豫西三县交界这一带，火山岩浆迸发冷凝，形成无数杏仁似的气孔，任凭充填上什么颜色，都像是梅花状的。故而有石家赞曰："其在水也，波光澄澈，体制愈妍，殷红浅碧，亦媚亦嫣……"

大自然就是这么的神奇。

恋山恋水，赏春探秋，觅幽览胜，找寻原始之古拙之美，近天远地，莫如就到这盐店来走一遭，看一看。只是我又担忧，真要开发了，喧嚣起来，是否又少了无数野趣呢？

珍视历史名人

　　鲁山县炎黄文化研究会利用网络、手机，以及投票的方法组织开展"鲁山十大历史名人"评选，这是鲁山县炎黄文化研究会成立以来，顺应文化界人士要求，并广泛征询社会各方意见后，所进行的一项大的文化创意活动。连日来，这一话题持续发酵，已成为民众谈论的焦点。人们纷纷议论，何以要评选鲁山的十大历史名人；名人在文化建设、城市建设、经济建设中有哪些作用；哪些人在鲁山的历史长河中算得上历史名人；十大历史名人究竟会花落何人？这都充分体现了人们对鲁山文化建设的关注。

　　毋庸讳言，在经济发展，社会昌明，百姓安居，和谐稳定的今天，在文化强国、文化强省、文化强市、文化强县的方略指引下，各地都在注重名人文化资源的开发与利用。君不见，一些地方没有名人，连西门官人、潘氏金莲也是要争一争的，虽是斯文扫地，无奈之举，也实在用心良苦。鲁山作为一个拥有众多名人文化资源的历史悠久文化厚重的豫西名县，也曾遭遇墨子被强行绑架抢夺的尴尬。

一座城市特有的历史名人资源，是一笔宝贵的无形的资产。这一份历史的馈赠，其文化价值显而易见，无论是已经体现，抑或尚养在深闺，在新的历史形势下，都应追寻其挖掘与保护、开发与利用的真谛，在物质增长方式与城市外观趋同的情况下，凭据这一笔宝贵的无形资产，展示其特有的文化风采。城市的形成与发展是一个不断沉淀与积累的过程，每一座城市都应该具有自己独特的灵魂，它是一座城市的精神品质，它源自城市的文化传承、地域滋养。历史名人身上所凝聚出的价值取向、道德追求、政治信仰、人格魅力等精神元素放射着无限的光芒，可以产生超越时代的能量。名人资源虽不独属于一个地方，但它影响一个地方的品质塑造，影响一方民众的精神形成。它与城市建设有机结合，可以唤醒历史的记忆，彰显出城市特有的魅力。

所谓的历史名人，就是为社会的文明进步，为国家和民族做出过突出贡献的英模人物。他们每一位身上都折射着中华民族优秀传统文化的光芒，是泱泱华夏历史群体人物的代表。传播与影响广泛深远者，成为中华民族的先哲圣贤。圣贤文化乃中国传统主流文化的核心，他们以其崇高的人格力量和文化创造，成为璀璨的星辰，镶嵌在中国历史的天幕上，令后世高山仰止。这是今天我们中华民族文明传承中最应当关注的文化。例如我们的墨子，就是圣贤中之典范。更多的地方历史名人，虽非圣贤，却也在历史的长河中激荡、在历史的星空中闪烁。他们是这片土地上历史文化的重要承载者、创造者、支撑者。

我们常说鲁山物华天宝，人杰地灵，我们常说鲁山山川秀美，文化厚重。究竟杰灵在何处？厚重在哪里？虽是掘地三尺还见得秦砖汉瓦，但风云变幻，沧海桑田，直观的辉煌记忆的古物图影几已荡然无存，那么只有从典籍文献中、从历史人物中去追寻这些圣贤先哲、忠义节烈、英才壮士的踪迹。经过岁月的磨洗，拂去历史的尘埃，他们仍然熠熠生辉：刘累、墨子、元结、牛皋、元德秀、任应岐……一串串熟悉的抑或不太熟悉的名字承载着太多的历史烙印和文化记忆。对于他们的名字，我们有必要熟稔在心，对于他们的事迹，我们有必要口口传颂。不可否认，他们的精神已经默化在我们的言行中、潜移入我们的民俗里；受他们的感召，我们身上有他们的影子；我们的价值观念、生命感悟、族群标识、人文哲学、无一不打上他们的印记。

英国前首相丘吉尔说："我宁愿失去一个印度，也不愿失去一个莎士比亚"，意即宁可失去一个殖民地，也不愿失去一个伟大的作家。在丘吉尔看来，一个伟大的作家所带来的精神上的满足和文化上的贡献，远大于一个富饶的殖民地所带来的财富。这句话突出反映了名人文化作为一种"软实力"，在社会发展中所发挥的重要而独特的作用，说明了历史名人是民族精神支柱，是文化安全重中之重。

为什么我们的眼里常含泪水？因为我们对这片土地爱得深沉；为什么我们对这片土地爱得深沉？因为这片土地上曾经哺育过无数名贯天下的贤达人士，我们为他们曾经在这片热土上生活成长而感到骄傲与自豪。挖掘历史名人资源，宣传好这些优秀人物的杰出代表，让鲁山大地上这些灿烂的文化代言人走进千家万户，可以赋予鲁山更加深刻的文化内涵；可以进一步提高鲁山的知名度和美誉度；可以进一步激发全县人民热爱家乡、建设家乡的豪迈热情；可以进一步激发全县人民更大的创造力与凝聚力；可以构建和谐；可以促进经济发展……

至于怎样去宣传、挖掘、打造历史名人，这是一个系统工程，非一人一时之力所能完成。我们可以利用宣传媒体，采取不同的形式，加大宣传力度；我们可以编纂出版相关图书予以普及教育，我们可以打造一些集思想性、艺术性、观赏性为一体的文艺作品；我们可以选择适当的场所竖立历史名人塑像；我们可以修复历史文化遗迹，建造历史文化博物馆等微缩景观……

煮酒论名人，余音可绕梁。传承好文脉，名人是名片。我们都有责任和义务，守护好这一笔宝贵的精神财富和文化遗产。让我们都参与到鲁山十大历史名人的评选与打造中，为鲁山名人文化的发扬光大增辉添彩。

精心捡拾鲁山文明的碎片

鲁山民间民俗文化繁多，多归类非物质文化遗产也。它虽然存在于人民的生活起居中，是生活的文化、百姓的文化、俗世的文化，却也是承载一方民众精神与情感的重要载体，是人类智慧的结晶。它不同于经史子集、皇家经典等高雅的阳春白雪文化，呈现的是一种独特的世代承传方式和文化空间。它多属于农耕时代的产物，是华夏文明的根源文化。它以其神圣强韧扎根于泥土中生生不息。这是我县一笔巨大的文化财富和精神资源。这也正是鲁山有别于其他地域人文特色的集中体现。

何以鲁山的非物质文化遗产灿若星河，数目良多？追溯起来，盖鲁山居于宛洛许平间，历为战略咽喉，隶属关系复杂，乃多种文化交融之地；加之鲁山民众善良勤劳，睿智聪明，性格狂放，肝胆相照，苦乐忧凄，万般磨砺，于是造就这一方独特而又淳朴的民风民俗：表演形式多种多样，民间艺人层出不穷，传说故事俯拾皆是，口承文学流传广泛，民间文化光彩夺目，民间艺术成就辉煌。这些由鲁山这一方水土所涵养出的独特的民间艺术瑰宝，经过历史的淬炼，终沉淀成为鲁邑代表性的非物质文化遗产，成为我县的一张张文化名片，熠熠生辉，光耀中原。这也算是鲁山人民对中华民族多元文化的一己贡献。

不可否认的是，当前，经济全球化的席卷，社会现代化的冲击，农耕文明的削弱，人生价值观的嬗变，使我们的"非遗"文化遭遇严峻考验，口传心授的传承受到巨大影响。所幸，在鲁山这片热土上，在"非遗"这块精神高地上，有一种人，有一类人，不管是天生颖悟，亦遑论在生活的一个节点上受到启发触动，于是决然一生一世，抛弃浮华绚丽，穿越时空隧道，不计得失，无怨无悔，苦行僧般，苦苦追寻，面壁参禅，影像入石，哪怕清贫一生，坚强恒久地做了鲁山民俗文化的守护之神。这是对鲁山这片土地的一种特别眷恋，是对鲁山这块沃土的一份深情守望。

弦歌雅意，花开芬芳。他们成了鲁山的文化瑰宝，成了省、市、县非物质文化遗产的传承人。

千年古邑，厚重鲁山，首先厚重在"非遗"承传。

在物欲横流的现实世界，很多人离本土文化越来越远。那些曾经闪烁在历史天空中的零零星星的文明碎片与文明记忆如果不去捡拾，亦恐渐行渐远飘渺而逝，湮没在岁月云烟中了，夸大一点，亦可能会出现历史文化的断层。怎样在农耕文明土崩瓦解、传统生活方式趋于湮灭，人类文化个性逐渐消弭的今天，让鲁山这种文化精神的遗失少些落寞惆怅，使变幻虚拟的情感多些灵的依靠，使我们的精神家园多些纯粹，使我们的大美鲁山多些凝聚与亲和之力，这就是我们对"非遗"文化抢救性挖掘，对"非遗"传承人保护性的传承初衷。

要对鲁山历史深情远眺，对鲁山文明细心捡拾，对鲁山多元民俗画卷展示，就需要我们群策群力去研究、弘扬、继承鲁山优秀的"非遗"文化，守护好我们的精神家园，打造好我们的民族文化品牌，以浓墨重彩涂亮这抹中国文化的底色，使之成为鲁山人民浇灌人心向善、风俗醇美的甘泉！

仰望墨子

　　两千多平方公里、相当于两个半香港面积的鲁山，层峦叠嶂，山川秀美，秀美到几多客人在游历后不免赞叹曰：真河南后花园也。有一次，荣幸陪同一名国学大师登尧山，大师站在尧山之巅玉皇极顶，南瞻汉水汇长江，北望伊水走黄河，东眺温水入颍准，凝思良久，问："此乃中原宝山，定然人杰地灵，不知这历史上出过哪个名人？"我手指尧山脚下尧山镇，脱口道："墨大师点点头，感慨道："这就对了。墨子原应出生在中原，他是楚文化的结晶嘛。英国首相丘吉尔说，'我宁愿失去一个印度，也不愿失去一个莎士比亚。'墨子是中国的莎士比亚啊！"

　　大师仰观天文，俯察地理，通晓古今，不愧博学，字字要义，句句精深。

　　2012 年 3 月，看河南卫视播"中原经济区高层论坛"新的听到前外交部长李肇星的演讲。李肇星说，他曾多次去莎士比故居，那里的风景比河南差远了，但因沙翁，旅游业火规；

出在平顶山、提倡兼爱非攻、对他外交帮助很大的墨子，如果着打造，平顶山将会成为不亚于莎士比亚故乡的名胜之地。

这番话，又一次让我灵魂震颤，心潮澎湃。

二者语出一辙啊。

翻看史书，搜寻资料，不难发现伟人孙中山、毛泽东、江泽民都曾对墨子情有独钟，推崇备至。孙先生说："古时最讲爱字的莫过于墨子。"说的是墨子大爱无疆；毛泽东说："墨子是一位劳动者，他不做官，但他是比孔子高明的圣人。"把墨子置于孔子之上；历史学家蔡尚思说："在中国古代思想史上，价值最高的是墨家而不是儒道法佛等家。"

听听这些话说得，掷地有声。

泱泱华夏，文明古国，圣贤伟绩，勿言出其右者，墨子确乎是典范了。

墨子，墨子。忙碌之余，清茶一盏，屏气定神，我在心中不时念叨起这个名字。心事浩渺连广宇，星辰无数几闪烁？居平顶山十大历史名人前位的墨子，在历经人情冷暖、世态炎凉、兵燹匪患、帝王更迭之后，穿越两千多年的时空隧道，何至于仍在熠熠生辉？

这是一个平民形象。一身粗布黑衣，腰里别着皂角大刀，匆匆忙忙奔走于诸侯各国之间：去齐、到鲁、过卫、入宋、至楚，裂裳裹足，摩顶放踵；胸怀大众，无私无畏；制止战争，兴利除害，干的尽是为老百姓的事。鲁山赵村镇中汤村为墨子外婆家，墨子在这里发明坑染术，当地百姓是这样描述墨子苦行僧般形象的：

坑，坑，坑衣裳，
黑泥塑个墨子王。
披头发，大脸膛，
橡壳眼，高鼻梁。
一身黑衣明晃晃，
皂角大刀别腰上。
野鸡翎，发里藏，
肩上挎个万宝囊。
赤巴脚，奔走忙，
天下污浊一扫光。

最具悲天悯人之情怀、侠肝义胆之精神实例的当推止楚攻宋的故事。当墨子获悉楚王造云梯意欲攻宋，十天时间，日夜兼程，赶到楚国都城，冒着杀头的危险面见楚王，在利用夸张雄辩的语言也未能说服楚王的情况下，又与公输盘演绎九攻九拒之术，终了使一场一触即发的战争消弭于无声中。

运筹帷幄，知己知彼；不费一枪一戟，救万民于水火之中这是大智大勇的体现。

孔墨并称显学。数千年的政治统治孔儒占了上风，墨学渐微。但是，在当今这个核子巨人道德侏儒，精于攫取甚于和谐的世界，我想应该更进一步去解读墨子。著名哲学家范文澜解读过，著名学者易中天、纪连海解读过。孔墨作比，二者是两个截然不同的上层贵族阶级与下层平民百姓的代表人物。孔子食不厌精，脍不厌细，衣冠楚楚，上课音乐伴奏，春天踏青郊游；墨子一生则粗茶淡饭，布衣草鞋，自苦为极，也就是现在我们所提倡的艰苦朴素、勤奋向上的民族精神。孔子讲究的是君君臣臣、父父子子的繁文缛节，墨子宣扬的则是大爱无言、大音无声的奉献精神。思想的砥砺可谓针锋相对，水火不容。在百家争鸣诸子时代，像墨子"强不执弱，富不侮贫"的政治观点，盼望着百姓能够"寒得衣、饥得食"的平等理念是多么难能可贵。正是这些文明源头的思想灵光，滋养着我们构建和谐，共奔小康，建设美丽家园的梦想。

我无意于从故纸堆中去考证墨子里籍，却愿意从鲁山的山山水水里去寻其足迹。风筝山、灵凤山、晒布崖、相家沟、土掉沟、黑阴寺、圣人垛、棋盘山……这些带着历史印痕的地名故事，无一不映现着墨子活动于此的音容笑貌。也难怪鲁山至今还遗存有13处纪念墨子的祠庙：墨子祠、墨子庙、墨子坊，农历九月初八墨子生日或农家节日，方圆民众都要去庙里祭祀。墨子史迹根植鲁山沃土，民风民俗世代相袭。在辛集乡徐营村，百姓还建一座穷爷庙，庙里敬的也是墨爷，他们说这墨爷是为咱穷人家办事的爷，不敬他敬谁？鲁山西南团城乡与南召接壤，在高高的圣人垛山上，有一座墨子祠，屋里斑驳的墙壁上绘了两幅画，一幅天神赠予墨子宝珠的赠宝图，一幅墨子止楚攻宋的楚王弃攻图。尧山镇为墨子故里，在墨子故居处，三间土墙草房里住着一位古稀老人叫孙德润，孙先生用一生的时间，默默的守护着墨子故居。也正是基于这些文化保护和传承，2013 年 1 月 24 日，中国民间文艺家协会命名鲁山县为"中国墨子文化之乡"。

给予我们一张国家文化名片，同时也赋予我们一份责任、一种担当、一个使命。

需要叩问的是，是什么力量使鲁山人民尊崇墨子？信仰墨子？应该说是墨子的普世情怀和人格魅力。

当我们登临鲁山分水岭之楚长城，抚摸着那蜿蜒叠垒的石墙石寨；当我们站在古鲁阳关遗址，遥望贯通宛洛的三鸦古路；当我们行走在山野村落、绿树掩映之中，我们是否感受到古圣先贤墨子亦曾在此面对烽火狼烟感慨沉思、穿梭奔走？他的情感思想，以一种怎样有形或无形的行为方式，融入我们血流之中？

仰望墨子，用一颗虔诚之心。在桑梓之根，寻找我们心灵的故乡，滋养我们的灵魂，守护好我们的精神家园。

草根艺人

　　有一类艺人，居于野山僻村，沐民俗乡风，偏爱某一门技艺。无师可投，无门可拜，也未想着跟谁去学，只是无缘由地喜欢，于是在辛苦劳作之余，顾不上梳洗打扮，光鲜衣着，不停地练啊练的。说他苦钻苦研，境界似乎高了些，但他过于执着，一门心思用在参悟，看上去就邋里邋遢。原本讷口拙，而今一举一动更异于常人。人多以为他神经出了毛病，也有人讥之为傻呆。然想不到的是，他的这一门技艺，在不知不觉间，竟然游刃有余，登峰造极。剑走偏锋，有朝一日，受到专家们的称赞。专家们目睹了这来自最底层的土得掉渣的表演，观看了他们没有一丝雕饰的天然成题的作品，两眼放光，激动得好像哥伦布发现了新大陆，四下里打听这些个艺术出自何许人手，不惜屈尊下架，登门拜见，紧紧握住他掌上盈寸的厚茧，泪及盈地说："高手在民间，您是真正的民间艺不家！"

　　旁观者不明底里，撇嘴一笑："他不就是俺们这儿的草根艺人吗？"

是啊，灵异乍现，光芒照耀，名扬天下了，戴一顶光环的帽子，成了民间艺术家。不戴这顶帽子，没有伯乐赏识，遇不到专家推介，任凭左邻右舍身边之人津津乐道，充其量，他也就是个不名一文的草根艺人，譬如可行千里之马，辱于奴隶之手。

所幸者，被誉为剪纸仙手之鲁山下汤镇草根艺人李福才，虽已赴召玉楼，却算不得骈死于槽枥间。作为民间艺术家、省非物质文化遗产传承人，亦不枉潦倒一生矣。

人说，草根艺人多是李福才这个样子。人又说，李福才是典型的草根艺人。草根艺人的伟大之处，就在于他们一生以土地为主线，不曾离开土地半步。他们生存在乡野，生活在农村，扎根在民间。但草根不等同于民间。说草根艺人比说民间艺人深刻。草根艺人比民间艺人苦难了许多。草根文化相对于御用文化、殿堂文化，没有经过主流意识的疏导和规范，没有经过文化精英的加工改造，却蕴含着丰富的生活共识，散发着浓郁的乡野泥土味。草根艺人是土生土长的土坯子，不曾进大学学堂镀金，没有那么多深奥的理论铺垫，却凿石石生肉，捏泥泥立骨，让人闻着味儿就迷了醉了，让人看一眼就忘不掉了。草根不值几个钱，但由草根开出的奇花异葩难道不好看吗？！草根艺人灵慧异常，与自然契合，只管开花，不管灿烂给谁。像李君福才，他日日只管不停地去剪啊剪的，剪出的作品幅幅有故事，有情节，有血有肉有灵魂。那是剪必有情，情必达意的。但他又从不看重自己的作品与手艺，剪成了任由人拿，给个仁核桃俩枣当然乐意，不给了也无所谓。曾有款爷付定金购其剪纸千件，福才很是不屑；亲戚劝其到北京、深圳等繁华地方摆摊剪售，福才亦置之不理。福才一鸣惊人时，各路领导纷纷前往探望，有关部门不免设宴招待，领导邀其入席，福才执意端一碗面条儿躲一边津津有味吃去了，弄得领导也很尴尬。有一次，某局长儿子结婚，局长邀其到家剪纸。翌日，局长派司机来接他，却是铁将军把门，不见了福才影儿。一询问，邻家儿子亦是当日成婚，福才主动贺喜献艺去了。完不成领导交办的任务是要受批评的，司机找到邻家，怪福才不守信诺，要拽他走，福才一甩袖子，说："领导家多的是人撺忙，少我是典牵番根露卷紧人的解范居兆这。儿我要不来，以后咋见面？"

这就是草根艺人的范儿。

但福才对待专家却不一样了，民俗专家倪宝诚在 30 多年前初见脖颈僵硬、行走困难、吐字含混、朴实憨厚的福才时，相互都觉着亲切无比，毫无陌生之感，乃至于二人同床共枕。其后福才又多次专程赴郑拜见倪老，每次俩人儿都有拉呱不完的话儿。以致福才把自己的男女之私都说给倪老听。

这或许就叫心有灵犀、心心相通？！

也有人说，草根艺人虽是艺人，但毕竟是草，长不成参天大树。但反观野草，却最具顽强的生命力。它扎根泥土，是阳光、水和土壤共同创造的生命；看似散漫无羁，却生生息息，绵绵不绝。野草因植根于大地而获得永生。这个世界需要大树支撑，但更需要草根去滋养大地，更需要草花去装点环境、美化心灵。草根赋予民众普世精神，他具有强大的凝聚力、生命力，可能影响几代人的精神境界。

还拿李福才为例。民俗专家们给予了他作品无尚高的评价，说他的剪纸由远古发展而来，从汉唐诗歌衍生而出，是农耕文明精彩的画卷，为一方水土独特的产物。说他的剪纸充满乡愁，散发出泥土的芳香。仔细分析，专家们的话不无道理。福才剪纸的韵味不是奢华名贵、莫测高深，而是紧贴大地，温润柔软，传达出的是一种欢乐吉祥，团圆美满，承载的是劳动人民的朴素情感和审美意识，映现的是民间基本的道德观念与人文关怀。李福才的剪纸不同于笔法越来越细腻、画面越来越现代的商品化的剪纸。那些东西丢掉了像李福才这样的草根艺人所特有的传统与纯朴。

草根艺人石破天惊，其实又很无奈。他们生存在夹缝之中，很少有人考虑到为他们扎一个篱笆保护起来，抑或把他们移栽到较好的环境中去。话又说回来，从生活的角度，他们未免过于清苦，从艺术的角度，这也是上天恩赐的一份厚礼。离开了那片赖以创作的土壤，草根艺人就很难再鲜活起来了。五颜六色，灯红酒绿，搅扰得民间艺术失了纯粹。所有的艺术都是这么奇怪的东西，它离不开生活，离不开自然，否则就没了灵性。很多草根艺人登上了星光大道，步入了高雅的殿堂，却偏偏再也出不了优秀作品了。他们一旦走出乡野田垄，便称不得草根，再难回归。

这就是我们国家坚决要保护民间的非物质文化遗产传承人的目的所在。

因为，像李福才这样的草根艺人已经不多了

虽然我们的民间文化宝藏丰厚，但不可否认的是，伴随着农耕文明的逐渐削弱，民众生活方式的嬗变，尤其一些草根艺人的逝去，不少珍贵罕见的民间技艺销声匿迹。许多民间绝活、传统工艺，我们还没有来得及记录就悄然远去。这实在是遗憾。最近，鲁山县与河南省民间文艺家协会、河南美术出版社联合编纂出版了《中国民间剪纸集成·李福才卷》，把李福才生前所创作的 500 余幅精品剪纸汇集成书。鲁山县炎黄文化研究会与相关单位又在李福才坟前立碑纪念，碑联曰：胸中锦绣，纸上华章，剪随行云常焕彩；垄外芷兰，艺坛翘楚，君共芳草永留香。这也算是鲁山人民对民间多元文化的一种保护，也算对草根艺人的一种追忆怀念。

唯愿我们都能重视珍贵稀缺的原生态文化遗产，保护好那些怀揣着永不熄灭的梦寐之灯的草根艺人。

墨子：用方言写作的作家

枝枝杈杈的，语言这棵大树上连缀着无数方言。历史再怎么推移和演进，一域内，口语音韵想抹都抹不掉的。少小离家老大回，回时，鬓发已白，乡音却还是小时候的。这乡音里蹦出的一串串方言俚语，是在不知不觉间被一川山水浸润，竟被浸润得清凌凌、脆生生，几十年几百年几千年还滴着露珠似的透明，真让人喜爱。

一方水土养一方人，养的是习俗与方言。

说话，一辈子带方言并不奇怪，连毛主席站在天安门城楼上向全世界庄严宣告时，带的也是浓重的湖南口音。但用方言写作，把方言当作标签使用的作家，古往今来并不多，开天辟地，窃认为墨子算一个。

有人不明底里，说，墨子是中国的文化巨柱，乃顶尖人物，称得上思想家、军事家、科学家，算不得作家。此话谬也，这个问题《河南日报》曾给过答案。2007 年 3 月 30 日，《河南日报》厚重河南·解读中原《诗文文化：中国文学的源头和高峰》通版文章中，左首竖排 6 幅河南古代作家照，墨子名列首位；右首竖排 6 幅河南现代作家照，徐玉诺又排第一。无论编者是有心或者无意，二者都是鲁山人，足见鲁山名人辈出，文化积淀厚重，也说明鲁山是出作家的地方。譬如墨子之后，唐朝时，鲁山就又出了名满天下的"二元"：元次山与元德秀。这杜甫与元次山做了好朋友，而元德秀呢，传略竟被列入《旧唐书》，与李白、杜甫）、昌龄等诗仙诗圣们并列一卷，且着墨文字较多，连苏轼都佩服说"恨我不识元鲁山"——元鲁山指的就是元德秀。后来成名的鲁山作家更多了。直到现在，鲁山搞创作的人还是比比皆是。他们无一不是受了墨子的熏染，虽然都没墨子有名，想来却全是把墨子作榜样的。

鲁山原属夏地，之后为楚之北陲。墨子在鲁山呱呱坠地，并长期生活于此，说的话当然是鲁山话。那时没有录音设备，我们现在想尽一切办法也听不到墨子的原音了，但我们从《墨子》一书中可以清清楚楚地感受到，他不但说鲁山话，还用鲁山方言写作。

《墨子》一书不是墨子一人所写，却大部是由墨子亲著或口授，书中使用了的鲁山方言，粗略计就有百余处。譬如"饥""安生生"。《墨子·尚贤》中，王公大人问墨子："为贤之道将奈何？"墨子曰："有力者疾以助人，有财者勉以分人，有道者劝以教人。若此，则饥者得食，寒者得衣，乱者得治。若饥者得食，寒者得衣，乱者得治，此安生生。"外地人不明就里，鲁山人不用翻译，甚而学历不高的人也明白全话的意思。饥也即饿，鲁山人常说饥而不说饿，说饥不饥而少说饿不饿。要说饿不饿，就有书面用语的成分，鲁山人还以为你是在转斯文（"转"字在此不念 zhuan，而念 zhuai）。

"安生生"含安定、安宁、安全、安静意。社会安定，百姓安居，我们这一带常说成"安生、安生生、安安生生"。人畜温顺喻之"安安生生"，社会动乱，民不聊生，叫百姓"不得安生"。旧社会战乱频仍，一方百姓常感叹："啥时候，咱们才能过上安安生生的日子呢？！"墨子有一颗博大仁爱之心，他牵挂百姓的苦乐忧凄，盼望着普天下人吃得饱穿得暖，能过上幸福日子。这是创作的本真，是文学的原点。在此，想起鲁山籍在台湾研究墨子几十年的学者冯成荣先生的一首打油诗："墨子兼爱又非攻，席不暇暖为苍生；游说诸侯别打仗，希望人民安生生。"

《墨子·备梯》中还记述了这样一件事：禽滑厘像仆人一样侍奉墨子三年，手脚都磨出了老茧，却不敢问墨子自己想要知道的东西，墨子心里过意不去，"乃管酒块脯，寄于大山，昧茅坐之，以樵禽子。"这几句话专家们怎么注解都讲不通，但若懂得鲁山方言，也是很简单不过的事了。"管"同"灌"，"管酒"也即"打酒"；"块"同"批"；"寄"即"来"也；"昧"作动词，是把茅草（用手或胳臂）抿倒；"樵"非砍柴之樵，应为瞧人之"瞧"，乃携礼探望慰问之意。逢年过节，走亲访友，拜望长辈，抑或求人帮忙，登门造访，带着礼物，鲁山人都叫"瞧"。这几句话的意思就是：墨子带着打来的酒，汇着盛肉的篮子，（与禽滑厘一同）来到大山上，把茅草抿倒，两个人坐下来，边吃边喝的拉话。墨子于禽滑厘有些歉意，他在用这种独特的方式拉近学生与老师的距离。墨子非官非民，没有官架子。作为老师，老师请学生的客，这情况就是现在也不多见，却恰恰又说明墨子具备文学家的性情。

鲁山话"瞧亲戚""瞧一瞧"一般是要携礼品的，它与"瞧这一家子""瞧一眼"有所区别。不熟悉鲁山方言者，安能辨得清内中意蕴？！

《墨子》中还有"待客""宾服""将养""强梁""不材"等诸多鲁山口语。"待客"是高规格、尽己所能招待客人；"宾服"即服气、臣服、佩服，甚至含有佩服得很的意思；"将养"多指调养、赡养、抚养，含艰难维持生命生活之意；"强梁"原指勇武、强劲、有力，鲁山话多含蛮横霸道的成分；"不材"则是说一个人没能耐、没出息，毛病太多，才能平庸，不可造就。

《墨子》书中，鲁山方言多的，定是墨子亲著无疑，少的或没的，可能是他的弟子或后学整理记录增删的。

鲁山地理位置出奇的特别。一山分三地，西边陲之尧山，那是刘姓始祖刘累立过尧祠的灵山，山南水入长江，山北水注淮河，山西水走黄河，一座山成了三大流域的分水岭。于是乎，山高林密的鲁山就成了南控襄宛、北扼伊洛的战略要地，数千年争来争去，秦汉时被争到南阳郡，唐后又让洛阳管了千余年，新中国成立又被许昌收到麾下，今又做了平顶山人。它的地属中原、枢通南北的优势，造就了墨子裂裳裹足四处游说的人生经历，奠定了他体察民生宣传自己主张的思想基础。而鲁山人说话呢？虽南腔北调都能兼容，却又形成了自己独特的语言特点：发音清晰，语汇丰富，拟人状物生动形象。如若不信，你仔细品吧，鲁山人口音重，重得有味儿；用词简练，简到不能再简。说人长得好看吧，就用"精眉淑眼儿""细皮嫩肉儿""高大利亮白"，说变天吧，就用"黑冷黄风""绰脖子猛雨""疙瘩暴云""扯挂晴天"，品尝五味则"甜丝丝儿""酸溜溜儿""辣酥酥儿""香喷喷儿"，举不胜举。难怪有人说："鲁山人说话'措词简练不絮烦，无愧华夏五花蛮'。"有些专用字，如"嬲""攀""媱""歘"等，我原以为字典里找不到，不料想一查还真就有呢。看看这些字，是不是就明白点，鲁山人为啥性格像墨子一样刚直不阿、爱憎分明，是否业已明白这个聪明绝顶的平民圣人，何以在他的十大主张中用了这么多方言吧！

　　方言是语言的活化石，说方言那是自小的事儿，长大了再学，只能学到皮毛，更别说在文章中使用了。墨子所用的这些方言，我不能说是鲁山独有，但绝对是中原所独有，尤其又集中体现在墨子著述中这么多，是奇迹，更是确证，这只能说明墨子不但土生土长在鲁山，而且是长期生活在这里，与这片山川感情深厚，血脉相连。

今之作家多矣，但用方言写作的鲜乎少战，古往今来，懸子算一个。谁能想得到早我们两干多年的墨子，会在他的作品中使用这么多地方方言呢？！话说回来，也正因为墨子使用了地方方言，才使他的文章深入浅出，传至今日，仍享有崇高的地位。

境　界

最近，因编辑出版《李福才剪纸》一书事，多次拜见我省两誉称号、有着 60 年美术工作经历、一生执着于民间美术保护工作的倪宝诚先生；一位是资深出版家、编辑家、民俗学家，至今还担任着省民协副主席的乔台山先生。

倪老先生曾任河南人民出版社美术编辑室主任、河南省民间美术学会会长。作为中原民间文化的研究者、传承者和保护者，老先生对中原民间美术在民族文化中的意义和价值有着深刻的见解，他认为民间美术是中华民族淳风之美的结晶，反映着中华各民族的审美观念和道德伦理风范；民间艺术是一切上层艺术之源，是中国现代艺术发展创新的基础。为此，老先生用毕生的精力执者于民间艺术的传承与保护。那天，我们告诉倪老，李福才不幸因煤气中毒而去世，倪老听后，神情黯然，他责备自己没有照顾好李福才。老先生说，他已经得知福才去世的消息。他与福才是好朋友、老朋友，二人见面互相搂抱，夜晚同床而眠，推心置腹，无话不谈。福才连自己在交女朋友过程中的私密事也毫不隐讳地讲给他，可见二人的关系非同一般。鲁山人都知道，福才的成名就是倪老先生发现并推出的。没有倪老这位伯乐，就没有福才的名满天下，也可能，福才一生就埋没在乡野民间了。

倪先生得知省民协和县委县政府高度重视李福才这位民间剪纸艺术家的保护，省民协已把李福才剪纸列入省民间文化遗产抢救工程，鲁山准备编辑出版《李福才剪纸》一书，并为李福才立碑纪念时，老人家甚感欣慰，很为赞赏。倪老说："福才作古，其作品随之绝世，其遗留的作品已进入文物范畴，其剪纸的艺术风格和审美价值将进入到学者们专题研究的领域，其对社会的影响绝不可低估，更不可忽视。你们为民间艺术家树碑立传；对福才的剪纸作品予以系统整理出版成集，作抢救性保护，功莫大焉。"最后，老人特别强调："立碑之日，你们即使是不告诉我不让我去，只要我知道，我也是要去的。到时候，我要为我的老朋友李福才深深鞠上三躬。"其情殷殷，令人动容。我们邀请倪先生在百忙之中，抽出时间为《李福才剪纸》一书作序，并参与编辑工作，倪先生不顾年老体迈，身患多种疾病，爽然应允。

艺术家发现一个奇特的人才，固是惊喜，隆重推介，这并不奇怪。但我惊诧于倪先生能与福才成为无话不谈的朋友。福才何许人也，腿跛目眇，邋里邋遢，偏居乡野，能够被艺术大师认可就已不易，艺术大师却又与之成为交心朋友，可见大师对于民间艺术人才的厚爱，对于李福才的抬爱。事实确实如此。2014 年 6 月 7 日乃倪老 80 岁寿诞，老先生安排十来桌酒席宴请全省各县纯粹的地地道道的民间艺术家莅临，提前给预邀人员一一发函告知，届时谢绝礼金，聚一聚的原因是思念老朋友了，想见上一面叙叙旧。当天我有幸也受邀参加，发现除了其胞弟、河南电视台《梨园春》节目著名主持人倪宝铎到场外，政界没有第二人。

我们携带整理出的《李福才剪纸》初稿，在拜见过倪先生后又去拜见乔先生。乔先生热爱民俗，为省非物质文化遗产专家委员会委员、省民间文化遗产抢救工程专家委员会副主任。长达 30 余年的出版经历和业绩，使之成为国内颇有影响的编辑家和出版家。同时，因其潜心于民间文化的研究，又使之享为河南颇具权威的民俗学家。乔先生退休后专注于民间文化，他身背一个大摄影包，巡走河南各县，每到一处，一边打开录音笔录着音，一边支起录像机录着景，一边又游走于活动现场内外，不停地忙忙碌碌照相。不认识的人还以为这老头是搞服务的摄影师呢。乔先生原计划在他退休后编纂百种弘扬河南民间文化的图书，建起一座家庭式的中原民俗馆留给社会。

对于《李福才剪纸》一书的编辑出版，乔先生倾注了极大的热情，几易编辑方案，联系河南最好的出版社。那天中午我们在一起就餐，先生谈到，他今年 66 岁，退休后的这 6 年多时间，他策划编辑出版了几十部民间文化方面的图书，家庭式的民俗馆也已成规模，可以说第一个五年计划基本完成。这几年累是累了些，成就感也有，但蓦然回首，目睹那些生存在底层的生活比较困难的民间艺人，自己为他们做了些什么？！他们的生存状态该怎么去改变，他们的民间绝艺该怎么去传承？！编辑出版与研究保护孰轻孰重？！心灵深处的拷问像浪涛一样时在拍打着自己，因此，他打算把自己退休后的第二个五年计划调整为平均每一个月为我省的民间艺人做一件好事，让自己的灵魂安妥些。

听了乔先生一番话，我的心里也沉甸甸的。每个人都有不同的追求、不同的理想、不同的境界。两位著名的民俗学家，用不同的方法、形式为神剪李福才及其剪纸作品在努力做着保护工作。

当然，管窥一斑，冰山一角，这么些年来，经两位老先生帮助的民间艺术家多了去了。没有他们两位的提携举荐，很多民间艺术家也可能一辈子是民间艺人或匠人。

是什么动力驱使着他们这么去做呢？作为一名艺术家，他们两位满可以整日自己创作研究，哪管灿若群星的民间艺人艰难困苦玉汝于成？他们何以达到这样的一种境界？这不是一两句话就能回答得了的问题，但这又是每位艺术家，甚至是每个人都应该认真思考的一个问题。

大巧若拙李福才

形容李福才，作家笔下多以"神剪""剪纸仙手"称之，未闻其名抑或未见其人者，想象其定然是鹤发童颜，风度翩翩，洒脱飘逸，一副不食人间烟火的样子吧。一次，我接一远方电话，询问鲁山一位神剪女士的情况，我一头雾水，及至弄清打听的原是神剪福才同志，向对方讲明他不是女子而是男人时，对方惊诧连连。是啊，寓居下汤一隅的剪纸人李福才，年逾古稀，目不识丁，左腿稍跛，一眼失明，发音迟钝，吐字不清，低头走路，寡言少语，勿谓疯癫之形，类于痴傻之态。寻中不遇，擦肩而过，不知情者，谁又能识得这位没有一丝高古之姿的粗陋布衣，就是遐迩闻名的剪纸艺人、真正的民间艺术家？！

李福才没有艺术家的风采模样，但他头上的光环却耀眼夺目：中国民间文艺家协会会员、省非物质文化遗产传承人。20 年前，我县推介李福才参加在安阳召开的全国剪纸研讨会，不名一文的福才以一幅现场出题剪裁的《亚洲雄风》令专家拍案叫绝央视一套专程赴鲁摄其 5 分钟专题播出其 400 幅作品；

之后，他的《百鸟朝凤》《十二生肖》《老鼠嫁女》等作品在中国首届民族民间剪纸大赛中获奖；《新华社》、《中国文化报》、泰国《世界日报》等中外媒体予以隆重推介；2009年，福才荣登河南省非物质文化遗产保护名录；2010年，中国牛郎织女特种邮票发行，李福才又荣登国家名片，其《男耕女织》《鹊桥相会》作品被邮票珍藏册选用。

这真是有心栽花花不发，无意插柳柳成荫。

观福才的作品，觉其生动有趣，实在是百看不厌：看《猴吃仙桃》妙在猴鼻，嗅觉灵敏的猴子偷吃仙桃的动势令人馋涎欲滴；看《八戒背媳妇》妙在八戒脸上，八戒背着媳妇的那个高兴劲儿，甭提了；看《老鼠娶亲》，十几只老鼠有的敲锣，有的打鼓，有的吹喇叭，有的抬轿，有的手里拿着酒，有的肩上扛着布袋，神态、分工各不相同；可谓幅幅有故事，个个有情节。更妙者他不用构图，勿需思考，搭纸即剪，手到擒来，仿佛胸藏万壑，形熟于心；世间万物，无所不能。说得出名堂，剪得出图形。人说："福才，剪个看电影的吧。"瞬间，现一幅画面：乡野空地上，黑压压一片人群，前面一方布景，一架机子射一束光柱到幕布上，却是农村演电影的场面。旁人看出毛病了，问他；"前边这几个人咋高呢？"福才木讷着，说："这不，这几个人站着挡了后边，后边这个人正伸胳膊让前边这个人坐下呢。"仔细分辨，确乎有一人正伸胳膊，观看的人不禁都笑了；人又说："福才，剪个打仗的。"画面上，当官的四个兜，大檐帽，手掂盒子枪，耀武扬威，当兵的长枪在肩，畏畏缩缩。人问："你咋知道这当兵的与当官的不一样？"福才回答："电影上不都是这样演的么？！"有人戏谑说："福才，剪个打架的。"福才扑闪几下独目，头一点："中啊。"须臾，一幅剪纸出来，是一座山坡上，两个孩子在打架，高个儿的舞拳直朝小个儿头上击来，小个儿只有招架之力没有还手之功了；不远处，一头牛和两只羊正在悠闲地低头啃草——却是一幅妙趣横生的牧羊图，让人忍俊不禁。最近，县长去看他，福才高兴，说："县长，我给你剪一幅吧。"县长暗忖，人说福才无所不能，我要考考他，福才没老婆，就让他剪个怕老婆吧。谁知，福才虽没老婆，却是晓得怕老婆的男人对老婆那是言听计从，服服帖帖，叫干啥就干啥的，少顷，画面上，一悍妇坐在椅子上，叼着水烟袋，舒服地吸着，下面，丈夫表情虽然有些不情愿，但又无可奈何地正在为她洗脚。县长乐了，说："福才，你真行。"

　　艺术忌平贵曲，福才的作品主题鲜明，形神兼备，他是深刻掌握了关于艺术的表现手法和技巧的。

　　更令人叹为观止的是福才的剪纸同一题材表现手法多样，没有固定模式，幅幅不一样，幅幅是精品。没人说得清他剪了多少幅《百鸟朝凤》《龙凤呈祥》，没人说得清他剪了多少幅《十二生肖》《老鼠嫁女》，长的宽的，方的圆的，菱形的，对称不对称的，大小不同，形态各异，千变万化。我就约略见过他剪的几十幅《十二生肖》吧，很小的一张纸就能容得下这十二种动物。当然，福才剪得最多的还是婚嫁的迎喜和春节的接福，不同的场景，不同的人物，不断她变幻。按说他不识字，却把"福"字"春"字和"喜"字剪得风韵各异，充满生机。近两年，县文化局倾力保护"非遗"，挖掘文化资源，出题点题，让他剪出了系列作品，诸如《十二生肖》系列、《牛郎织女》系列、《农耕劳作》系列、《婚俗文化》系列、《花鸟虫鱼》系列、《综合艺术》系列等，每一个系列少则十余幅，多达百余幅，专家感叹说：这是无价之宝啊！

一般人欣赏福才的剪纸，只是觉得好看，耐端详，难以说出其具体妙在何处。"欣赏李福才的作品，就像品味陈酿在地下数千年的老窖酒，余味无穷。"很多人这样谈在看过福才作品后所产生的感受。上升到理论上，专家对他的作品则是这样评定的：古朴厚重，磅礴大气，蓬勃生动，虚实相映，夸张与变形结合，充满浪漫色彩，具有超凡脱俗的汉唐文化遗韵。中国著名的民间艺术家倪宝诚先生说得最为中肯与精准："李福才的剪纸古朴粗犷，独具灵性，幅幅充盈着动感活力，激情洋溢，魅力四射；其剪纸孕育在民间，开花在民间，与原始岩洞里的壁画，远古陶器及至秦砖汉瓦上的图案一脉相承，没有受到一丝现代气息的污染，是地地道道的原汁原味的纯正的中国民间艺术。"仔细留意，现在无论南方北方，报纸电视，铺天盖地的剪纸，纤秀华丽，过于工巧，一股匠气；他们大多是先画样儿，再依样儿去剪，失却了古朴厚拙的原生态美，哪个堪比李福才？

然而，李福才的成名成家，实在又有些匪夷所思。大字不识、目眇腿残，却能够神随意行，意随神走，玩一把剪刀游刃有余，确乎是一种独特的个象。福才坚信自己的这个技艺是仙女传授的，几十年不改其口。事实上，他是斩断名缰利索，清除凡尘俗念，几十年如一日，把自己整个心魂都融进了宇宙生命、自然循环中去感悟体察，痴迷于一把剪刀，执着于一种追求，以致达到"面壁静坐参禅，影像入石"的境界，最终升华为激情和诗意的剪纸；那心源内喷薄而出的禅境意象，会让剪刀顺着鱼虫鸟兽的物态万趣尽情挥洒，自展其意，虚实相辅，疏密有致。搞创作的人都会有这样一种体会：不知道自己究竟是什么时候就已登堂入室了，抑或一直困惑迷茫，忽然一天恍然大悟茅塞顿开。李福才的茅塞顿开，让他一直意为是有一位仙女在指点的，此乃天人合一，生命与造化的完美契合，不知技为何物也。正应了"艺术的最高境界是无境界""越是民族的越是世界的"箴言。那一幅幅底蕴深厚，韵味无穷，妙趣横生，灵光四溢的剪纸，是否给你以幽远的返朴归真的启迪？别人为什么达不到这种境界？这就是大智若愚、大巧若拙的道理。医学研究说，动物的生理功能相互补偿，蝙蝠眼盲，声觉却相当发达；鱼无腿，水中游速却极快；拉弦子的民间艺人中，一部分是盲人，俗话说，睁眼拉不过瞎子，说的也是这个道理。盲人拉弦，沉浸其中，屏神敛气，心无旁骛，不像正常人拉弦，那是很容易受外界干扰的。福才呢，怕手指的灵敏补偿了腿跛，独目比之双目更能凝汇万物，生理的部分缺陷催生了他剪纸艺术的登峰造极，看他右手中指骨节隆起，茧厚盈尺，令人惊悚，他的艺术之根是扎到血脉中去了啊！我辈俗人，受了灯红酒绿、物欲横流的浸染，谁又能像福才一样，一辈子专心致志去干好一件事呢？！

　　福才不会包装自己，他从未夸过自己的剪纸好，压根也就不会夸，甚至未曾意识到自己的剪纸是作品，是人见人夸的好的艺术品，但因为对剪纸的一生执着追求，他成功了，成功了也没有大喜大悲、骄傲自满，也不怨天尤人。那些名利仿佛与己无关，真正是超然物外了。直叫我们这些五官端正，衣食无忧，却口口声声喊艺术的人惭愧。

医界楷模

　　古语云：不为良相，便为良医。良相治国，良医医人。这些人普惠大众，贡献巨大，被世代颂扬。因之痴情岐黄、悬壶济世者，常被誉为"华佗重生""扁鹊再世"，医林瑰宝也。然而，悠悠岁月，漫漫长河，能够解民倒悬、让鲁山人口碑传颂的名医寥若晨星。而尤为遗憾者，凤毛麟角的几位，亦尚未闻有述史立传者。他们的医德究竟好到什么境界，他们的医术究竟精湛到什么程度，他们的事迹究竟有哪些可歌可赞，鲜为人知。而今，县政协文史委、县文联承社会各界人士之诉求，应李庭栋家属之意愿，拾遗补缺，存史资政，在名医李庭栋诞辰 100 周年之际，编辑出版《永远的怀念》一书，让我们回忆起解放初期那段医疗卫生条件匮乏年代一代名医千辛万苦驱除疾病守护健康的温馨，感念他对鲁山人民所做出的贡献。诚所谓橘井泉香，杏林春暖。

　　只要生命还可贵，医生就是一个永远受人崇拜和尊重的职业。医乃仁术。医存名实之异，有善医之良医、精医之明医，寿君保相之国医，粗工昧理之庸医，鼓舞祈禳之巫医。高明的医生是把濒于死亡的人救活，庸医却会把不该死的人治死，这就是良医或者说名医与庸医的根本区别。而良医者，非仁爱之士不可托，非聪明达理不可任，非廉洁纯良不可信。这样的标准充分说明人们对医者的定位与要求何其慎严，良医的地位又是何其高尚而又神圣。

李庭栋就是这么一位广受尊重，倍受赞誉，久负盛名的良医、名医。

作为一代名医和良医，李庭栋当然主要靠的是医术精湛。他最擅西医内科，对妇外儿科等亦有造诣，许多疑难杂症药到病除。20世纪50年代在鲁山盛传的开膛破肚手术即其所施剖腹手术。现在听来剖腹手术是再简单不过的手术了，连乡卫生院也能做，然而在当时十分简陋的条件下，破天荒第一例能够做成功，有着开辟新纪元的意义，创造了妙手回春、起死回生的神话，所以民间也有不少人称其为神医。在中西医结合方面，李庭栋更是独树一帜。当时没有CT、B超等先进的检查设备，又缺医少药，看病靠的就是望闻问切，吃准什么病就已很不容易，吃准了，用单纯的中医或者西医也根本治不好，他采取双管齐下的办法，效果明显。李庭栋是鲁山第一个获得副主任医师职称的医生。他的一生究竟治愈了多少急危疑难病人，从死亡线上拯救回来多少生命，这个数字没人统计，谁也说不清楚，也只有患者和家属们铭记在心。

　　医德同医术一样重要。李庭栋二者兼备。凡找他看病的人，都能感受到他高尚的医德所带来的春风拂面般的慰藉。李庭栋对待病人，无论地位高低、贫贱富贵，一视同仁，不该花的钱绝对不花，能够少花的钱也绝对不让多花，尤其对弱势群体，往往施以恻隐之心。他态度和蔼，服务热情，谦逊虚心，以诚待人，风格高尚，善于做病人及其家属的思想工作，让病人心服口服。李庭栋是受过高等教育的人，他懂俄语、会英语，但他一生遵循的是活到老学到老，手不释卷，年过七旬依然早读晚练，从不间断。所以说，他的医术能够超拔绝伦，医品医风能够卓然于世，就在于其孜孜以求，苦钻细研，集古今之大成，承传统之精华，吸百家之众长。

　　说来，名医济世活人乃其本分，而担当起筹建鲁山县卫生院之重任，具开创奠基之功者，亦推李庭栋先生。他不仅是西医思想理论在鲁之先行者，更是西医入鲁之具体实践推行者。可以说开一代医疗先河。鲁山虽然在历史上创造过无数的辉煌，但因地僻民贫，交通闭塞，医疗条件相当滞后。解放初期，鲁山百废待举，群众对医疗卫生事业的要求日益迫切，李庭栋遵照县政府指示，全面负责筹建鲁山县卫生院。县卫生院也即今县医院前身。矢志为劳苦民众奉献才华的李庭栋夙兴夜寐，想尽一切办法，付、出无数的艰辛，历经数年的努力，几度迁址，终于使县卫生院发展成为工作人员20余名、床位四五十张、有着十来个科室的正规医院。也正因为他心无旁骛，不问政治，在县卫生院草创时期功绩显著，竟被个别嫉贤妒能之徒以"莫须有"罪名打成右派，遭受到非人的折磨。但他无怨无悔，把名誉看得很淡薄。能为病人看病是他最大的心愿。

我有缘与李庭栋同在县医院工作数年，尤其 1985 年至 1988 年，我在县医院办公室工作，曾荣幸无数次与其近距离接触。他的音容笑貌给我留下了深刻印象。那时，老先生已古稀高龄，按说该在家颐养天年，但他以县医院名誉院长的职务依然坚持参加每周的二五大查房。岁月的风霜浸染得他早已满头白发，长期超负荷的辛劳累得他背驼腰弯，可是枯木逢春，老骥伏枥，老人精神矍铄，每天都是乐呵呵的样子。医院里，无论男女老幼，都爱和他开玩笑。他说话幽默诙谐、机智风趣，常常逗得大家哈哈大笑。高山仰止，对于老先生的大名，我如雷贯耳，听过不少有关他治病救人的奇趣。我原以为老先生慈祥庄重，不苟言笑，一接触，想不到平易近人。那时，他工资是医院里最高的，每遇发工资，院领导常半真不假地要他请客，他便会微笑着小心谨慎地掏出一二十元钱让我去买东西，我就乐颠颠买回来一大堆糖果花生或郑州三号西瓜，把几个科室的人都喊过来，吃着笑着说着感谢的话。至今忆起当时情景，仍历历在目。

人世沧桑，物换星移。转眼间，李庭栋医生已离世 25 个春秋，岁月的印记磨洗不掉他的永恒存在。近年来，有些医生丧失医德，乘人之危，一味地追求利益。两相比较，令我们更加对抛却金钱拖累、超脱名利羁绊的李庭栋医生的崇尚与怀念。是什么力量、什么原因使其无论遭受什么挫折、历经什么坎坷，都能够忍辱负重，不改其报效家乡、一生为民、鞠躬尽瘁、死而后已的高尚品德？这是我们每个人都应该认真思考的问题。

结集出版《永远的怀念》，李庭栋医生的家属李健伟先生嘱我为序。我既觉荣幸，又不敢承当。想到我与健伟兄是好朋友，一个"医"字又掰不开，医生乃文明世界的精华，李庭栋老人一生惠泽万民，德厚流光，堪为医界楷模。如今百年过去，依然是岁月不掩其光华，流年不减其焕彩。追慕遗风，遂不揣笔力拙陋，倾诉些文字，也算是表达一点对他老人家的崇敬之情吧！

2015 年 5 月 1 日

橘井泉香

我于 1980 年考入许昌卫校，1982 年春节后到鲁山县人民医院实习，先是在外科，时间不长，大概两个月，自那时认识并接触师恕俊医生。1982 年 9 月，有幸又被分配至县医院外科做护士，外科整整 3 年，到手术室当护士长 3 个月，接着又到医院办公室做文秘 3 年，然后调出县医院。2005 年 9 月又二度回县医院工作一年。从青年到中年，30 多年间，对于师医生，相比来说，也算是有着较为深刻的了解的。我与师医生从年龄上相差 30 来岁，师医生的长子还比我大了一点点。由于在外科工作的经历，受了不少师医生的教诲，每每见之，总称之为"师老师"，感觉是亲近了许多。

师医生有一种亲和力。他每给病人诊病，话并不多，腔也并不高，但沟通到位。他的每一句话，如春风般和煦，似阳光般温暖，让病人听了很顺畅，很受用。但师医生对于病人，是很少大包大揽说过头话或绝对话的，即便是很小的疾病，内心里，师医生能够药到病除，语言上，他也并不绝对说我保证能够治好，而总是说，治疗治疗试试看吧。而对于大病抑或不治之症，师医生轻易也并不说让放弃治疗的话。我原不理解，曾问师医生，何以轻易不说果断话，师医生微微一笑，说："病人及其家属当然是愿意听到短时间能不能治好或者康复话的，但疾病总是在不断地发展变化，小病也可能酿成大病，大病经过治疗也可能好转。江湖郎中才总是说大包大揽的保证话，他们为的是骗钱。作为医生，需要的是尽心竭力。"所以，师医生行医一生，从未听说过与病人发生纠纷，或者出现医疗事故，概其医德医风使然。

师医生老家在原阳县，离鲁山 300 里地，毕业后即来到我们这偏远的豫西小县鲁山，人生地不熟的，却安下心，后来又做通妻子的工作，把妻子也迁了过来，无怨无悔，扎根一辈子，为鲁山奉献了一生。几十年行医生涯，他治好多少病人，那是无法统计的。师医生一生谨言慎行，不善交际，不抽烟喝酒，没有任何不良嗜好，除了上班还是上班。早上常常是 7 点半钟就到了病房，先开晨会，然后查房，开处方，到换药房为那些术后病人换敷料，再上手术台；常常是中午 12 点，别人都下班了，他还没有下手术台。更甚者是夜间有急诊手术，别人处理不了，就派人去家里喊。那时又没有电话手机，师医生家住在城壕边，离医院一二里地，路又不好，他家门前又是个大水坑，黑灯瞎火的，尤其要是三九严寒、风刮雨倾的，更不容易。但只要去喊，师医生那是没有不出诊的，外边喊声未落，师医生便立即下床，蹬上裤子迅速和来人一同赶往医院，一熬一个通宵。记得当时加一个班手术，仅仅是几毛钱的补助，实在与辛苦和技术含量不成比例，但师医生几十年如一日，就是这么坚持工作过来的。及至到了退休年龄，师医生依然是退而不休，不在病房当班，也不用再值夜班，转到了门诊看病。转眼又十多年过去，几个儿子纷纷劝其在家休息，毕竟年龄不饶人，家里也不差你再多使几个补助。无奈之下师医生在家，然而也就是待了那么几天，就又烦闷心慌起来。看病看惯了。于是又回到医院。

我在医院时，外科也就五六个医生吧。还有个东北的女医生，30多岁，丈夫在飞机场工作，她随迁来鲁。女医生个子高高的，身材好，长得又漂亮，说一口东北的普通话，写一手漂亮字，走到街上，回头率相当之高。但是她对病人的态度实在不敢恭维。她整天板着脸，好听的普通话里透着冷峻，让人不好接近。这样的性格是不适宜于当医生的。尤其夜里，遇了女医生值班，我总是绷一根弦，女医生睡得正香，不是很关紧，当班的护士千万别喊她，喊她难免会招一些无趣。女医生的态度与师医生形成强烈反差。还有些男医生医疗态度也不怎么样，常常把病人怪得找不着南北，有时逮住护士也怪。我曾亲见有一个医生在做手术时，递器械的手术室护士误把导尿管当输氧管递了过去，他抓住导尿管竟朝护士脸上甩了过去，弄得上了年岁的护士脸上很是挂不住。但师医生却是和风细雨，从未见到抑或听到他责怪别人。外边的病人来到医院，找的最多的就是师医生，很多病人来就医，点名要师医生看，其缘当然是因师医生医术高态度又好。我曾多次看师医生做手术。师医生总是有条不紊。记得有一次病人出血严重，动脉血管的血液射到师医生脸上，但师医生顾不上擦，依然神情专注地迅速接过一把把止血钳，小心而又准确地夹住一个个出血点，然后再结扎出血点。

　　现在的医疗，分工越来越细。大医院光外科也分出十好几个科室。而20世纪七八十年代，县医院也就一个外西一个外东，二托房子，最西头是手术室，中间是外西，东头是外东。师医生是外西的科主任。外科医生多是全外医生，能做的手术都做，做不成就意味着病人已回天无术，家属常常就放弃了治疗，抬回家料理后事。那时家家经济困难，交通不便，医疗条件差，病重了，很少在县医院治不好再转到省市医院治疗的。住到县医院就已是顶住天了，医生即使是再三劝说让转到大医院去治也转不成。不少人患病就是在家硬扛，常常小病酿成大病。有的人一辈子不进县医院，进去就出不来了。县医院就代表着最高的医疗水准。所以说，病人进到县医院，好多家属就明着说病人交给了医生，治好治不好不埋怨。那时最常做的手术就是普外或者说腹外，其次是骨科，心血管与脑外没有开展。应该说，师医生除了心外和脑外，几乎没有他不能做的手术。很多妇科手术，妇产科的医生拿不下来，也常请师医生上手术台。我不知道那个年代大医院的医风如何，是不是已经有了吃清或者送红包的现象，及军后来发展到越来越严重的地步。而陌们县医院，我感觉是几平决有这种现象的。尤其是送红包，送了也没有医生接。至多是病人痊愈出能了，病人家属找到医生家，送上一点土特产，拿上一箱饮料。请吃也没有。这么多年，我是从未听说师医生吃请一次或收受人家一点点礼品的。

鲁山的名医，最负盛名的当属马波岑、阎仪亭、潘宗文、张天一四位。他们四位在解放前就已著称，到20世纪五六十年代更享声誉。只是他们见长于中医。而外科名医当自杨诚开始，其后有孙星。孙星之后就是师恕俊医生了。前者都是鲁山本土人，唯师医生乃外籍扎根于鲁。外科名医，当然首要的是手术做得好，用药倒在其次了。医乃仁术。师医生为了让病人少花钱，尽可能不用杂药或辅助药，疮痈疖疔，红肿热疼，用的常是简单的消炎药，甚至介绍几样单方让病人使用。常言道：单方治大病。需要手术了，术后输几天水，用几天药，该停时就停了，该出院就催促着出院了。不像现在的很多医生，为了让医院多见点效益，为了让自己多提点奖金，不惜滥开药，乱用药。

组织整理师医生的史料，我觉得是一件很有意义的事情。就在上个月召开座谈会的头天，我们村邻家姐姐还给我打电话，询问师医生上不上班，说她小儿子痔疮厉害，十几年前她弟弟痔疮就是师医生治好的。电话里，邻家姐姐说着说着又扯到她的结扎手术也是师医生做的，没有一点后遗症，庄上好几个妇女让其他生微结扎，都留有后遗症等等。她说她庆幸找的是师医生做一家人对师医生感念不已。

　　感念师恕俊医生的何止是一个两个呢？我想，师医生乃医林瑰宝，他为守护鲁山人民的身体健康鞠躬尽瘁。橘井泉香，鲁山人民感念他做出的贡献。

爱洒大山深处

央视 4 套《走遍中国》摄制组莅鲁拍专题片《墨子与鲁班》，在中汤墨庙，编导要求再现当年墨子坑染情景，找谁再现？问熟人，叫找爱管闲事的李成才；问乡政府，叫找古道热肠的李成才；问文化局，叫找义务电影放映员李成才。巧了去了。李成才何许人？赵村乡中汤村人也。中汤村位于豫西鲁山西陲，南傍沙河，北依灵凤坡，公路穿街而过，与举世瞩目的大佛同属一个乡域。关于李成才，多少年前我就知道他的名字，人也见过多次。

一介布衣，声名远播。但说实在，他的事儿我知之甚少。

众口一致，就找他吧。

一联系，成才在栾川，二话没说，立马赶回来。坑染要用橡壳，买不来，派几个人上山拾。两天里，成才不断联系，唯恐误了拍摄。

站在我面前的李成才中等个头，脸庞消瘦，满面皱纹，神态疲惫。这位其貌不扬，浑身透着质朴与淳厚的古稀老人，背后有着怎样的故事，让他的名字捂也捂不住呢？

中汤街每年自古有两个物资交流大会，一为农历三月初三古刹大会，一为农历九月初八墨子生日会。深山区百姓离城远，一年半载不进一次县城，购销买卖都靠庙会支撑。可惜"文革"时中断，山民们别提有多失落。成才急在心头，有着病，四处奔走，与相邻几个村协商，带头出力捐钱，大造声势，终于于 1990 年恢复起这山乡盛事。后来，因九月初八正值三秋大忙，为不耽搁收秋播种，墨子会又移至十月初八。这么些年，每当起会时，山乡百姓潮水般赶来，连嵩县栾川的也来，卖山货，唱大戏，人山人海，沸沸扬扬，山民们甭提多高兴。而作为会首的李成才，心里也别提有多畅快。

成才何以有如此的感召力，让几个村子的人都听他的？首先就在于他自己无私的奉献。拿山民们的话说，这么大岁数的人，人家图啥？还不就是图的大家方便！

成才是山乡民间文化的传播者。山区群众，生活水平虽然提高了，但文化生活仍然贫乏。赶会看戏，虽说热闹，不见其乐，逢年过节，人多寂寞在家，吃酒赌博搞迷信。成才想办个铜器社，敲锣打鼓，表演节目，那才叫真正的热闹红火。他把这想法告诉儿子，儿子们满支持，情愿兑钱，老伴戏谑他："六十来岁的人了，还老来疯。"成才说："我自己有钱，不用花你们的，我要的是你们的态度。"他乐颠颠带上自己积存的两万多元钱从郑州购回 4 面大鼓、30 副铙、60 副镲，还有服装道具，成立起铜器社。竖下招兵旗，自有吃粮人，招募演员，不论演艺如何，喜欢就行。创作排练，成才忙得不亦乐乎。别小瞧了山里的民间艺术，只要有人培育浇灌，任凭它怎么贫瘠，也会像山菊花一样，漫山遍野开得生动灿烂。不长时间，成才的民间艺术团便红红火火热闹开了：铜乐社火，秧歌腰鼓、竹马旱船、狮子龙灯，村里演乡里演，年年正月初八代表乡里到县里演，去相邻乡镇巡回演，受邀到栾川、嵩县搞义演。敲锣打鼓玩一阵，少了赌博与迷信。那年全市龙狮舞比赛还夺了个银奖，把成才美得脸比九月的山菊花还要灿烂。

县里县外都知道了中汤李成才的艺术团、铜器社。美誉度提高，老百姓心里也乐开了花，纷纷夸他办了一件大好事。

成才的事迹登了报纸，上了电视。2005 年 11 月，中央多家单位推选他为"和谐中国"先进人物。成才到人民大会堂领奖，受到全国政协领导的接见。北京归来，乡领导专为他设宴庆贺，县文化局赠他一台电影放映机。局长说："成才，你是热心人，别让机器闲着。"把放映机赠给成才，虽然成才年龄有些大，但局长信任他。成才拍胸脯表态："放心吧。"年轻人拍胸脯也许是应酬话，践不践行不一定，但成才决非心血来潮，而是一诺千金。这一放就是 6 年。为使每村每月演一场电影，成才将全乡各村按地域路线排列，只要不是雨雪天，再远的路程，保证赶到村里放映。几十斤重的设备，来来回回，骑摩托车，开面包车，还得进城租片子，赔油费工夫，成才在所

不惜，乐此不疲。赵村镇总面积 240 平方公里，占了全县十分
之一；行政村呢，29 个；自然村就更多了，200 多个。居住分
散，山高路陡。白草坪、关蚜、寨子沟等村离中汤 40 多里地，
下午 4 点就得出发。有些放映点不通公路，他和年轻人一起抬，
累得气喘吁吁。山里放电影，一晚都是两部，夜里 11 点多才
能结束。乡亲们留他住，他怕麻烦人家，再晚，磕磕绊绊也要
往家赶，累得终天骨头要散架。力不从心时，就喊上长子李金
星、长婿赵河帮忙。一年 300 多场的播映，6 年如一日，用坏
了三部机器，对于一个古稀老人来说，这是怎样的一种毅力和
精神啊！怪不得初见时他是满脸憔悴。

人民大会堂可不是谁想去就去得成的，那是普通老百姓
心目中的圣地。因为又有新成就，前年多家主办单位又邀他去，
今年还邀他去，今年因老伴生病未去成，人家就把奖寄回来。
群众议论成才，说他是深山及时雨，铺路修桥，救危济困，想
别人所想，急别人所急。也怪不得他是县九届政协委员中年龄
最大的一个。

早些年，成才家境贫寒，后来开饭店、做生意，钱是挣
了一些。他感谢党，感谢乡邻，闲下来就想怎么回报，孤寡老
人高玉杰病逝，他帮助安葬；乡邻范常家失火，他帮助解决临
时住房；中学教师常新杰患心血管病急需手术，他捐助手术费；
邻村朱玉娥患癌被丈夫抛弃，他捐钱的同时，用高音喇叭动员
村人解囊。早几天，有一对夫妇被马蜂蜇成重伤，成才又主动

到市 152 医院捐了 3000 元……3 年前，栾团一个叫付电池的，带 10 万元钱酬谢他救命之恩，成才一团迷云。原来，20 多年前的一个冬天大雪封山，付困病中汤，是成才管吃管住，临走又送盘缠。今付成千万富翁，专此寻访恩人。见成才坚辞，付反身回去打了 5 个金戒指分送给成才的女儿儿媳，善果有报，演绎一曲当代传奇故事。

粗略计，这些年来，成才奉献爱心，捐助公益事业的款项达 18 万元。涓涓细流汇成了爱的海洋。18 万元，对于山村来说，可不是个小数目，我想，成才在那么个偏远地方做小生意，生意再好，又能挣几个钱呢？他奉献了这么多，说到底是人的思想境界问题。

关于丈夫，妻子对成才的评价却更加中肯，她说他"爱管闲事，闲不住"。打问村人，都说他管的不是"闲事"。究竟他管了多少"闲事"，谁也说不清楚，清楚的是这些所谓的"闲事"，很多人不爱管，管也管不起来，管不好。

走进成才家，映入眼帘的是四面墙壁上悬挂的大大小小的镜匾锦旗，什么一方名士、乐善好施、德高望重、扶危济困、道德典范、文明使者、和谐家庭、热心互助、友谊长存、百花齐放、梨园争春、发展民间艺术、繁荣文化生活……不一而足。有一个竟是省文物管理局颁发的"河南省优秀业余文物保护员"证书。

更多荣誉证书，成才是塞到两个皮箱里去了，塞得满满的，而报道他的报刊，更是不计其数。

　　对于人的评价，不在于地位高低、官职大小、钱多钱少。有些人是当官的，应该造福一方，却只顾捞钱；自我标榜的慈善家总是干欺世盗名的勾当，这两年也真损了他们的声誉。然而更多的是平民，挣俩钱不容易，却常做"散财童子"，还不张扬。我认识不少人，他们都是处在基层或者说底层，无职无权，平民一个，一生根本不可能干惊天动地的大事，但他们心底良善、处事公道、乐于助人，具有感召力。他们是小人物，但他们受人尊重，被一方百姓念念不忘。成才拙于口朋友却多，文化不高却乐于传播文化，不考虑自己却总是考虑别人，自己再苦再累无怨无悔却为别人活得更好。我忽然想到李成才与墨子也好有一比。墨子出生在美丽的尧山脚下，传中汤是其外婆家。墨子在中汤为当地百姓传授坑染之术，他一生足迹遍涉各诸侯国之间，传播"兼相爱、交相利"的和合思想，"摩顶放踵以利天下"。侠骨柔肠的李成才像墨子一样，他是把自己所有的爱都洒在大山深处了，他传承的不也正是墨家大爱无疆的思想吗？！

守　望

　　农历三月初三古谓上巳节，文人雅士聚在一起，饮酒赋诗，兰亭丝竹，曲水流觞。可惜今天人们多已记不得这个节日，更谈不上雅聚了。倒是宝丰马街算一个雅聚，名字就叫"马街说书研究会上巳年会"。

　　这活动由张满堂先生发起，现已连续举办了9年。不要以为这是他附庸风雅。马街历有祭祀三皇习俗，说书说的又多是前三皇后五帝的事，选择在这天祭三皇、摆社宴、赛曲艺、研讨说书事宜岂非艺坛佳话？！不拿俸禄，又没有固定收入，数十年却执着于民间说唱艺术的保护与传承，也不知他这钱都是从哪儿弄来的。

　　会址设在满堂租住地——马街村东南隅。一排简易石绵瓦棚前一片空地，地南几亩玉兰树。这排简陋的房子里留驻过多少书友，谁也说不清，满堂自己也说不清。反正，正月十三马街书会年年爆满，平日里隔三岔五的有。盖这么多房，为的也就是免费接待远来的书客。

去年春天姗姗来迟，三月初玉兰花才耀眼的白。稻草栅子作背景，满堂站到台子上情出肺腑："明年玉兰花开时，我老张备好酒菜，还请大家来。"

去年演出曲种有三弦书、评书、快板、鼓儿词、河洛大鼓、渔鼓道情、河南坠子等，看过后，我两眼湿润：说是说书研讨，实际是地地道道的民间曲艺盛宴啊，这些艺人他是怎么请来的？仔细一想，他是早已与这些艺人交了朋友啊！连说评书《岳飞传》的刘兰芳他都时不时的打电话联系，何况其他角儿。

"落花时节又逢君。"今年三月三，仍是那个场景，又一次浸淫在这不加修饰的原汁原味的民间曲艺表演中，心灵受到更为强烈的震撼：简陋的台子，没有灯光，也不着华丽的演出服装，檀板声声，鼓音激越；地域俚俗之腔，有吟有颂，有说有唱；或清丽细腻，或粗犷豪放；或急风劲流，或轻捻慢缓。弦歌雅意，悠扬婉转。南阳的鼓儿哼哼得三转九叠，情感含蓄表达；太康渔鼓道情渲染另一种色彩；豫东大鼓腔柔和多变；平顶山学院师生们的三弦书演唱，以八角鼓击节歌之，颇具妙趣。

更有代表豫地特色曲种的河南坠子，登台者让人分别搀扶上去时，观众方晓得这是一对盲人，胎里带来的睁眼瞎，男的拉，女的唱。女的细瘦，戴着眼镜，遮了缺陷，亭亭玉立，十七八罗姑娘的样子，一开腔，板正弦稳，吐字清听，音韵悠远，情动责声。台下一片唏嘘赞叹之声。禁不住一打间，我惊诧了：

这是一对盲人夫妻，男的叫冯国营，女的叫郑玉荣，来自鲁山下汤乱石盘村。玉荣两度遭遗弃，立督学坠子，拜师习艺，跟着录音机听，一遍又一遍，日日又夜夜。功夫不负有心人，长篇坠子书，她也能说上好几天。个中艰辛外人怎体会得出？！

马街书会我是赶了几次的。书会场面之宏大成民俗一景。艺人们遑论腿残目障，功夫深浅，负鼓携琴，汇聚于此。在空旷的麦田里，摆开阵式，扎下摊子，天作幕，地作台，展喉亮艺。演者倾情投入，观者任性呼应。千帆竞发，真是"一日能看千台戏，三天可读万卷书"。乡音乡情，乡土乡味，乡痴乡恋，尽在其中。但每一次去，人声鼎沸，我多不能静下心去看去听；这两次却不一样，凝神细品，真个柔肠寸断，心灵震颤。这些地方曲种，皆属豫地精华；这是一方百姓历经千年沧桑，饱受万般苦难后，才寻找到的一种种独特的情感宣泄方式，是灵魂深处的共鸣与升华，是我们的精神家园。甚而不用去演唱，单是那八角鼓、鸳鸯板、坠琴坠胡踩打的脚梆，敲打到情紧处，就能让人聆听到晓风残月、流水白云、马蹄声疾、幽咽哭泣。喜怒忧凄，人生七情，唱者听者很自然就融到一起了。我们天天在呼喊保护、守卫我们的精神家园，但很多人并不知精神家园。其实就在这古朴隽永的民间艺术瑰宝中啊！

满堂对于书会的倾情是出了名的。情生于优患。天下无双的嘴书会远招无数曲艺名家，书会的繁荣靠的是艺人们的参与；作为一名艺人，无论生在天南地北，一生中未到这马街书会走一遭，那是引为遗憾的。

　　然而在传媒娱乐形式多元化的今天，民间艺人的生存空间越来越狭小，可谓落花流水溃不成军。多少艺人被迫改弦更张。十多年前，土生土长的张满堂猛然发现，每年近千棚（摊）的曲家荟萃的马街书会书棚子已萎缩至百余棚，"说古论今依旧事，万人空巷看马街"的浩瀚奇观渐趋淡化；不会唱不会演却热衷于听唱的张满堂不敢想象，书山艺海的家乡传统曲会，将来没了艺人们的捧场、没了名家名角书状元们的亮相还有多少魅力？

　　他新买一辆红摩托，开始走访方圆百里的说书艺人，了解他们的生活状况，为他们解决实际困难，建立艺人档案；常常是早晨奔了正南方，晚上又从北边回来。一年下来竟跑两万多公里，见到近百位艺人。一位老艺人病床上躺了三天，气若游丝，是满堂去了才得以发现；那对盲夫妻，满堂前后去下汤看望五六次，再三鼓励坚持。满堂考虑，三天的马街书会由政府主导，民间何妨成立个说书研究会，把基础打在平时？！

　　村人以为满堂"神经"了。满堂向村人解释："咱马街一无资源，二无风景，一马平川，为啥远近都知道？还不是因为书会。书会是咱村的宝，咱这儿的风水啊。咱不守好，岂不愧对祖先？！"村人默语。

　　我想，该给满堂颁块匾的，匾题"马街书会守望者"。应该说主动来上巳年会献演的说书艺人都是一方民间文化的守望者他们若没有一种对曲艺的倾情守护，不可能清贫坚守到现在。

再没有"守望"这个词饱含感情了。这是一种长久的情感寄托，年复一年，不怕寂寞孤独，不惧冷讽热谤。在波浪涌猛的城镇化面前，人们构筑进钢筋水泥封闭的堡垒，变勾的情感靠虚无的网络传递，原始村庄萎缩退化，农耕文明土崩瓦解，人类文化个性逐渐消弭，俚俗之曲频危消亡，地方独特韵味淡出视野。还有谁像满堂、像这些艺人们一样，秋水伊人，在无怨无悔地守望着我们的精神家园？这样的人已寥若晨星，不多见了。

玉兰花又叫望春花。在这春深无限的季节，面对那一树树的望春，我想，朴素的满堂和这些艺人们，多像一树树洁白的玉兰，虽耀眼地开在这偏僻一隅，却清香四溢，芬芳无限。

活出价值

人这一生，进取奋斗，不懈努力，才能取得成绩，有所建树，稍稍懈怠，功亏一篑。故芸芸者众，平庸者多，生计之外，有所追求就不错了。人生漫漫，旅途中苦苦跋涉登攀，难免匆忙劳累，烦恼忧虑，很需要培养些雅爱，寻找到人生的意趣和真谛。及夕阳晚景，身体力行，做自己想做的事，方不虚此生，如此也算活出了境界，活出了价值。

鲁山就有这样一位耄耋高龄的老人。他在岗时有理想有追求，一生爱好摄影，退居二线后又学二胡搞创作，成就丰硕他，就是鲁山县总工会退休干部陈继祥。

陈老酷爱文史文学文艺，一生与文字结缘深厚。按说他原始学历不高，小时因家庭贫困仅读了三年私塾。那时代，参加工作，提拔重用，不看学问深浅，看的是根正苗红，知识分子都成了"臭老九"，处到基层，谁也没有过于与文字较真，倒是陈继祥先生，不慕虚荣，不赶潮流，不图名利，不争官位，别人轰轰烈烈去搞斗争，他却"躲进小楼成一统，管他春夏与秋冬"，静下心来读书学习。尤其 1984 年退居二线以后，正值县政协文史资料工作初创，他竟一头扎进文史资料中，弹指一挥 30 年。

30 年，一段不算太短的岁月，谁能执着于一件事情、持之以恒这么久？恐怕没几个人做得到。需知，搜集整理撰写文史资料，是一件苦差事，是一项硬功夫，苦筋巴力地写出来，稿费换不住几袋盐钱。所以撰写文史，算得喜好，算不得雅爱，搞他个三年五载，写上个十篇八篇，未为不可，而要一千几十年，那是常人做不到的事情。可是陈继祥老先生不同，县政协在 2014 年 5 月召开的第 29 次文史工作会议上，特意对 5 位同志授予"30 年文史工作突出贡献奖"，陈老先生是受表彰的这 5 位中撰稿最多的一位。

在 2014 年 1 月编辑出版的《鲁山文史资料》第 31 辑中，文史委老主任王廷栋在其《我对早期鲁山文史资料工作的回顾》一文中，特别对陈继祥先生作简短介绍：

陈继祥，酷爱文史工作，三天两头到文史委，不是翻阅资料，就是商讨撰稿事宜，把文史委当作第二个办公室。以文史资料工作为己任，在 30 年里坚持不懈。《鲁山文史资料》辑辑有他的稿，他年年都是文史资料先进工作者。除无间断地参与审稿，多次参与校对外，还抽时间，近处步行、骑自行车，走村串户，远处乘班车，打长途电话，到处搜集文史资料。写《叶翼堂家庭概况》，到过十多个村庄，走访过 30 多个人；写《人民的好区长》，去过叶县县志办；写《郭良敏烈士事略》，去过登封县党史委；写《抗金名将牛皋》，去过南阳丹霞寺；写《老红军张澄波烈士》，去过开封市档案馆。乘车费、住宿费、电话费、复印费全部自理。把义务当责任，将业余作专业，一心扑到文史资料工作上，先后给《鲁山文史资料》供稿75篇，约合33.17万字，被选用45篇，约合20余万字；《河南文史资料》选用5篇，《平顶山文史资料》选用6篇。受表彰20余次，居先进文史资料工作之首，并获县政协委员会赠给的大型匾额一块。

我荣幸做了十几年的文史资料编辑工作，对老前辈们的奉献精神深有体会。他们"衣带渐宽终不悔，为伊消得人憔悴"，勿言撰写文史资料撰写得形销骨立，好多人确是把之作为一件工作、一项任务、一种事业去追求的。水利局有个离休干部叫程岷源，患食道癌冠心病等十多种顽症20多年，躺在病床上坚持写了20年，政协匾赠"沉疴撰史，光前裕后"，给予相当高的荣誉。还有个文史资料员，农村户口，无职业，把自己戏称为下岗农民，每有撰写任务，就放下自己赖以养家糊口的生意专事写作。已经过世多年的马楼乡退休教师林瑞五，在我担任文史委主任期间，曾给我写了一封信，信中有这么一句："我一生从事教育，没有什么钱财留给后代，有生之年撰写几篇文史资料，也算为后世留点遗记。"话语苍凉悲壮，掷地有声。后来，他患眼疾再也无法执笔写了，又郑重地给我写了一张请假条，请求允许他暂时停笔。王廷栋主任介绍的陈继祥先生撰写文史资料的情况一点也不过。常常是为写一篇完整的文史资料，他能够十数次下乡调查采访，有一次连新买的自行车都丢了。

像陈继祥老先生这样优秀的文史资料员不胜枚举，事迹实在可歌可泣。这是一个特殊的英雄群体。正因此，面对他们，我每每怀着深深的敬仰之情。我常常想，他们究竟是怀着一种什么样的神圣的心情，在日复一日、年复一年的走访撰写文史资料？究竟是什么动力在促使他们具有这种忘我的、坚韧不拔的精神搜集整理文史资料？

人生在世，各有追求，不朽者盖立德立功立言。德即卓然不群的美德，功即建功立业，言则是净化心灵的文字。一般人想惊天动地功德盖世也没有那样的机会，倒是立言，用心者多矣。而依靠撰写文史资料去影响人们的心灵状态，窃认为还算不得立言。但这些纵横交错、宏纤毕现的史料，最大限度地发掘和汇集了历史当事人的所历所见所闻，填补了一般历史记载的空白和不足，匡史书之误，补档案之缺，辅史学之证，一定程度上达到了"信史"的高度，显示了独特而珍贵的史料价值，可以起到以史鉴今的作用，让后人从成功的经验和失败的教训中得到启示，在前进的路途中少走很多弯路。陈继祥老先生并不在乎自己的文史资料能否传世，他是在记载风雨沧桑，辨别是非荣辱，雅颂和谐盛世，歌赞党的恩情，以此起到存史资政团结育人的目的。这种独特的贡献，又是那些期盼着立德立功立言的人所无法相比的。

陈继祥老先生所撰文史资料内容十分广泛，有政治军事、经济文化、教育卫生、民风民俗，举凡工贸今昔、金融往事、事业翘楚、医界旧闻、科教精英、书画名家尽在笔下。书名谓之《史海拾零》是比较恰切的。在鲁山的历史长河中，一个人拾取这么多有价值的史料实在难能可贵。我们能感受到陈老对这片土地爱得深沉。除了文史资料，陈老涉笔文学类体裁也很多，小说散文、报告文学、戏剧曲艺、时评文论等。读他的作品，令我感佩不已的，是蕴含其中的积极健康的、昂扬向上的人生主题，没有偏狭卑视，没有怨天尤人，有的是满腔的挚爱真情。痴迷文史，圆梦文学，夕霞满天，也真活出了境界，活出了价值。

也许有人认为，陈继祥天天写文稿，枯燥乏味，缺乏情趣，其实不然。陈先生老有所为，老有所乐。他不吸烟，不喝酒，不打麻将，生活勤俭，爱好运动，饮食规律。如果说写作是他的职责，拉坠胡则是他的雅爱。学坠胡也是他退休后的事。刚开始练时，他的手指常被钢弦割破。只要功夫深，铁杵磨成针。几年下来，越调坠胡的"柔拉打滑顿"等基本要领他全部掌握，左手上下翻飞，右手运弓自如，轻重急缓，抑扬顿挫，节拍准确，渐渐地戏迷们这里请那里邀的。夜幕降临，华灯初放，戏迷乐园锣鼓阵阵，檀板声声，虽是自娱自乐，拉得有板有眼，唱得声情并茂，不少人听了还以为是专业人员在演奏，仔细看时认得陈老竟是乐队里的主弦主角儿，这也不能不说是个奇迹。

　　我与陈老乃忘年之交。他为人谦恭平和，做事勤谨严密，兰德梅操，是一位纯粹的高尚的老人。几十年中，他老人家对我关爱有加，见面询问家长里短，胜似亲人。我整日沉在繁杂的琐事中，每每有事，一个电话，陈老不顾年迈，眨眼工夫就到了身边，令我惶恐惭愧。我怂恿陈老出书久矣，几十年史文泛舟，散落在文字堆中，如果不捡拾起来，亦恐流沙无踪；而结集珍存也算对自己文史生涯的一个回顾，亦算对自己人生之旅的一个小结。最终，陈老听从我的建议，把自己几十年的心血遴选出来一部分汇集成书。陈老嘱我为序，我原羞惭不敢承当，转念又想老人与我虽非血脉相连，却也心心相印，有些心里话应该说一说，说得不合适也罢。在此，唯愿陈老身体康健，万事如意。老骥伏枥，期望陈老再犁出一片新的天地。

印象王峰涛

我不懂书法，但总觉峰涛字写得美，无论隶魏草篆，左看右看都舒服，仿佛有古人的筋骨，却又飘逸了许多。这就是所谓的在传承中创新？！

人多谓峰涛是儒商，我觉得不合适。他虽在商海，但不多言商，谋求些富裕之道，心总游离在经营之外，话题除了书法还是书法，日日想的是创作，练的是书法，买一次纸，不是论张，而是一刀又一刀。写起字来，不知东方之既白，通宵一夜，废弃的宣纸团揉一堆，扔一地，任了人拣去展开做宝贝，自己并不可惜。曾几何时，厕间四面墙壁和顶篷都粘上碑帖，蹲在便器上，看得眼花，摹得心慌，日久成习，竟养成了便秘，心中窃喜，如厕倒是临字方法之一种。寝食不安，难得早睡几次，常常半夜里又往书案前舞。参一次展，劲儿提到发梢，写一张不行，写一张不行，写了几十张，累得筋骨乏力了，停下来挑，挑来挑去，这是觉着第一张的好。家人怜之："何必写那么多？"他摇头说，"不写后几十张，怎知这第一张好？"

反正是自己对自己的作品满意的时候少，少着少着，叫人大吃一惊，书艺竟提高了。

担着县书协主席之职，书界朋友固然是多，一级一级的书协领导，一地一地的书协会员，带着鲁山的书友们外出交流。抑或人随他出门去，乘船坐车，就餐吃饭，他是不会让你掏腰包的。但人又奇怪，曲协会员上他那儿，美协会员上他那儿；搞收藏的找他，搞录音录像的找他；国税人登门，检察院的登门；局长科长去，县领导也时不时的去。在家不在家，宾朋天天满座，切磋研讨。好茶尽管泡，好酒尽管倒，往来少白丁，多亏了地方大。有时事多，也陪不过来，干脆自个该忙什么忙什么，朋友们也并不以为轻待了自己。

勿言别人看重峰涛的字，峰涛看轻自己的字。论价码，峰涛的书法一平方尺值好几千，但艺术界朋友求他的字，峰涛是羞于谈钱的，不少人索一张自己挂，又索一张转赠给别人，他也并不计较。要卖钱，我到外省去卖，少一个钢镚儿也不行。分文不取不等于贱卖。但峰涛从不主动拿字送人。不像有些人，把字做敲门砖，那样的话，心境不净，字再想提高就难了。峰涛最是看不起书群里八面玲珑，处世圆滑之人。指望龙飞凤舞、聊博一晒未为不可，却总抛不开俗念，绝不了权欲利益，这类人算得个写家算不得书家，人品为同道所耻，书品也等而下之。

书法之精妙，一般人难以探源。汉字之结构，字体之嬗变，爱并探强供的辉洒空间实在太大，想习出些名堂，不是单纯认几个汉字都能够的。学书法，首先，博览群书，博古通今，诗词曲赋都是要烂熟些的。有道是书艺同源，总不能写一幅字是"白日依山尽"，再写一幅还是"白日依山尽"吧。我原以为峰涛腹中文墨不过尔尔，及至看其所写诗文，观其挥洒内容多有未见之诗词，度其胸中气象，山城恐少有出其右者。

　　观峰涛之为人，不从流俗，不陷污浊，不阿谀奉迎，不摧眉折腰，三教九流都能和他结交。最重要的是其仗义疏财，热心公益，乐于奉献。他为鲁峰山瑞云观赠匾，他为徐玉诺故居赠匾，他为元结墓赠匾。用好木料，找好刻字师傅，制作好，自己再亲自挂上去，体现他对文物古迹、文化名人的一种尊重和敬仰之情。听说了艺界谁家有难，就慷慨解囊，做了好事从不张扬。书界活动不断，都是自己拿钱。炎黄搞活动，文联搞活动，其他协会搞活动，都拉他参加，他也乐于参加，参加了就奉献，自家开着广告公司，免费做背景布，主题字亲自操笔。有些协会经费无着，活动开展困难，难免抱怨，峰涛常常劝解：不要总说领导不重视，干出成绩，领导自然支持。鲁山文艺界这几年热火朝天，发展繁荣，得之于几位领头人，峰涛其一也。鲁山如果多几位峰海这样的人，想来，我们的文化与文明又当前进多少步。

传统爱情观与七夕牛郎织女文化

一、我国传统爱情观，从牛郎织女这个故事上得到了很好的体现

七夕节源于牛郎织女的爱情故事。位居我国四大民间爱情首位的牛郎织女传说，比之孟姜女哭长城、梁山伯与祝英台、白蛇传，她们二人对于爱情的坚贞不渝，更具平民色彩。仔细想一想，天帝最小的女儿织女岂非玉皇与王母娘娘的掌上明珠，况且她心灵手巧，擅织锦缎。早上，她把自织的彩锦撒向东海边悬为朝霞，傍晚围至西山扯作晚霞，白天则漫空铺展，凝成白云。她若不高兴，天就阴了，连玉帝也拿她没办法。这么一位美丽多情的天仙，原应嫁入豪门，嫁给风流倜傥的帅哥，谁料她却嫁给了家境贫寒、遭兄嫂嫌弃的放牛娃儿？姑且不论牛郎是怎么听从老牛的话，偷走了织女的仙衣，导致织女无法返回天庭，结果是织女义无反顾地爱上了一贫如洗的牛郎，在人间过起了男耕女织的幸福生活。故事若到此收尾，也便缺乏回味，高潮是王母娘娘获悉女儿下嫁人间，恼羞成怒，派天兵天将把织女抓回天宫；不自量力的牛郎竟冲破艰险，肩挑一双儿女追上天庭，欲以讨回爱妻；狠心的王母娘娘拔下金簪，划一道天河，阻隔两位有情人天各一方。但最后王母娘娘也不忍女儿终日以泪洗面，默允一年一度七夕日，由喜鹊搭一座七彩虹桥，让他们在桥上会面。

七夕相会是牛郎织女传说故事中最为精美的一笔。鸟鹊们纷纷飞向天空为他们相会搭桥。这一神奇诡谲的现象，看似荒诞，实是人类心理感情的最大满足，也寄予了人类无限美好的憧憬。相比之西方的情人节，我们的七夕节的内涵是多么的饱满与丰富。这众故事可谓几经往还，峰回路转，给人以太大的震撼，太严阔的想象空间。往封建礼教程秸火们婚姻爱情的历史长问中，在饥寒交迫的民众生活里，目不识丁的贫苦儿男最大的愿望就是娶回一个貌比天仙的妻子，男耕女织，夫妻恩爱，甜蜜生活。这种演绎是普通老百姓真实的心理映现，是原汁原味的口头文学。而孟姜女、梁祝、白蛇传，经过文人太多的加工，内涵薄弱，主题单一，缺乏民众传承的基础和元素。二者相比，简直不可同日而语。

中华民众对于纯真爱情生活的渴望，附加在牛郎织女身上，又依托璀璨的银河和闪亮的牵牛织女星作参照，衍生出七夕这么一个独特的民俗节日。由传说而落地生根，长出一棵七夕参天大树；由传说而落地开花，开出一朵七夕之花，千年不败。由此牛郎织女故事成为我国传统爱情的载体，成为国人的一种文化心理和生活习惯，成为中华和谐文化的灵魂。可以说，我国传统爱情观念从牛郎织女这个故事上得到了很好的体现。

二、七月七日，传说中牛郎织女会面的这个日子成为人间值得纪念的七夕节

追溯起源，牛郎织女传说源于牵牛织女星的天文现象，人们把美好的企望演绎成传说故事，附会上天。夏秋之夜，繁星点点，院中纳凉，仰望星空，"天阶夜色凉如水，卧看牵牛织女星"是也。儿女偎依在父母身边缠着听讲故事。父母亲就指着天上的牛郎织女星讲起了牛郎织女的故事。故事包容了太多的情节和悬念，饱含了太多的幻想与渴望，怎么连缀和熔铸都不为过；稚儿们就在这一波三折、跌宕起伏的恩爱情仇中进入梦境，家长们却总是一次次沉浸在这个故事所带来的伤感与哀怨、浪漫与美丽、幸福与甜蜜中难以入眠。而情窦初开的少女被夜纱遮住羞红的脸庞，故事尾声处作假寐状，内心则波翻浪涌，浮想联翩，既羡织女心灵手巧，又叹织女坚贞不渝，由人推己，心绪不宁，如意郎君他在何方？不免心中默默祈祷。

由此，七月七日，传说中牛郎织女会面的这个日子就成了人间值得纪念的七夕节。

因为女子们有着羞于人语的心事，七夕之夜，便常避开人们的视线，去到葡萄架下偷听牛郎织女夜半无人的喁喁私语，抑或在当院中摆上供品，乞求织女心意传道，赐授技艺。故尔，七夕节亦称女儿节或乞巧节，这一天，聪明、富贵、美貌等等什么都可乞得。当然，首要的还是乞良缘。

　　关于七夕的乞巧，汉代就有了。东晋葛洪在其《西京杂记》中载："汉彩女常以七月七日穿七孔针于开襟楼，人俱习之。"这恐是古文献中关于乞巧最早的记述。其后，唐宋诗词更是屡屡提及。唐王建诗曰："阑珊星斗缀珠光，七夕宫娥乞巧忙。"也可能七夕最初的乞巧来自宫中。红颜薄命，皇宫犹如天宫，宫女们日日幽居其中，最是盼望像织女一样能嫁得如意郎君。此风向民间漫延、遍地花开恐也是一夜之间的事情，同一朝代的林杰《七夕》诗曰："七夕今宵看碧霄，牵牛织女渡河桥；家家乞巧望秋月，穿尽红丝几万条。"传该诗为作者 6 岁时所咏，度其句见稚嫩处。女儿们的乞巧颇为虔诚，"可惜穿针方有兴，纤纤初月苦难留"。别看唐时即亦仰望秋月，家家乞巧，但乞巧的方法并不复杂，而到了宋元之际，七夕乞巧之鼎盛可谓到了无以复加的程度。京城中设有专卖乞巧物品的市场，称乞巧市，从七月初一开始，乞巧市上即车水马龙，人流如潮；七夕前，更是车马难行，人山人海，其热闹景象，不亚于春节的狂欢。

三、翻新琵琶，男女老少从七夕节所饱含的文化意蕴中都可找出心灵的共鸣点

　　勿言古人以牛郎织女和七夕为题的诗词汗牛充栋，全唐诗中即载入 68 首。综观这些诗词，除了记述七夕民风民俗及对这个故事的喜爱、对真挚爱情的向往与追求、对封建礼教的

诅咒外更多的是慨叹牛郎织女一年一度七夕会面的欢情与离恨。诚如白居易《七夕》诗言："烟霄微月澹长空，银汉秋期万古同。几许欢情与离恨，年年并在此宵中。"在这个故事形成初期，歌者的着眼点局限在牛女的离愁别绪上。脍炙人口的古诗十九首中《记迢牵牛星》是最好的注解："迢迢牵牛星，皎皎河汉女。纤纤擢素手，札札弄机杼。终日不成章，泣涕零如雨。河汉清且浅，相去复几许。盈盈一水间，脉脉不得语。"相爱的人分隔在一水两岸无法逾越，思尺天涯却只能脉脉凝望，这是何等的痛苦。"云阶月地一相过，未抵经年别恨多"；"铜壶漏报天将晓，惆怅佳期又一年"。短暂的相会根本弥补不了经年的别离。而李商隐亦不愧为大家，关于七夕，他就写了四首诗，其中一首别开生面，翻新主题："鸾扇斜分凤幄开，星桥横过鹊飞回；争将世上无期别，按得年年一度来。"而宋代大诗人秦观的《鹊桥仙》更是新举琵琶，把这一音响进一步升华，引入高亢嘹亮的境界："金风玉露一相逢，便性却人间无教；……两情若是久长时，又岂在朝期蓉器，可谓金石裂帛，掷地有声。和白居易《长恨歌》"七月七日长生殿，夜半无人私语时，在天愿作比翼鸟，在地愿为连理枝"中唐明皇与杨贵妃为爱情而殉道的悲壮，二者不可同日而语。秦观赋予了这个神话故事以新的含义，把他们的爱情演绎出一种高尚的情操，让这一千古绝唱真正地唱响人间。

四、天人合一，七夕情缘不断，建议把七夕节设为中国的爱情节

比之西方的情人节，我们的七夕节，内涵是多么的饱满与丰富。然而，近年来，随着西方文化对中国文化的无情冲击和疯狂入侵，我们的七夕节正遭受着严峻的挑战。当民族文化遭遇外来文化的挤压时，就格外需要重树我们民族文化觉醒和自信的大旗。由此，不少有识之士提出中国七夕情人节的倡议。这并非在与西方情人节做殊死的较量，而是在激活我们的传统文化，守护和延续我们民族的文化记忆，从而构建和谐社会。

确切地说，七夕节不能定名为中国的情人节，而应该是中国的爱情节。虽然牛郎织女并未领取结婚证，但他们老牛做媒，两相愿意，同居一起，夫妻恩爱，生儿育女，恪守爱的承诺，不离不弃。他们的婚姻关系虽无海枯石烂的盟誓，却是至死不渝的爱情，与婚前情人、恋人或婚后第三者是截然不同的两种情感。七夕弘扬的实则是牢不可破、从一而终的婚姻爱情，所以，把七夕称之情人节勿宁定名为爱情节更为恰当。在此建议，把七夕设为中国的爱情节。也有人提议七夕可称中国的情侣节，想亦不错。

近年来，国家基于对中华民族传统节日所承载的文化内涵的弘扬以及对非物质文化遗产的保护，把清明、端午、中秋列为法定假日。遗憾的是，七夕却莫名其妙地被游离在了法定假日之外。

由牛郎织女这个传说故事演绎出的七夕节所饱含的文化意蕴说不尽，道不完。智者见智，仁者见仁，男女老少，都可从这个千古绝唱中弹拨出心灵的共鸣点。斗转星移，沧海桑田，山河巨变，情丝不改。我仰望星空，寻找那条赋予了人类太多情感的银河，心香一瓣飘缈到瑶台之上：天人合一，七夕情缘不断，愿我们都来守护七夕这最为美好的爱情精神家园。

鲁山牛郎织女民俗文化传承特点

一、鲁山牛郎织女民间传说中的不同点

民俗专家们指出，民俗文化在产生和流布过程中发生着变异。民俗文化为多元文化，自原生之地外延，在一个地方的流布与传承中，根据其风俗、语言、文化特点，在其口口相传中产生了流变。

作为原生之地，就鲁山来说，关于牛郎织女这个传说在民间流传的主要情节是相同的，但就其具体细节来说，又有不少差异，人们的说法不尽一致，甚至一说、二说、三说都有。例如牛郎嫂子的姓氏，一说蔡氏，一说马氏，多数人倾向于姓蔡，尤其是牛郎故里孙义村的孙氏后裔，言之凿凿说是姓蔡。其嫂蔡氏加害牛郎做的饭，有说做的扁食，也即饺子，有说做的米饭，多数说是扁食，鲁山少产米。关于织女洗澡时所穿衣服，有说穿的红衣，有说穿的紫衣，有说穿的彩衣，多数人倾向于红衣服。牛郎本名孙守义，鲁山人俗称孙小义，外地亦有叫孙如义的。而对于牛郎哥哥孙守仁的身份，有说是种地的，

有说是开办学堂、当老师的，有说是做小生意的，多数人倾向于种地兼做小生意。牛郎成婚的年龄也不一致，有说十八九岁，有说二十多岁，多数倾向十八九岁。关于牛郎分家时所分得的家产，一说只分得一头老牛，一说分得一头老牛和一辆破车，多数人倾向于是分得一头老牛并一辆破车。牛郎所放牛的颜色，有说是黄牛，有说是白牛，又有说是金牛，多数人认可放的是黄牛。而牛郎上天追赶织女时所穿的鞋衣，有说是只披了牛皮，有说只穿了牛靴，多数人说是身披牛皮，脚穿牛靴。

《中国邮政报》在 2010 年时有文章曾谈道"我国的河北邢台、山西和顺、江苏太仓、山东沂源、河南鲁山和南阳、湖北老河口、陕西兴平等地都有牛郎织女的传说"。当年度，鲁山曾有三篇文章在该报发表，就鲁山作为牛郎织女的原生地问题进行探讨交流。换言之，鲁山应为牛郎织女传说故事的发祥地，这个美丽的故事起源于此，并由此流布向全国各地。

二、鲁山牛郎织女文化历史渊源及史志记载

鲁山县地处河南省中部偏西，伏牛山东麓，东邻叶县、宝丰、平顶山新城区，西接嵩县、汝阳，南毗方城、南召，北靠汝州和平顶山市石龙区。县境东西长 90 公里，南北宽 44 公里，总面积 2432 平方公里，辖 25 个乡镇办事处，人口 97 万，拥有汉、回、蒙古、满等 19 个民族。境内文化底蕴丰厚，人文景观博大精深，民俗文化独具一格，文物古迹遍地拾遗，自然风光奇秀中原，传说故事俯拾皆是。

　　鲁山是华夏古文明发祥地之一，农耕文化起源十分典型。鲁山是《诗经》中的故乡，《诗经》中好几首诗写的就是发生在鲁山这一带。境内有仰韶文化、龙山文化遗址十多处。世界刘姓的始祖刘累根始于此，被誉为刘姓祖地。境内还有保存完好的被誉为"中国长城之父"的楚长城；城区望城岗汉代冶铁遗址创造了四个世界之最；仓头乡下街出土的青铜器为国家一级文物，现藏河南省博物院；唐代段店花瓷为奇世国宝，现藏故宫博物院。

　　鲁山古名鲁阳。夏商周三代，鲁山一直是洛阳的都畿之地，所以，鲁山在历史上的地理位置十分重要，为历代群雄逐鹿、问鼎中原的战略要地。古代战神蚩尤在此活动，平民圣人墨子就出生于此，现在还有很多遗址、遗存、墨家遗风。有专家考证字圣仓颉、爱国诗人屈原都是鲁山人。战国时期，楚国在鲁山设置关隘，史称"鲁阳关"，为我国五大名关之一。鲁山自古就有"北不据此，则不能得志宛襄；南不据此，则不能争衡伊洛"之说，是南控南阳，北扼洛阳的战略咽喉要道。我国历史上很多重大战事就在鲁山发生。例如：鲁阳挥戈，日返三舍；刘邦西进汉中，与南阳郡守战于鲁山；刘秀率兵曾与王莽军队苦战于鲁山，赢得了昆阳大捷；东汉末年，孙坚讨伐董卓，曾屯兵鲁山；北魏时，宣武帝在鲁山即位。

　　鲁山的历史沿革比较复杂。鲁山古名鲁阳，夏代为尧之裔孙刘累邑。周初属王畿，春秋时属郑，后隶楚。前371年，魏伐楚取鲁阳，鲁阳属魏。两汉时属南阳郡。三国时，属魏。晋属南阳国。南北朝永初年间，属南朝宋和北周。民国间，属河南省第五行政区。建国后属许昌地区。改革开放后属平顶山市管辖。

正因鲁山建置复杂，地理重要，历史悠久，文化积淀深厚，所以传说故事浩若烟海。这里有女娲造人、老子降青牛、杨二郎担山撵太阳、墨子与鲁班的故事、刘邦韩信的故事、王莽撵刘秀等神话传说和历史故事。民间充满机智，善良的故事以及怪异故事更多。牛郎织女的传说故事最早就起源于这里。

关于牛郎织女文化，鲁山史籍中记载很多：

明·嘉靖《鲁山县志》是鲁山现存最早的一部志书。志中记载了一个"峒寨"即"牛郎峒"。志载："牛郎峒，在瑞云观下半山，南面，内立牛郎神，民间凡马、牛生疾者，祈祷有应。"

明·嘉靖《鲁山县志》又载："九女潭，在县东北十八里鲁山之下，潭上有九女、龙王庙。潭不加深，岁旱祈雨立应。"

清·康熙《鲁山县志》载鲁山风俗："七月七日，浮瓜李，妇女穿针堂中，看巧云，名乞巧。""七月望日，门前画灰圈，焚楮追先亡。"康熙志并对"乞巧"予以解释："旧时民间风俗，妇女于夏历七月七日夜间向织女星乞求智巧，谓之乞巧。"

清·康熙《鲁山县志》载："鲁山，俗名露山，城东十八里，孤高耸拔，为一邑之镇，因以名县。山顶建元武塔。其左峰峦翠拱，若举袖然。中有吕公洞，俗呼牛郎洞。……洞口东向，上盘石数层，方丈余，北壁穴阔数围，不测其深，风吼若雷，寒气逼人。"乾隆志关于"九女潭"的记载同明嘉靖志。

清嘉庆《鲁山县志》亦有"七夕节乞巧"的记述。

1994年版新编《鲁山县志》在"概述"篇中，明确记述道："历史上有名的丝绸，质地优良，借鲁山坡牛郎织女传说，称鲁山绸为'仙女织'。"史志为正史，所记简略，遵循的体例是，对于传说故事一概不记。但是，从这些句子中足可见证这个传说故事在鲁山源远流长。

《河南省平顶山市地名志》《河南省鲁山县地名志》《鲁山县辛集乡地名志》详细记述了鲁山牛郎织女传说故事与鲁山坡地名的关系。《河南省鲁山县地名志》载："1982年地名普查时，孙庄村以因有牛郎孙守义与织女成亲的传说，更名为孙义大队。"《鲁山县辛集乡地名志》载："古时该村有一姓孙名守义的小伙子，忠厚朴实，常在鲁山坡上放牛，俗称牛郎。一天，玉皇的九个女儿在鲁山坡根潭里洗澡，孙守义偷拿了九妹（即织女）的衣裳，遂九妹与牛郎成亲。"

《鲁山县志》《鲁山文史资料》中，多有鲁山养蚕织丝的记载。自夏代至今鲁山民众即多养蚕。鲁山绸名冠天下，小说《老残游记》《李自成》中都有鲁山绸的记述。

1997年8月，鲁山县人民政府以鲁政文〔1997〕104号文公布"鲁山坡瑞云观牛郎文化遗址"为第三批县级文物保护单位。2007 年 12 月鲁山县文化局建立"鲁山坡遗址文物保护管理所"。县文化局在鲁山坡瑞云观、牛郎洞和孙氏祠堂分别立碑刻文予以保护。

三、鲁山牛郎织女文化胜迹与考古发现

鲁山县城东 8 里许有山曰"鲁山坡",为鲁山古八景之首,名"鲁山独秀"。以鲁山坡为轴心,在坡顶、坡腰及山脚下,有大量的牛郎织女文化遗存、遗址和名胜古迹。

牛郎织女殿。位于鲁山坡瑞云观后殿。殿内一楼敬奉牛郎织女像,祀牛郎织女彩塑。牛郎织女彩塑为牛郎织女一家群体像,木板底座托住底部,高不足一米。红衣织女倚坐于黄牛背上,慈眉善眼,顾盼牛郎。牛郎青衣短衫,笠帽草履,左手持牛鞭,模样纯朴。小女依偎母亲怀前,男孩光身站立牛后背,一家人其乐融融。塑像年代无考。

二楼供奉玉皇大帝与王母娘娘像。

牛郎洞。位于鲁山坡南山半腰朝阳坡之山崖处,自然穴窟。洞门朝向东南。洞内朝向主峰方向有一小洞,俗称天窗、天门。2008 年春节前,该洞洞口几乎被土覆围,仅容一人弯腰进入。2008 年春节后,县文物所会同辛集乡党委政府对该洞周围进行发掘,出土汉、唐、宋、明、清各代砖及瓦、石、陶、铁等文物,还有残碑两块及柱基石一个。更为重要的是在洞口的右首位置,挖掘出石门礅一对。石门礅上刻石兽,疑似麒麟图案,栩栩如生,门臼磨损严重。两块石礅的出土说明古代此处有庙院，院门方向朝向牛郎坟及孙义村。发掘后，洞口扩大，洞体加深，洞口下方两边现出汉代垒砌的五字方砖。说明此洞在汉时香火即十分旺盛，明清志书仅载此洞，未载香火之盛，很可能至明清年代此庙已衰落了。

卧牛石。位于牛郎洞洞口东南向5米处。此石高3米，宽1米余，厚半米，状如仙人掌。游者往往疑为石碑，实乃自然造化。传为神牛所化，称卧牛石或神牛石，又说叫拴牛石的。

孙义村。因牛郎孙守义生于该村，故名，该村人口现有1100口，80%为牛郎后裔，尊牛郎织女为祖先，玉皇大帝为外爷。

孙氏祠堂。亦叫牛郎祠。三间，独立院落，位于孙义村中央，清代建筑。属孙氏公共财产，屋内有族人保留的织布机、纺花车等。孙氏族人祭祀祖先的活动常在这里进行。

牛郎坟。在鲁山坡南麓张庄葡萄地中，距孙义村2里许，为牛郎孙守义祖孙的坟茔。原有百余座，上世纪中后期多被平掉，只留一冢，因有碑而未遭平毁。碑上有"禹祖黄帝，识所自矣，吾祖孙公，忠诚朴实人也，世居山前，事农业"句。

九女潭。又叫九姑娘潭。位于鲁山坡西北侧九女潭沟。上潭为溪水冲刷的石盆，长8米，宽6米，深2米，下潭现已淤平。两潭相距约200米，一潭传为下凡仙女洗澡处，一潭传为仙女洗衣池。

天河。九女潭沟折向西流，与牛兰水汇合，又向南流入大浪河，至孙义村南向东注入㶏水干流，群众即称这条河为"天河"。

九女庙。又称九姑娘庙、九天圣女庙。香火极盛,千年不衰,几毁几建,几废几修。现有三座大殿。一为九姑娘殿,中塑九姑娘织女,左塑八姑娘,右塑三姑娘。二为九女潭圣殿。塑九位天女,神态各异,各司其职。三为九天圣女灵霄殿,即天爷殿,塑玉皇大帝及王母娘娘像。

天爷庙遗址。天爷庙原址在九女潭上方200米处,垒石、砖瓦、陶片很多,兴盛于宋元明清时代。据传,该庙庙门朝向渠店村,该村姑娘常与人私奔,有伤风化,村人归结为天爷庙的原因,遂毁坏。无奈,孙义村人又把该庙迁移至九女庙后。

晾石台。九女庙南岗有石,名晾石台,传为九女沐浴后晾风晾衣的地方。九女晾风时又在这里歌舞,故又曰亮声台。

放牛岭。九女潭南坡面积约10平方公里的山岭,传牛郎经常在此放牛。

南天门。位于鲁山坡南部豁口处,传说织女下凡人间,与牛郎居住在牛郎洞,耕种养蚕经常出入此山门。

七夕古庙会。在辛集街。因牛郎织女七夕相会而起,会期三天。阴历的七月初六、初七、初八,初七为正会。起会年代很早,已不可考。古会一般大戏一台,有时两台,多演牛郎织女戏。会上"牛绳"规模最大。

葡萄生产种植基地。以孙义村为中心,辐射周围十几个村,种植面积达近万亩,被国家农业部及河南省农业厅授予"无公害葡萄生产产地"。其缘皆因附近自古家家种植葡萄,葡萄架下可听牛郎织女私语的传说。近年来,政府引导,发展经济,形成大规模种植。

植柞养蚕。鲁山坡多有柞树,群众植柞养蚕。由于生产环境改变,现鲁山的养蚕多移至县境西部深山区。鲁山植柞养蚕历史自夏代已有记载,传为织女所授。鲁山绸驰名中外。县志载明,鲁山绸借鲁山坡牛郎织女的传说,又叫"仙女织"。

鲁山有关于牛的地名40余处。鲁山县地名志载23处,缘起农耕文化时期对牛的崇拜。

另外,鲁山背孜乡境与下汤镇,还有九峰山、九女坑、九女洞的记载,传也是九姑娘下凡人间所留遗迹。

四、鲁山牛郎织女文化民风民俗

鲁山坡周围有很多关于牛郎织女的山歌在传唱,有很多民谣在口头流布。因为这个传说故事的存在,很多民风民俗衍生到鲁山人民的日常生活当中,例如对于牛的崇拜,把牛看作是家庭的一员,饲养上十分讲究。鲁山有40余处带"牛"字的地名。鲁山的"牛绳"十分有名,七夕古会上,引得郏县、宝丰的牛客都来赶会。鲁山辛集的七夕古会是很有名的,此会为七月初六、初七、初八三天,初七为正会。这个会起自何时,已无可考,传也是专为纪念牛郎织女相会而起。

鲁山人有种植"九女花"的传统习俗。"九女花"又叫"姑娘花",也即油菜,传为织女从天上带回人间,乃度春荒之菜。

叶、花均可食用，籽可榨油。传春天时，织女率鲁山坡附近的村女养蚕，正值青黄不接，织女遍撒"九女花"，众女争相采食充饥。每年阴历二月半，鲁山坡周围，到处是金黄的九姑娘花。

鲁山群众爱演爱看牛郎织女戏曲，曾有《老牛说媒九女潭》《小义分家》《蔡光杆劝女》《王母娘娘划天河》《喜鹊搭桥》《双星缘》《天河记》《牛郎织女会鲁山》《鹊桥一梯》等戏剧曲艺演出，或是演牛郎织女故事的一个片段，或是完整的一个故事情节。

故事口碑传诵，鲁山民众喜爱有加。然而，无论在外村或七夕古庙会上，关于牛郎织女的戏曲怎么受到欢迎或者引起轰动孙义人并不妄加干涉，甚至也去观看，而作为发祥之地的孙义村，孙氏后裔却是从不让在本村演的。这也是几千年来祖宗传下的规矩，也是该村几千年来形成的独特民俗。他们认为，牛郎是自己的老祖，叫戏子们扮作自己的老祖在台上扭来摆去，偷看天女洗澡，偷走织女仙衣，又在鹊桥上缠绵，有辱颜面，有辱祖先，有碍观瞻。

鲁山自古至今就有七夕乞巧的习俗。织女心灵手巧，是女孩们崇拜的偶像。七夕之夜，仰望星空，女孩们把瓜果摆在院中，双手合十，心中默念，虔诚祈祷牛郎织女相会，乞求织女心意传道赐授技艺，使自己聪慧，并得到如意郎君。是日夜，男男女女去到葡萄架下，不怕露珠沾衣，屏神敛气，听取牛女在天上相会时喁喁私语，卿卿情话。虽然是虚无的，根本听不到，但来年还是充满企盼，依然如故去偷听。由此，现在发展经济，孙义村附近把家庭庭院种植葡萄的传统竟引至大田之中，规模种植近万亩。

旧时人迷信，对于自然界的天气变化解释不清，每遇天旱以为是惹了老天爷不高兴，就要祈雨。下雨不下雨是玉皇大帝管着。织女是玉皇大帝的小女儿，心地善良。所以，每遇天旱，鲁山坡附近的民众就要成群结队，声势浩大的前往九女潭祈雨。九女潭边有龙泉，四季不涸，九女潭上有天爷庙遗址。历代多部鲁山县志载"岁旱祈雨立应"，反映的就是这个民俗。现在生态环境改变，龙泉干涸，天爷庙移址至九女庙后，人们对天气变化已得到科学认识，天旱祈雨习俗已渐趋衰退。

围绕鲁山坡牛郎织女文化遗存，善男信女或有目的地烧香祈愿，或无目的地跪拜求福。牛郎洞、九女庙、瑞云观这几个地方的祭祀活动非常兴旺。

孙义村孙氏后裔自古有祭祀祖先的传统和习俗，孙氏祠堂是专为族人的祭祀而建设，遇了每年阴历的七月七、九月九、腊月八、正月十五、二月二等民俗节日，他们就要举行祭祀活动。古时以七月七最隆重，后因七月七天气炎热，祭祀过于劳累，多改在腊月初八、正月十五、二月初二。腊月初八是一年年尾，子孙们把牛郎织女从牛郎洞、九女潭请回祠堂，让他们回家团聚，奉上五谷鲜果，让祖先享用，以表孝敬，不忘祖源。正月十五年已过罢，再把祖先送回牛郎洞和九女潭。二月二祭祖，则是由孙氏祠堂出发，去到"牛郎坟"祭祀。

孙义村的孙氏后裔称牛郎为老祖爷，称织女为老姑奶，称运皇大帝为外爷。风霜雨雪，他们认为是老天外爷喜怒哀乐的表现。与普天下人对于"老天爷"的称谓，孙义人因这一个"外"字，融入了多少情感因素。与老天爷攀上姻亲，虽是一件荣耀的事情，但认祖归宗却也是一件十分严肃的事情，胡乱去认那是对祖先的不恭，要遭天遣的。但孙义村的孙氏后裔言之凿凿，异口同声，认牛郎为其祖先。

鲁山的牛郎织女民俗文化可以说深入到鲁山人的心中，成了鲁山民俗文化的一个亮点，成了鲁山民俗文化重要的一个组成部分。

牛郎织女这个传说故事发祥于鲁山，这是鲁山人民的自豪，是鲁山悠久历史文化中的一块璀璨瑰宝，是古人留给我们的一笔丰厚的非物质文化遗产。由此所衍生出七夕民俗节日，成了中华民族传统爱情的载体，这也不能不说是我们平顶山人民的骄傲。

作为地方性的根深蒂固的传承，鲁山的牛郎织女文化更多的是对于牛郎织女纯真爱情的讴歌和赞美，所谓"地上鲁山坡，天上连银河，牛女来相会，人间幸福多"是也。伤感与悲凄的成分已不多见。让我们共同祈祷天下有情人像牛郎织女一样永远恩爱和谐。

回忆鲁山县申报中国牛郎织女文化之乡经过

　　我于 2007 年 5 月任职鲁山县文联主席至今，10 年多来，本人勤勉工作，收获颇多，而最引我自豪的是，由县委宣传部与县文联牵头，成功组织申报"中国牛郎织女文化之乡""中国墨子文化之乡"，为鲁山争取到两张国家级文化名片，也是平顶山市 14 张城市名片中的两张。

　　两次申报，工作任务之艰巨超乎想象。尤其是"中国牛郎织女文化之乡"的申报，无经验可循，当时我们有热情，同时也顾虑重重，觉着如果申报不成功，无颜面对鲁山父老。

　　所幸，作为倡议者和具体实施单位负责人，我和时任文联党组书记胡同一、县委宣传部副部长王青、辛集乡党委书记邢春瑜等同志，团结一致，克服重重困难，在县领导和相关单位与人员的鼎力支持与配合下，利用一切可以利用的力量，想尽一切办法，终于使"中国牛郎织女文化之乡"申报取得圆满成功。

申报"中国民间文化之乡"意义重大深远

在未到文联任职前，对于民间文化、民间艺术的概念，我几乎是白纸一张。近年来，随着我县两个民间文化之乡的成功申报，对于民间文化工作以及民间文化之乡的理解也越来越深刻，越来越感觉到做民间文化工作的重要，既有意义又充满乐趣。

中国民间文化之乡的申报命名，是由中宣部、中国文联以及中国文联所属的各文艺家协会实施的，对于中国民间文化遗产予以抢救保护的一项重要举措，它与文化部实施的国家级非物质文化遗产是并行不悖的两条对于地方文化进行抢救性保护的国家级行为。自 2002 年 10 月开始，从中国文联所属的中国民间文艺家协会首个命名开封县朱仙镇为"中国木版年画之乡"，直到 2009 年的 8 月，8 年内，由中国文联所属各文艺家协会命名的河南省的"中国文化（艺术）之乡"共计 36 个，其中，中国民协在河南省命名了 28 个中国民间文化之乡。平顶山唯有鲁山被命名为"中国牛郎织女文化之乡"。之前的 2005 年，中国曲艺家协会曾命名平顶山市为"中国曲艺城"，命名宝丰县为"中国曲艺之乡"；之后，2011 年 4 月，中国书协授予平顶山市"中国书法城"；2011 年 11 月，中国民协授予平顶山市"中国观音文化之乡"，授予舞钢市"中国冶铁文化之都"；2013 年元月 24 日，又授予鲁山县"中国墨子文化之乡"。诸多数量的文化之乡的命名，位居全国各省之冠，这一方面反映出河南省尤其是平顶山地区传统文化的厚重；另一方面，映示出河南民间文化遗产抢救工程成绩斐然；此外，也充分体现了中国民协对河南的关心。这些众多叹对的传统文化元素以文化之乡的形式集中展现，是与中原文化大省的地位相匹配的，表现出我们深邃、多元、经典等基本特征。

　　然而，我们申报民间文化之乡的目的和意义是什么？我们对牛郎织女这一宝贵的民间文化遗产到底应采取什么样的态度？窃以为，首先是抢救和保护这一优秀的民族文化，通过申报，予以挖掘整理，进行有形化宣传、开发、利用，而不仅仅是停放在"品牌""名片"上，要"风物长宜放眼量"。祖先给我们留下的丰富的牛郎织女文化，首先是对人类多样文化的完美演绎，是对人类精神世界的满足，是对人们道德情操的培养，是对民族精神的凝聚与升华，是对悠久历史与美好未来的寄托，应该怀着满腔的虔诚和敬畏，而绝不能故意歪曲和贬低。同时在开发过程中，应当尽量考虑其对文化传承的影响，避免过度开发和不正当开发，破坏其固有的遗产价值。申报的成功，不是抢救保护工作的结束，而是传承弘扬发展的开始，需要地方政府花更大更多的人力、财力、物力去确保其原汁原味的传承下去，使它的历史价值和文化意义在未来焕发出更加迷人的光彩。

　　也正是基于我们对于申报"中国牛郎织女文化之乡"有了充分而又深刻的认识，这才更加坚定我们不遗余力，必须申报成功，为我县文化建设竭才尽智的决心。

通过"中国牛郎织女文化之乡"的申报，我们有幸深入到民间文化这一座宝贵深厚的文化领域，开阔了视野，接触到很多国家、省、市民间文化方面的专家学者，深深地感到，各具特色的中国民间文化之乡既像一幅幅展示历史文化记忆和地域风采的绚丽画卷，又如一曲谱写着精神家园和谐乐章的恢弘诗篇。在当今各种思想文化相互激荡的时代，保护本地区的文化遗产，捍卫民间文化的独立性，进而展示我们独具特色的地方文化，已成为我们当代民间文艺工作者的神圣使命。

县委决策全力支持申报

2007 年 5 月，县文联正式恢复。8 月中旬的一天，我正在文联办公室伏案，突然接到中国民间文艺家协会节会文化专业委员会副会长兼秘书长霍尚德的电话，言说：中国民协节会委拟编辑出版《浪漫的"七夕"》典藏系列丛书，鲁山作为牛郎织女文化的核心区域亦在其列。这部典藏书出版后，可为下一步鲁山申报中国民间文化之乡和国家级非物质文化遗产打下坚实基础。这些文化元素都是国家级的文化品牌，各地争夺激烈，文化价值也特别大。霍先生并说，他是驻马店人，特别倾情河南七夕文化的宣传与开发，所以特意电告。我听后，非常高兴，非常振奋，迅速把这些情况汇报给时任县委常委、宣传部长的张向泉和县委宣传部副部长、主抓文联工作的王青以及时任辛集乡党委书记的邢春瑜。张部长吩咐，先让霍先生把有关资料邮寄来，我们看后再说。因辛集乡为牛郎织女文化发祥之地，霍先生也特意和邢书记取得联系。邢书记本身就是个文化人，对该乡的文化工作也多有考虑和谋划，接罢霍先生电话回到县城，主动到文联商议。邢书记介绍，他早几天出差去北京，途经邢台，路旁竟矗立着巨大的"中国七夕爱情文化之乡"宣传牌，感到吃惊。邢主席饱含深情地说："牛郎织女七夕不是咱们这儿的吗？怎么跑到邢台来了？！"我们俩达成共识，这个事须重视起来。

随后，我们两人专题又向向泉部长作了汇报。

不久，霍先生寄来了中国民协节会文化专业委员会"关于《浪漫的'七夕'》典藏系列丛书出版工作联系函"。函中说，《浪漫的"七夕"》典藏系列丛书，是一套2008北京奥运会国宾礼品。这部集刺绣、装裱、书法等国粹于一身的中国传统文化大成之作，将作为奥运会顶级礼品，赠与莅临奥运会开幕式的尊贵国宾。这是一次与文化大师们并肩的机会。丛书集合了民间文化旗手冯骥才、罗哲文、白庚胜等题词、写书名、作总序，是一场非物质文化遗产的纸上峰会。一些著名"非遗"专家参与其中。这套七夕地方卷的编辑出版是一场非物质文化遗产抢救和保护活动，将为地方申遗、申报文化之乡赢得先机，不让地方非物质文化遗产留下遗憾。

这套典藏系列丛书共25卷，以《浪漫的"七夕"》为书名，分为南阳卷、西安卷、太仓卷、沂源卷、邢台卷、米脂卷、和顺卷等。鲁山卷名列第5。另有补遗综合卷、乞巧卷、红豆论文集等。其编辑内容大体是：1. 序言，请知名民俗专家就当地七多文化遗存进行纵览式概说；2. 牛女传说，搜集并整理具有代表性和典型性的相关传说；3. 自然风物，介绍当地与七夕文化相关的自然风物；4. 历史人文景观，介绍当地与七夕文化相关的历史人文景观；5. 补遗，与七夕文化相关的其他补充资料。

随后，应我的要求，霍先生把已经初步整理成型的沂源卷、西安卷、邢台卷稿用电子邮件发送过来。每卷约8万字。这些文稿从不同角度较为详尽地介绍了当地七夕文化及自然风物特点。

我们把这些情况都比较详细地向张向泉部长作了汇报。张部长要我们做好挖掘七夕文化的准备工作，择机向县委主要领导汇报。为此，2007年10月23日，借《尧神》创刊、第一期印刷出版之际，县文联、辛集乡党委政府联合举办"《尧神》首发式暨七夕文化座谈会"。时任市政协副主席潘民中同县总工会主席李怀中和有关单位领导及30余位作家参会。同年11月5日，文联又组织了26位作家到牛郎故里采风。采风后撰写的近20篇文章集中在《尧神》2008年第1期（总第2期）刊发。这些文章中，尤以叶剑秀所撰《牛郎故里话七夕》、张怀发所撰《鲁山确有真牛郎》，从不同角度，有理有据的论证了牛郎织女七夕文化在鲁山的根深蒂固。

虽然多次在电话中与中国民协节委会的霍尚德沟通，但毕竟未曾谋面，因此，我们借霍先生在南方开会返京，邀请其途中种作停留，莅鲁考察我县的牛郎织女文化。2007 年 12 月 18 日，霍先生在市政协副主席潘民中，市文联原主席禹本愚，县委常委、宣传部长张向泉的陪同下，前往鲁峰山、牛郎洞、织女潭、九女庙、孙义村、孙氏祠堂等处详细考察。考察后，霍先生特别指出，鲁山文化底蕴深厚，七夕文化丰富，要挖掘好、保护好、利用好这一宝贵的民间文化，形成鲁山的文化品牌。他还谈到，无论是出书，还是申报，乃至策划节会活动，县里只要认识到位就好说。

霍尚德在鲁期间，县长级干部陈章法陪同座谈交流。

一系列工作的开展，使向泉部长也越来越感受到牛郎织女七夕文化品牌保护的重要，他多次向时任县委书记贺国营作专题汇报。我与王青副部长、邢春瑜书记也随同面见县委书记，陈述七夕文化保护迫在眉睫。县委书记贺国营高瞻远瞩，原则上同意开展申报等相关工作，要我们做好准备，随时向县委常委会作汇报，集体讨论决策。

2007 年 12 月 28 日下午，县委常委（扩大）会议在县委（今豫西革命纪念馆院）二楼西头会议室召开。县委办公室通知我准备 30 余份汇报材料，届时分发给各位领导。

因为常委会需要听取汇报的内容多，我并邢春瑜书记的汇报安排在了最后，大约晚上 6 点。

我们汇报的题目是"开发鲁山文化资源，打造鲁山七夕文化品牌"。汇报材料分四大部分，约略于下：

一、开发七夕文化的意义

七夕是中国最具浪漫色彩的节日，其渊源在牛郎织女的传说故事。七夕节不仅弘扬了贫贱不移、不畏权贵、坚贞不渝的爱情，也蕴含了深厚的亲情、友情和乡情。作为中国爱情的承载体，她一直体现着现代社会所倡导的婚恋观，体现着我们的民族精神，成为国人的一种文化心理和生活习惯，成为中华和谐文化的灵魂。在西方圣诞节、情人节等洋文化的冲击下，打造中国的节日文化，尤其是七夕文化，对于推动社会主义文化事业的大发展、大繁荣更具有深远的历史意义。

二、全国七夕文化开发现状

作为民俗节日，随着国家对文化建设的高度重视，七夕随同端午、中秋等，已于 2006 年 5 月 20 日被国务院批准列入第一批国家非物质文化遗产名录。也许是巧合，2008 年奥运会开幕式（8 月 8 号）的前夕，恰逢阴历七月七日。2007 年 8 月 11 日，第七届七夕·红豆情人节系列活动"中华节日与和谐社会高层论坛"在北京举办（红豆集团已先后斥巨资 10 亿元，连续七次打造中国的七夕情人节）。很多国家级的文化名人成为七夕节日文化的坚定支持者。国务院在批准端午、中秋等为法定节假日外又准备把七夕打造成中国的爱情节、中国的情人节。2006 年 7 月 30 日，中国民协命名河北邢台为"中国七夕爱情文化之乡"。2007 年 7 月 25 日，中国民协节委会发文，拟出版一套《浪漫的七夕》典藏系列丛书，作为向 2008 年北京奥运会的国宾礼品，凡出版七夕卷的县市将为地方申报非物质文化遗产、申报文化之乡赢得先机。典藏系列共25卷，鲁山名列其中。很多地方积极响应，不遗余力推出。例如山东省沂源县，故事传说与我县类同，其市、县领导曾先后四次前往中国民协汇报他们县的七夕文化。西安、广西贵港、山西和顺等地也都准备开发七夕文化。

三、厚重的鲁山七夕文化

鲁山的七夕文化，无论是传说故事、历史记载，故址遗存，都特别丰富。

四、下步要做的工作

1. 成立申报"中国七夕文化之乡"领导小组。争取申报命名成功并举行授牌仪式。策划鲁山七夕文化之乡宣传推广主题。

2. 编印出版《浪漫的七夕——鲁山卷》。成立创作组，召开研讨会，确定选题，尽快运作。

3. 资金。申报、考察、研究、命名、挂牌等需资金，政府要支持。

我汇报完毕，邢书记又作了补充。县委书记贺国营听取我们的汇报后，征询各位领导意见，没有人提出异议。看看时间不早，县委书记一锤定音。贺书记说：保护开发七夕文化，这是一件大好事，宣传部牵头，文联具体实施，辛集乡党委政府等相关部门配合。你们要做好申报及相关工作，无非是花几个钱的事么！县委县政府全力支持。

我们长出了一口气。散会后，走出室外，天已经完全黑了下来。

取得联系赴省汇报

2008年的春节眨眼间来了。这个春节，我的心里颇不宁静。拿宣传部王青副部长的话说，我们自己找了根绳子，把自己的脖子勒了起来，我们得寻找一种方法，千方百计把它解开来。如果申报不成功，画虎不成惹人笑，我们恐怕就名誉扫地了。信息传出去，不少同志见了我们，有的真诚关心："申报能成功吗？"有的讥讽："虚东西，弄这事砍蛋哩。"有的嘲笑，见邢书记曰："牛郎官回来了。"实质上，申报不成，我们几个倡议者名誉扫地事小，主要是愧对了组织上的信任。县委这么重大的决策通过，衬得县里也太不庄重严肃了。

思前想后，我们几个觉得，怎么样才能使申报工作不走弯路呢？应该征询省、市民协的意见，向上级作专题汇报。霍尚德先生虽身在中国民协，但毕竟我们不太熟悉，由他去操作，总觉渠道不畅。当时，我们与省民协尚未建立联系，通过咨询市民协主席王楚雪、副主席王中林，终于与省民协通过电话取得联系，选定日期赴省专题汇报。

2008年2月14日，情人节，农历正月初八。县委常委、宣传部长张向泉，带领宣传部副部长王青，县文联党组书记胡同一，辛集乡党委书记邢春瑜，我们一行5人赴省民协汇报申报工作。省民协主席夏挽群热情接待了我们。

时任中国民协副主席、省文联副主席、省民协主席的夏挽群，曾获得中国民协颁发的"中国民间文化守望者"荣誉，他几十年如一日，穷尽心思开展民间文化的保护工作。正因此，河南省的民间文化工作在全国都名列前茅，也正因此，夏主席被推选为中国民协副主席，在全国民间文化方面都具有发言权。平易近人的夏主席听了我们的汇报十分赞赏，他分别介绍了全国以及河南省民间文化保护工作的开展情况以及中国民间文化之乡的申报情况。夏主席谈到，在组织申报的过程中，省民协对申报立项所坚持的原则：一是必须属于民间文化的范畴；二是有重要的文化价值，在同类文化景象中，具有典型性和代表性；三是经过当地深入挖掘，并具备有说服力的研究成果；四是地方政府具有保护文化遗产的充分自觉，具有遗产保护的行动及远景规划。

夏主席特别强调，中国民间文化之乡的申报主体是地方政府，只有地方政府高度重视，自下而上，做好申报的基础性工作，拿出对于民间文化之乡具体的实施方案才可以顺利进行。夏主席并拿出南阳牛郎织女七夕学会副会长杜全山写给他的信让我们看。杜全山的信大意是说，牛郎织女传说故事最佳原地当在南阳：1997 年，南阳"牛郎织女传说已被列为首批河南省非物质文化遗产"，《大河报》在 2007 年初策划了五六版宣传挖掘南阳牛郎织女传说的文章，如果南阳不重视申报"中国牛郎织女文化之乡"，如果南阳不重视牛郎织女传说故事的民间文化保护工作，我们都将成为千古罪人。杜全山的信言辞恳切。夏主席说："我理解杜会长的心情。我也是南阳人，我也很想为家乡的文化建设，尤其是民间文化保护工作竭尽绵薄之力，但是，政府不出面，以一个学会、研究会的名义去申报或者做保护工作是远远不够的。据你们介绍，我也略有所知，鲁山有很多与牛郎织女相应的遗迹遗存，民风民俗。牛郎织女传说具有丰厚的文化底蕴。省民协也达成了一个共识，对于有争议有较大价值的民间文化，我们应整合力量，率先保护。刚刚公示的第二批国家级非物质文化遗产推荐项目，南阳牛郎织女传说项目落选，而山西和顺、山东沂源和西安并列当选。大部分的神话传说，尤其是牛郎织女传说应当起源发祥于中原，关于河南的牛郎织女文化，我们也应当有我们的声音。鲁山如果申报，我们全力支持。"

听了这些话，我们一行备受鼓舞。当时，我们还商议，原定申报名称为"中国七夕爱情文化之乡"，鉴于河北邢台已被命名为"中国七夕爱情文化之乡"，"七夕爱情"这个词又过于局限，鲁山应申报为"中国牛郎织女文化之乡"更为恰切。

当天中午，我们又邀请对鲁山感情比较深厚的省委宣传部原常务副部长、河南省墨子学会会长葛纪谦，曾在鲁山挂职县委副书记后又回到省委宣传部外宣办任职的张保栓，陪同夏主席等省民协领导就餐。

从郑州返回鲁山后不久，县"两会"召开，在邢书记的建议下，中国牛郎织女文化之乡申报工作被列入到当年度的《政府工作报告》中。

随后，向泉部长主持召开会议，明确这项工作由县委宣传部牵头，县文联具体负责组织实施，县文化局、县广电局、辛集乡党委政府等相关部门密切配合。

当时我们考虑，虽然中国民协节委会霍尚德先生积极动员并参与鲁山的申报与文化挖掘工作，但毕竟距离太远，花费又多。不如通过省民协申报渠道正规。所以之后，我们很少再与霍先生联系。事实证明，我们的选择是正确的。

全力以赴搞好申报

从郑州返回鲁山时，我们从省民协借到两册规范的申报书文体作借鉴，一册是登封市"中国大禹文化之乡"，一册是平舆县"中国车舆文化之乡"。尤其登封"中国大禹文化之乡"申报书　500多页，做得很详细具体。我们商议，要取得申报成功，首先，必须得把两件工作做扎实，一是申报书的制作，二是申报专题片的拍摄。

按照要求，申报书的制作，除了县政府需要给省民协、中国民协提交一份申报报告，对于牛郎织女文化制定出比较切实可行的保护方案，还需要充分展示鲁山深厚的牛郎织女文化。

接着，我们迅速行动。我与王青副部长马不停蹄，首先把这些情况向县委、县人大、县政府、县政协主要领导做专题汇报，两天时间，找了几十个县四大班子领导，取得支持。随之，又前往平顶山市，向市文联、市民协汇报。因为地方民俗文化厚重与否，价值如何，尚需要地方民俗专家和权威专家的认可推荐，我们又专程给平顶山市政协副主席、平顶山市历史文化研究中心研究员、著名史学家潘民中作了汇报，寻求支持。潘主席为辛集乡马庄人，他对于家乡感情深厚。我们在一起商议，由潘主席从中协调，首先邀请平顶山市著名学者、市政府原副秘书长兼市地方史志办公室主任、市诗词楹联学会会长胡吉祥，市历史文化研究丛书主编、市诗联学会副会长杨晓宇，市民协主席王楚雪，平顶山市工业职业技术学院学报编辑张西庆，平顶山市图书馆副馆长王宝郑，平顶山学院教授叶爱欣来鲁考察牛郎织女文化，撰写论文。几位专家在到鲁山考察后一个月内，陆续寄来了他们撰写的文章。胡吉祥所撰题为《河南鲁山——牛郎织女传说发源地》；杨晓宇撰文《鲁山应是牛郎织女传说的起源地》；王宝郑撰《关于河南鲁山牛郎织女传说的考察》；叶爱欣撰《牛郎织女故事流传的中心点——鲁山辛集乡》。另，鲁山作家李学乾撰写了《鲁山——牛郎织女文化的故乡》，我撰写了《牛郎织女文化意蕴》。这些论文从鲁山的历史文化渊源、鲁山的自然环境、地名传说故事、风俗习惯等不同角度论证，最后得出结论：鲁山为牛郎织女文化的原生地，这个传说故事由鲁山发祥起源，然后流布向全国。

　　虽然有这几篇民俗专家的论文作支撑，我们还是觉得在理论层面尚显薄弱，为此，在潘民中副主席的建议下，我们又通过在郑州大学任教的潘主席的女儿潘磊，联系到郑州大学教授、文学博士、历史学博士后、河南省中原文化资源与发展研究中心副主任罗家湘与郑州大学教授、河南省中原文化资源与发展研究中心专家王宝国莅鲁考察并撰写论文。两位专家认真在鲁山考察走访，返郑后秉烛达旦，夜以继日翻阅资料，终于也在短时间内撰写出有分量的论文。罗家湘所撰题为《牛郎织女在鲁山》，洋洋万言，他首先从鲁山山顶"牛郎殿、牛郎洞与瑞云观"这些地名中，论证宗教信仰与民俗崇拜共存的博弈，接着又从鲁峰山西北隅天爷庙与九姑娘庙中，探讨家长意志与牛郎织女自由婚配的冲突，然后又从"龙泉与九姑娘潭"，论述农耕求雨与生育祓禊互济，展示祈雨与织女洗澡是同一种风俗的两种表现形式。最后一部分，以"鹊桥神话与三鸦古道"，论证家庭伦理与民族道德，完成牛郎织女爱情神话故事的创造。文尾最后归结："牛郎织女故事，鲁山具有原创之功，功不可没！"在这篇论文中，罗教授引用了《诗经》中大量的诗词，以及其他古代历史资料，从历史的角度，有理有据地论证了这个故事的起源。

罗教授并为鲁山题词："鲁山是英雄的土地，牛郎织女的故乡"。

王保国教授与我县文物保护管理所所长、馆员张怀发联合撰写的《牛郎织女神话传说发生在鲁山》一文，从发生环境、现存遗迹、遗址、遗物以及文献记载，民风民俗，遗迹的文物保护情况着墨，从而得出考察结果：牛郎织女生活原型起于鲁山；鲁山作为牛郎织女文化之乡当之无愧。我们把这篇论文作为专家综合推荐意见特别显现。

上述文章和题词均收入申报书中。

2007 年 3 月初，县文化局文物所应辛集乡党委、政府的请求，组织对牛郎洞进行考古发掘，本意是在不破坏牛郎洞原有风貌的基础上，将洞前坎坷不平的地形开挖后加以平整，扩大牛郎洞前的平地，使游客便于观瞻，却不料，在牛郎洞口前发现大量残瓦古砖，发掘出残碑、碑座、石础，在洞口处发掘出砖砌门槛、过门石、铜币、残锅碎片，在南侧正应孙义村牛郎墓方向，又发掘出刻有麒麟的石门礅，继之，又出土了五子砖、古瓦、彩瓷、铜币、铜饰等。通过发掘出的这些古物可以推断，牛郎洞前在汉代就已开始有庙宇建筑，唐宋时达繁盛期。明嘉靖县志记载该洞时未提庙宇，估计此时香火已趋衰落。

这些发掘资料，又为鲁山厚重的牛郎织女文化与申报工作增添了有分量的依据。

与此同时，县政府经研究，制定并印发了《"牛郎织女文化之乡"保护和规划方案》。保护方案依据《中国人民共和国文物保护法》《国务院关于加强和改善文物工作的通知》《河南省〈文物保护法〉实施办法》和河南省人民政府豫政〔1989〕215 号文件要求制定，其指导思想是：鲁山牛郎织女文化具有较高的历史价值、社会价值、学术价值，是不可再生的文化资源；按照构建和谐社会的要求，本着"抢救第一，保护为主"的方针，以实施文化带动战略，促进社会整体进步和社会全面发展为目标，在专家、学者的指导下，通过对牛郎织女文化的挖掘、整合、保护、提升，做好牛郎织女文化的学术研究和资源的开发利用工作，使牛郎织女文化在传承中发扬光大。其具体工作内容分 6 个方面：

（一）加快牛郎织女文化产业发展，全力打造"中国牛郎织女文化之乡"。加快牛郎织女文化研究和产业发展，努力构建以牛郎织女文化为主体，以参观旅游、寻根拜祖、休闲观光等为主要内容的文化产业格局。加强领导、制订规划、采取措施、优化资源配置，集中人力、财力，全力推进牛郎织女文化产业开发，争取在五到十年内塑造出"牛郎故里""中国牛郎织女文化之乡"这一文化品牌，形成规模，初见成效。（二）整合资源，进一步调整优化文化产业发展结构和布局。在产业设计的外部系统上，要充分考虑到牛郎织女文化产业开发与炎黄文化、道教文化、中国古典爱情文化等多种传统文化的关联性、系统性，把握好文化内涵上的一般性和特殊性，找准形式上的差异性，求同存异，统一布局，优势互补，共同构建中原地区的文化产业格局。在内部产业布局上，要切实照顾到牛郎织女文化产业开发与相关文化产业开发、其他产业、行业开发的关联性，拉长产业链条，形成规模经济效益和社会综合效益。（三）加快硬件建设，搭建牛郎织女文化产业平台。集中时间，组织人力、财力，对以牛郎故里遗址为主的文化资源进行全面调查，摸清家底，科学评估，积累资料，挖掘其文化底蕴及内涵，迅速开展并完成牛郎织女文化产业开发的整体规划工作；在鲁山县辛集乡鲁山坡牛郎遗址附近复建古代的元武塔、瑞云观、南天门、九女潭、牛郎洞、神牛潭、牛郎亭、织女亭、九姑庙、天爷庙、天河、天河桥、文化大观园、牛郎湖及景区绿化美化等项目。在文化项目区规划以寻根拜祖、文化展览、民俗风物展览、旅游观光、休闲娱乐等为主题的大规模牛郎织女文化园区。（四）开展文化创意活动，申报设立"鲁山牛郎织女文化节"，举办每年一度的鲁山牛郎织女文化节庆典活动。在修复牛郎织女故里有关遗迹、创建牛郎文化园等基础设施的同时，通过策划创意，申报批准，将农历七月七定为"鲁山牛郎织女文化节"，开展牛郎织女爱情创意如祭典、寻根拜祖、山歌对唱、参观旅游、休闲娱乐、商品交易等活动，并以此为龙头，推动鲁山外来投资，旅游产品开发、农副产品加工、餐饮服务、交通运输及多元化的文化产业发展。（五）加大宣传力度，树立鲁山牛郎织女文化知名品牌。精心策划，赋予"牛郎织女文化"品牌先进的文化理念，丰厚深刻的文化内涵和鲜明的视觉形象，通过创意包装，借助电视、网络、报刊、报告会、演讲会、知识竞赛等多种媒体和手段，灵活多样地宣传鲁山牛郎故里和牛郎织女文化品牌。成立写作班子，创作反映牛郎织女神话故事及相关内容的影视及文学作品。编著出版有关鲁山牛郎织女文化研究的文集，对涉及牛郎织女爱情故事的地名、村名进行商标、网络及县域名注册，以保护其知识产权，并将品牌以自主开发、合作经营、授权连锁等形式，向相关产品辐射，扩大"鲁山牛郎织女文化"的品牌成果。（六）构建多元投资主体，共谋牛郎织女文化产业快速发展。以政府拉动为龙头，动员社会各界力量，形成财政、民间、个人、企业、事业、外来投资、社会捐赠等多元投资的发展格局，以鲁山县炎黄文化研究会为中介和平台，借助品牌优势和民族文化、民族感情和感召力，吸引社会精英、民间社团、海外华人的捐赠，并完善体制，建立严密规范的资金受赠、使用、审核、审计等一系列运行机制和监督制约机制，以保护专款专用，保证项目投资的顺利进行和建设目标的尽快实现。同时制订了5年保护计划和措施，建立保护机制。

只是，因受主客观条件限制，申报成功5年来，虽然保护计划实施了不少，项目建设规划报告做得也很详细，有不少家投资商意欲投资，但都还尚未具体落实。

申报书的具体内容，除了硬性文件报告外，是如何反映出鲁山深厚的牛郎织女文化底蕴，这其中鲁山县情概述及牛郎织女文化历史渊源、史迹记载、遗址遗存的归纳整理相对好办，而有关传说故事、民歌民谣、民风民俗以及文艺作品的搜集挖掘整理是一大难关。为此，我们充分发动鲁山本土作家、民俗专家深入到牛郎故里，实地采访采风，各有分工，完成撰写任务。县文物保护管理所所长张怀发撰写史迹记载、遗址遗存篇，县史志办主任杜耘亚、县作协副主席李学乾搜集牛郎织女传说故事。张怀发在承担分配任务的基础上，又搜集整理了《牛郎探花》《九姑娘下凡》《牛郎进宝》《九天仙》《牛郎洞》《九女潭》《九姑娘迎宝》《牛郎鞭》《织女为牛郎编扫帚》《姑娘花》《鲁山牛郎织女篇》等几十首民歌民谣。

民风民俗作为民间文化传承的重要佐证，决不能等闲视之。经归纳汇总，有关牛郎织女文化在鲁山的民风民俗大体有以下几项：1. 七夕节"乞巧"；2. 葡萄架下听牛郎织女私语；3. 七夕古庙会；4. 孙义村不演《天河记》；5. 七月初七孙义村孙氏后裔祭祀祖先牛郎织女；6. 二月初二孙氏后裔祭祖；7. 腊月初八从牛郎洞九女潭请祖；8. 牛郎洞、九女庙、瑞云观的祭祀活动；9. 山歌对唱与民歌传唱；10. 喜鹊搭桥；11. 天爷庙遗址；12. 祈雨；13. 鲁山坡附近有种植"九姑娘花"的传统习俗，九姑娘花即油菜花；14. 鲁山群众爱演爱看牛郎织女戏曲，这些戏曲有《老牛说媒九女潭》《小义分家》《蔡光杆劝女》《王母娘娘划天河》《喜鹊搭桥》《双星缘》《天河记》《牛郎织女会鲁山》等；15. 牛崇拜；16. 植柞养蚕织丝。

根据上述民风民俗，我们充分发动，选题定人，撰写文章。辛集乡政府干部、作家贾坤撰写出《牛郎籍贯在鲁山坡《鲁山的七夕乞巧民俗》《孙氏祠堂祭祀记》《孙义村不演天河记》《七夕庙会话古今》5篇。动义村支部书记、牛郎后商孙留孩撰写出《九女庙前来乞巧》《孙氏家族祭祖日的历史渊源和演变》《鲁山坡天爷庙遗址缘由》《鲁山坡前葡萄园》4篇。张怀发又撰写出《孙义村孙氏祭祖简记》。这些文章都收录入申报书中。

为解决撰写过程中出现的困难和问题，我和县委宣传部副部长王青商量，凡有撰写任务人员每周五下午召开一次碰头会，汇报进度。

　　所有上报材料，最后由我审定把关，需要重新撰写的，我再汇总操刀。

　　在紧锣密鼓组织撰写申报书的同时，由县广播电视局承担的申报专题片《鲁山——中国牛郎织女文化之源》亦在紧张拍摄中。这个申报专题片的解说词由我亲自执笔，几经修改。具体拍摄由县广电局马远瞩、宋新杰两位同志负责。他们俩历时月余，前后30余次深入到鲁峰山周围各个遗址遗存，寻找当事人，录了10余个同期声，查阅利用了广播局大量存档影像资料，几经领导看片修改审定，费尽了心血。记得光远瞩配音就进行了多遍。配音方面，如果是删掉原配好的句子，倒相当容易，而若修改添加，哪怕添加一个字，就需要重新配音。

　　特别值得赞扬的是县文物所所长张怀发，配合申报，可谓殚精竭虑，尽己所能。从考古的发挖，到申报书的撰写，为申报专题提供资料图片，以及各种活动的开展，真是倾情倾力。常常是天不亮出发，星星满天了还在鲁峰山上。有时坐车，更多时候是自己骑自行车，带个笔记本采风，拿个小录像机录资料，为孙义村民众义务排练舞蹈和民歌。其后又担任中国民间文化遗产抢救工程丛书《中国牛郎织女文化之乡—河南鲁山卷》的执行主编。记得那段时间他有记录的去辛集登鲁峰山的次数是99次。正因此，2009年11月10日，县委宣传部、县文联以及辛集乡党委、政府联合召开中国牛郎织女文化之乡申报工作表彰会，对两年来围绕中国牛郎织女文化之乡的申报、命名、授牌庆典、编撰示范卷以及七夕系列活动开展做出突出贡献的 29 名社会各界人士予以表彰时，张怀发特别被授予"鲁山民间文化守望者"荣誉牌匾。时任县委常委宣传部长郭东晓，副县长李玉洁把这一块饱含情感的牌匾颁给张怀发。

为了配合申报工作，2008 年 3 月 30 日，县委宣传部作为主办单位，县文联、县文化局、县广电局、县三高、辛集乡党委政府联合承办了声势浩大的"鲁山县牛郎故里春季山歌会"。主会场选在鲁山三高广场。出席开幕式的市领导有市政协原主席刘振军，市文联原主席禹本愚，市文联主席程贵平，市文物局局长许晓鹏，市广电局副局长裴秋德，市民协主席王楚雪、副主席王中林等，县领导有县委副书记杨红旗，县政协主席郝元方，县委常委、宣传部长张向泉，县人大副主任齐福全，副县长宋战功。在这次由天禧文化传媒、可美婚纱摄影协办的山歌会上，还同时策划了 16 对新人"幸福之春大型集体婚礼"，为山歌会平添了无限的喜庆和热闹氛围。主会场上，辛集乡党委、政府还组织了十几支秧歌队助兴，如徐营村中老年文艺队、缚岭村代表队、白村代表队、高村文艺宣传队、黄村代表队等。最具亮点的是牛郎孙义村峒歌团。他们把"洞歌团"的"洞"字特意印成明嘉靖县志上所载"牛郎峒"之"峒"字，另外还制作有辛集孙义村峒歌潭的竖幅。一"团"一"潭"，别具风采。县里还特意邀请鲁山县永乐盘鼓队 30 余名女队员统一着红色盛装、戴红帽，在会场不停地列队表演威风锣鼓。省、市、县三级新闻媒体和市县摄影家的百余架照相机、摄像机齐聚山歌会。在山歌会开幕式上，县委常委、宣传部长张向泉热情洋溢致辞，副县长宋战功讲话。上午10时10分左右，县委副书记杨红旗隆重宣告："牛郎故里春季山歌会"开幕！主会场以山歌伴舞蹈《牛郎探花》拉开序幕。尤其是孙义村峒歌团表演的《牛郎鞭》，音乐铿锵有力，本村姑娘媳妇身着粉荷色演出服装边歌边舞，伴之以村民手拿木锨、扫帚、农具上台配合，虽然艺术性不太高，但确实体现了自娱自乐的山歌特点。

主会场演出之外，辛集乡党委、政府还在鲁峰山前后设立了8个分表演点，所演节目多为山歌对唱、河南坠子、戏剧表演等，尤其是牛郎洞前的演出点由孙义村开展祭祖活动与山歌对唱。孙义村民扮作牛郎与织女。扮作织女的看上去俏丽年轻，实际上已是当了奶奶的人了。正值春光明媚时节，鲁峰山人头攒动，彩旗飘飘，歌声悠扬，十里八村民众纷纷前往春游踏青观看演出。据有关部门统计，当天上山人次约5万人，可谓盛况空前。作为承办单位具体组织者，我和王青、邢春瑜等既为举办这么大的活动担忧，害怕出现什么意外，同时也感到甚为欣慰。

通过举办一连串的活动，确实既挖掘了鲁山的牛郎织女文化，也极大地丰富了群众的文化生活。

虽然这么大的阵势，但我们统一口径，对外宣传一直是挖掘牛郎织女文化，避开申报中国牛郎织女文化之乡的提法和字眼，这样怎么大张旗鼓宣传都不为过。因为，全国很多地方在争牛郎织女文化，有的已申报成国家级非物质文化遗产，但都尚未向中国民协申报"中国民间文化之乡"。我们害怕传出去再让别处占了先，岂不功亏一篑，这也是为确保申报成功采取的一项举措。

通过三个多月夜以继日的工作，我们把"鲁山县中国牛郎织女文化之乡申报书"及申报专题片呈报给省民协。

在申报过程中，身体残疾的辛集乡村民郭增立创作出大型古装神话剧《鹊桥一梯》，碳子营乡韩信村村民孔庆夫创作出版《爱神双星缘》神话故事，离休干部吕耀仁创作出 30 集影视剧《牛郎织女家传》，文化局创作员乔书明撰写的文章《牛郎织女文化，两岸版本比一比》在台湾《东方邮报》发表。我县词作家、作曲家 20 余人深入到基层，搜集整理关于牛郎织女的民歌民谣35 首，于 2009 年 3 月授牌仪式举行前夕，结集为《中国牛郎织女文化之乡——鲁山民歌选》出版。这其中《七夕情》《鲁山坡对歌》《鲁山坡上喜鹊多》《天上人间来相会》《牛郎织女有情人》《人间幸福多》《娶个织女比蜜甜》《鲁山坡情缘》等，经过传唱，成为鲁山经典民歌。

迎接考察成功申报

2008 年 7 月 1 日，中国炎黄文化研究会副会长鲁淳、曲忠，河南省炎黄文化研究会执行会长王仁民，平顶山市炎黄文化研究会名誉会长段松会、会长梁尤平等莅鲁考察鲁山炎黄文化。鲁淳在听取我县牛郎织女文化情况汇报后，欣然题词："牛郎织女文化之乡"。

2008 年 7 月 15 日，受中国民协委托，中国民协副主席、省文联副主席、省民协主席夏挽群，省民协副主席、秘书长程健君，省民协艺委会主任李凤有等，在市文联主席程贵平、副主席姚剑宝，市文明办副主任杨晓宇、市民协主席王楚雪的陪同下，莅鲁考察牛郎织女文化之乡的申报工作。时任县委书记贺国营，县、市（区）长级领导干部陈章法，县委常委、宣传部长张向泉，副县长宋战功等陪同考察汇报，并一同观看申报专题片。夏主席就鲁山如何对牛郎织女民俗文化予以保护、利用和传承，就如何促进鲁山文化资源更好的推动经济快速发展，提出了不少好的意见和建议。随后，夏主席又深入到辛集乡，对孙义村孙氏祠堂、牛郎洞、瑞云观、九女庙、九女潭等地实地调研。在孙氏祠堂，夏主席一行还观看了村民们表演的歌伴舞《牛郎鞭》《牛郎探花》等，并与几位耄耋高龄的牛郎后裔座谈。夏主席深有感情地对孙义村民说："你们守住了孙义村，就守住了牛郎织女文化，就守住了中国的文化元素。"

省民协考察组返郑后，迅速把考察情况向中国民协作了汇报，中国民协高度重视，北京第 29 届奥运会刚刚闭幕，就做出了到河南鲁山调研牛郎 S 织女文化的具体活动日程安排。文联接到通知后，我与王青副部长迅速向县委、县政府主要领导汇报，全力以赴作好接待工作。在营造氛围上，我们草拟出几十条横幅宣传语悬挂至县城向阳路南段、老城大街、孙义村、鲁峰山周围以及接待住地玉京宾馆。标语内容除了欢迎性的外，还有："挖掘民俗文化建设文化鲁山""牛郎织女文化是鲁山历史长河中一块璀璨瑰宝""品鲁山牛郎织女文化赏鲁山山佛汤美好风光""品鲁山牛郎织女民俗文化打造鲁山七夕爱情文化圣地""人杰地灵牛郎故里钟灵毓秀织女情地""牛郎故里仙乐飘飘鲁峰山下文化厚重"等。

中国民协考察团赴河南考察时间安排很紧，他们于8月29日在虞城县考察木兰文化，8月30日到商丘考察火文化，8月31日到襄城县举行"中国烟草文化之乡"授牌仪式，我们下午2点半由鲁山驱车至襄城县接专家考察团。专家团十余人，专家组由8人组成，依次为中国民协副秘书长（正厅级）赵铁信，中国民协"四委办"主任杨吉星，北京大学教授、著名民俗学家、中国民协顾问段宝林，中国民协副主席夏挽群，省民协秘书长、民俗学家、河南大学文学院兼职教授程健君，河南大学黄河文明与可持续发展研究中心教授、史学博士、省民协副主席高有鹏，海燕出版社副总编辑、省民协副主席乔台山，省民协艺委会主任李凤有。我与宣传部副部长王青乘坐县委办公室的考斯特车，于下午2点半钟准时接到考察团。返程途中，在车上与考察团负责人赵铁信话语投机，聊天聊得火热。赵铁信副秘书长非常健谈，知识面很广，爱好书法，谈起鲁山的山水文化，似乎无不知晓，尤其是谈到元结其人以及颜真卿为元结撰写并书丹的石碑，其熟悉程度，更是令我们惊诧。经过询问，方明白他在来鲁前，就已从网上浏览了鲁山的概况，我们这才恍然大悟，心中不禁更加佩服赵秘书长。

一路介绍沟通，感情增进不少。

当日下午3点半左右，车从郑尧高速路口下来，直接驰至孙义村考察。县、乡、村组织的鼓乐秧歌队列队热烈欢迎。孙义村老百姓在孙氏祠堂摆出煮熟的花生、鲜嫩的玉米、新摘的葡萄招待贵宾。不大的孙氏祠堂挤满了迎接的领导和村民。考察组一行最感兴趣的是与时年99岁的九女庙祠管李秀英（女），孙氏后裔、年高88岁的孙明祥、83岁的孙洪福、82岁的孙庆等几位老人的座谈交流。专家们不停发问，老人们朴素平实的回答。阳光照耀在孙氏祠堂，整个气氛和谐、温暖、笑声不断。身材瘦小的段宝林教授与乔台山、高有鹏两位副主席每人手拿一台照相机不停拍照。随后，专家们又到牛郎洞、瑞云观、南天门、九女潭、九女庙仔细考察。孙义村的秧歌队也又赶至牛郎洞前为专家们表演。在南天门前，段教授诚恳地邀请生活在祖师庙里的几位老妪合影。在九女庙陪同考察的县委书记贺国营还点燃三炷香，虔诚祭拜九姑娘，并高兴地与九女庙司管许四妮交流。

当日，市政协副主席潘民中，市文联主席程贵平，副主席姚剑宝，市民协主席王楚雪，县领导贺国营、张向泉、高学智、宋战功、范崇海等陪同考察。下午6点多钟，鲁山县"中国牛郎织女文化之乡"专家组考察汇报会在玉京宾馆会议室举行。会前，为专家组成员每人准备了一个资料袋，内装河南省鲁山县《中国牛郎织女文化之乡申报书》、《鲁山民间故事》、《双星缘》、《尧神》1—4 期，《鸟桥一梯》剧本，《东方邮报》复印件，以及《鲁山——中国牛郎织女文化之源》《鲁山牛郎织女民歌》《牛郎故里山歌飞扬》专题片光碟。汇报会由县委常委、宣传部长张向泉主持。会议议程第一项是各位专家观看《鲁山——牛郎织女文化之源》专题汇报片；第二项由副县长宋战功作申报专题汇报；第三项由市文联主席程贵平讲话；第四项为县委书记贺国营讲话；第五项，市政协副主席潘民中讲话。接着是专家夏挽群、赵铁信、段宝林等讲话。宋战功副县长的申报汇报从鲁山是农耕文明最早区域、鲁山史志典籍及地理地名记载、遗址遗存、传说本身流布、独特的民风民俗、文化传承和研究成果、县委县政府高度重视这 7 个方面介绍了鲁山的牛郎织女文化。最后恳请各位领导、专家、学者予以考察命名。段宝林教授在论述讲话中特别谈到鲁山的牛郎织女文化根植百姓中间。他介绍，他在下午的考察中，与村民攀谈，搜集到这么四句民谣：天上有银河，地上鲁山坡，七夕来相会，人间幸福多。虽是平凡的四句话，短短的 20 个字，却升华了牛郎织女传说的意蕴，说明牛郎织女七夕相会少的是忧伤凄凉，多的是幸福和美，这是与众多的牛郎织女民俗文化不同的地方。夏挽群从牛郎织女文化作为民间文化的经典精粹，其文化价值、精神价值、资源价值方面，以及中国民协何以要开展"中国民间文化之乡"命名工作，作了深入浅出的讲授。而赵铁信则饱含感情地讲述了他对鲁山历史文化尤其是牛郎织女文化的感受，对于鲁山的牛郎织女文化资源予以充分肯定，并就如何发掘、叫响这个品牌提出了中肯的建议。

汇报会结束，就餐期间，我县著名的两位曲艺表演家，县曲协主席乔双锁、副主席冯国分别为专家们演唱了河南坠子《牛郎织女在鲁山》和鼓儿词《赞鲁山》，赢得专家们的赞赏。

当日晚餐后，各位专家回房休息。县委书记贺国营从下午的考察中知晓赵铁信副秘书长为中国书协会员，对元结碑赞不绝口，恰恰他的车上搁了一份元结碑拓片，遂邀约宣传部长张向泉、副部长王青一同叩开赵铁信的房门。赵铁信见到拓片，如获至宝，特意把拓片放到自备的一个包中。因为每到一处考察，各地都给专家们发一个相同的资料袋。原定计划，9月1日早餐后，鲁山派车送专家们至内乡县考察衙署文化，赵铁信副秘书长临时动议，取消内乡之行，返回鲁山县城考察元结碑并豫西革命纪念馆。在观看过豫西革命纪念馆，县党史办领导备好纸笔，邀赵铁信写字。赵铁信一口气写了5幅，天气炎热，已经疲惫，但拗不过我的请求，他又接连写了4幅，共写9幅。看他累得实在不行，我们这才让他停下来。年近花甲之人，一口气写这么多，尤其每幅字都是根据所赠对象不同特点所写，实属不易，足见其反应敏捷，知识渊博。记得清的是，他为人大副主任高学智题写的是"牛郎子弟多才俊"，为时任县文联党组书记胡同一题写的是："同心同德交朋友，一心一意搞建设"，为我题写的是"诗书情，翰墨缘"，都恰如其分。

送他们回郑州，仍由我并王青副部长陪同。上车时，河大教授高有鹏说："赵秘书长，一辆小轿车没了。"我不解其意，高教授说："秘书长一幅字，荣宝斋卖价8000，八九七万二，岂不值一辆小车。"我这才恍悟。途中，我并王青一再感谢赵铁信题写这么多字，赵副秘书长坦诚说："我历来信奉文艺为人民大众服务。你们对我招待这么周全，都是工薪族，岂能提钱的事。"

考察圆满结束，我们觉得申报成功指日可待。不想，其后的一段时间，中国文联对于所属各个协会的申报工作予以整顿，进一步规范。直到2009年2月18日，才由中国民协分党组书记罗扬签发正式文件：中民协发〔2009〕2号决定。全文如下：

关于同意命名鲁山县为"中国牛郎织女文化之乡"的决定
河南省民间文艺家协会并鲁山县人民政府：

所报《关于申报"中国牛郎织女文化之乡"的函》收悉。依照中国民间文艺家协会命名"中国民间文艺之乡"的有关规定，经组织专家实地考察、论证，中国民间文艺家协会认为：所报材料属实，手续齐备，申报规范。经研究决定，同意命名鲁山县为"中国牛郎织女文化之乡"。

请河南省民间文艺家协会并鲁山县人民政府接到此决定后，按照相关规划做好各项工作，切实抢救、保护和弘扬优秀民间文化艺术。中国民间文艺家协会将对"中国牛郎织女文化之乡"开展的工作适时进行检查，并将继续给予扶持和指导。

特此决定

中国民间文艺家协会

2009 年 2 月 18 日

2009 年春节刚过，省民协在第一时间把这一喜讯告诉我们。随后，我们接到由省民协转寄的快件原文。申报工作取得圆满成功。

2009 年 2 月 26 日，河南省民间文化遗产抢救工程简报 2009 年第 4 期（总第 218 期），以题为《商丘市睢阳区、平顶山市鲁山县分别被命名为"中国火文化之乡""中国牛郎织女文化之乡"》向全省通报申报成功。简报报至省委、省人大、省政府、领导同志，省委宣传部、省文联、省民委、省文化厅、省财政厅领导同志，省抢救工程领导小组、工作委员会、专家委员会；送至各省辖市民间文化遗产抢救工程领导小组、工作委员会、专家委员会负责同志。

举行隆重授牌仪式

中国民协对"中国民间文化之乡"的命名，有着严格的申报—程序和科学的管理制度。其建立程序依次为：地方政府申报—省级民协审核—上报协会分党组研究—专家组实地考察—提交书面考察报告—协会分党组审批—举行授牌仪式。并积极做好命名后的服务、宣传、指导、管理工作。

为搞好"中国牛郎织女文化之乡授牌仪式暨牛郎故里春季山歌会"的筹备工作，遵循"规范、高效、精细、服务"的指导思想，本着隆重、热烈、节俭、安全原则，经研究，县委决定成立筹备工作领导小组，组长由县政府县长郭斌献担任，副组长由县委常委、宣传部长张向泉，县委常委、县委办公室主任乔彦强，县政府副县长宋战功担任，成员由县委办、政府办、宣传部、文明办、文联、财政局、文化局、广电局、建设局、旅游局、公安局、辛集乡党委等组成。领导小组下设办公室，向泉部长兼任办公室主任，王青副部长兼副主任，办公地点设在宣传部。办公室下设综合协调组、新闻宣传组、节目组、后勤保障组、安全卫生组等五个工作组，各组积极主动、分工明确、认真负责开展工作。各组中任务相对比较重的是综合协调组和节目组。综合协调组组长由王青副部长和邢春瑜书记担任，节目组组长由我担任。

经与省、国家民协沟通，授牌仪式定于 2009 年 3 月 31 日上午举行，地点仍在三高广场。有鉴于 2008 年山歌会声势过大，参与人员太多，为安全计，不再大张旗鼓广而告之。

出席 3 月 31 日授牌仪式的省领导有中国民协副主席、省民协主席夏挽群，省社科院副院长赵保佑，省委宣传部原常务副部长葛纪谦，省文联副主席何白鸥，省民协副主席乔台山，省民协办公室主任王建。因春节后工作繁忙，中国民协不再派其他领导参加，由夏挽群主席代表。市领导有市委常委、宣传部长唐飞，市人大副主任王改枝，市政协副主席潘民中，江河机械有限责任公司监事会主席曹永昌，市委宣传部副部长、市文联党组书记可运领，市广电局副局长裴秋德，市市场发展中心副主任陈忠民，市编办副主任郭大忠，市文化局副调研员高亚，市民协主席王楚雪。县领导有荆建刚、杨红旗、张向泉、乔彦强、荆雷、高学智、范崇海等。

3月30下午，省领导莅鲁后还出现了一个小插曲。由于活动现场在县城东县三高广场，为方便，住宿和就餐安排在县委宾馆。县委书记荆建刚、县长郭斌献都出差不在鲁山，就餐由县委常委、县委办主任乔彦强和县委常委、宣传部长张向泉作陪。由于宾馆条件简陋，吃罢饭又安排省领导到玉京宾馆洗澡。县委荆书记得知情况，夜间约9点来钟，又专程从平顶山赶至玉京作陪。省文联副主席何白鹏因感冒未泡温泉，荆书记与何副主席在玉京大厅内饮酒会谈至其它领导洗澡完毕。

3月31日授牌仪式由县人大主任杨红旗主持。县委书记荆建刚致辞，省民协副主席乔台山宣读中国民协命名决定；中国民协副主席夏挽群向鲁山县授"中国牛郎织女文化之乡"匾牌，县委常委、县政府副县长荆雷接匾牌。之后，夏主席代表中国民协讲话。最后，唐飞部长讲话。

夏主席在讲话中说道："牛郎织女"传说是一个美丽而温润的传奇，是一缕携带着大量文化因子的远古吹来的风，是一段历久弥新的文化记忆，是中华传统文化的经典符号。这个感人至深的爱情故事所显现出来的文化的能量和活力，使它抵挡了岁月的剥蚀，成为今天依然具有鲜活生命力的重要非物质文化遗产。尤其是鲁山的牛郎织女文化，至今还保持着农耕时期的纯粹性和完整性，未曾受到现代商业化的破坏，而且这个地域的人民群众至今仍为之注入淳朴的情感。这种原生态的非物质文化遗产在今天越发显得弥足珍贵。当前，在现代化、全球化的背景下，在西方文化、欧雨美风对广大发展中国家的民族文化构成巨大威胁的情况下，留住自己的历史，留住自己的文化记忆，守护好民族的精神家园，是一项极具远见卓识的国家文化战略。倘若每个城市、每个乡村都像鲁山这样记忆着自己的文化经典，积尘沙而成山，汇细流而成海，这就是中华文明的传承。她的价值和战略意义将随着岁月的推移而愈来愈显现出来。合理开发和利用包括牛郎织女文化在内的民间文化资源，对于塑造地域文化形象；对于区域文化经济优势的确立和发展；对于增加旅游产业的文化含量；对于利用民间文化资源、开发文化产业、开拓文化市场等等，都具有十分独特的潜在的价值和作用。夏主席最后讲，他为鲁山人民群众对自己本土文化的挚爱所感动，对鲁山县委和政府保护非物质文化遗产、推动文化产业发展的前瞻眼光和有力举措怀着深深的敬意。他希望鲁山县守好自己的精神家园，使这里成为中国"牛郎织女"文化的保护中心、研究中心、展示中心、宣传中心，成为中国牛郎织女文化的传承基地，使我们和我们的后代子孙能够永远在这里探查她的丰富内涵和独特魅力。

授牌仪式结束后，站在主席台上的领导坐到观众席前排，观看文艺演出。演出内容多为自创的反映鲁山深厚牛郎织女文化的节目，其中有乔双锁的河南坠子《牛郎织女夸鲁山》，这个节目现已成为乔双锁的经典唱段，可以说百看不厌。有栗乙格编导、李恒涛、郭莹莹演唱的《鲁山坡情缘》；由张怀发编导，马新娜、韩平等表演的《牛郎鞭》；有许四妮口述，常瑞生记谱，李宏超、张阿芳演唱的《鲁山坡对歌》；有袁占才作词、冯国表演的鼓儿词《牛郎洞住牛郎仙》；由高阳作词，蔺景洲作曲，杨向阳演唱的《七夕情》；有蔺景洲整理，张曙光、周艳梅编导，冯凌歌、赵丽丽演唱的《人间幸福多》等。另外，还邀请河南豫剧二团、三团著名演员相青、周武占、贾文龙等莅鲁助兴演出。

民歌声声唱，牛郎织女情。除了主会场的授牌仪式和文艺演出，辛集乡政府还在鲁峰山南坡北坡等主要地方设立了多个会场，民间艺人卖力演出，观众盛况空前。虽是春寒料峭，但挡不住人们欢唱山歌的高昂激情。主会场盘鼓震天响，彩球迎风扬，你方唱罢我登场，欢乐人群似海洋。

嗣后，鲁山被中国民协命名为"中国牛郎织女文化之乡"以及隆重举行授牌仪式暨牛郎故里春季山歌会的消息，先后被新华网、央视网、凤凰网、环球网、中国经济文化网、中国文明网、中国摄影文化网、河南省人民政府网、大河报等国家、省、市新闻媒体广泛宣传报道。

七夕活动，连续不断

授牌仪式之后，为进一步宣传我县的牛郎织女文化，县、乡每逢春季和七夕节都要举办系列文化活动。这其中以 2009 年 8 月 26 日（农历七月初七）策划的七夕爱情节暨大型集体婚礼文艺演出声势最大。此次七夕系列民俗活动，县委、县政府与《平顶山日报》《平顶山晚报》实施强强联合，宣传阵势强大，连续一个月，几乎每一天都有关于鲁山牛郎织女文化的宣传报道。整个活动，依托"鲁山·七夕爱情节万人相亲大会""七夕情缘大型集体婚礼""七夕古刹大会""七夕节民间文艺演出""七夕情缘大型文艺演出""七夕摄影大赛"等活动开展，全力塑造独具文化内涵和鲜明特色的牛郎织女民俗文化品牌；实现牛郎织女文化与旅游文化以及其他社会经济的联姻，强力打造七夕爱情文化圣地。

七夕情缘大型集体婚礼的协办策划由可美经典婚纱摄影、天禧文化传媒、天禧庆典礼仪、新日电动车等具体实施，其宣传主题口号是"迎 60 年国庆，结山城之恋，创和谐之家"。规模为 30 对新人，30 对情侣，共计 60 对，寓意庆祝建国 60 周年。8 月 26 日凌晨 4 点，所有新人及情侣即开始在位于顺城路中段的可美婚纱摄影楼化妆。上午 9 点钟，所有人员在位于县城中心位置的鲁阳影剧院广场集合，开始大型花车巡游；身着婚纱装的新人与身着旗袍的礼仪小姐排成长龙，组成一道亮丽的风景，引路人惊羡观看。约 10 时，集体婚礼仪式在三高广场前主会场开始，大人止场后，新人陆续出场，并在搭建的的桥相会的桥上求婚。彩花飞扬，营造出浓厚、热烈、新颖的爱情氛围。依次领导主婚证婚、新人代表发言、喝交杯酒、经典督言大比拼"爱之吻"、情侣演出节目、新人们在爱情圣地放飞气球、，向观众抛撒喜糖。接受祝福，然后，由新人分别抱起属于自己的新娘走向幸福门。参加集体婚礼的人员在婚礼结束后，于上午 1 点 20 分左右到孙义村东的张庄村吃农家饭，下午 3 点前在张庄葡萄园进行葡萄采摘活动，下午 3 点 40 分左右到达鲁山三高演出现场观看演出。

另，由《平顶山日报》社与县里联合组织的"鲁山·七夕爱情节万人相亲"活动，200 对相亲情侣，身着由《平顶山日报》印制的情侣装，早上乘数辆大巴车，从平顶山市出发，上午 8 点半到达润鑫棉纺厂门口，然后到张庄葡萄园进行葡萄采摘活动，再由牛郎洞，经山顶广场，到达鲁山三高参加集体婚礼，11 点半钟在县城老字号揽锅菜就餐，于下午 1 点到昭平湖景区游览，至下午 3 点半左右再返至三高广场观看演出。

牛郎洞的文艺表演和辛集街七夕古刹大会的承办构由辛集乡组织进行。《七夕情缘》大型文艺演出，由《平顶山日报》社。县委宣传部主办，省歌舞剧院、河南戏剧明星《梨园春》艺术团承办。26 目下午 4 点 20 分演出正式开始，节目多以爱情歌舞为内容，分有喜梅戏《夫素双双把家还》，歌曲连唱《敖包相会》《走西口》《大花新》，北京女子组合乐从、好乐坊表演《在那遥远的地方》《花儿为什么这样红》《梁祝》，鲁山自创带目有大合唱《相亲走进鲁峰山》，歌曲《歌唱鲁山》，鲁山民歌《恩爱到永远》，河南坠子《牛郎织女夸鲁山》，鼓儿词《牛郎儿女回天宫》等。戏剧方面演出阵容强大，多为国家二级演员、省戏曲大赛获得者、梨园春明星擂主等，分别演出了《风雪配》《断桥》《抬花轿》《威风凛凛出府门》以及《朝阳沟》《倒霉太叔的婚事》等，尤其国家一级演员、著名豫剧表演艺术家柳兰芳登台演出的《小二黑结婚》更是把演出推向高潮。

观看"七夕情缘"文艺演出的省、市、县领导分别有《河南日报》社副总编辑王俊杰，市委书记赵顷霖，市长李恩东，市人大主任薛新生，市政协主席裴建中，以及张遂兴、唐飞、潘民中、严寄音、郭书敏等，县领导分别有荆建刚、郭斌献、张建民、杨红旗、郝元方、张向泉、乔彦强、胡留栓、刘涛等。中国民协副主席、省文联副主席、省民协主席夏挽群代表中国民协、省文联、省民协发来贺电。这次活动的宣传报道也盛况空前，品搜网以"中国·鲁山首届'七夕爱情节'大型集体婚礼公开征集伉俪"为题报道；大河网以"鲁山：牛郎故乡纪念'中国情人节'数万人参与"报道；新华网河南频道以"牛郎织女文化之乡鲁山'七夕爱情节'圆满落幕"为题报道；中国新闻社以"鲁山举行浪漫七夕大型集体婚礼"为题报道；人民网以"各地民众欢度'七夕'情人节"报道鲁山活动，市、县媒体更是接连不断，铺天盖地，标题新颖，大加宣传。

　　2009 年 9 月，中国民协在济源市召开"中国民间文化之乡暨新农村文化建设县（市）长论坛经验交流"会，副县长李玉洁与我代表鲁山参会，李玉洁副县长的题为《搞好鲁山牛郎织女文化建设打造中国七夕爱情文化品牌》约 8000 字的经验材料在大会上交流。

　　有关牛郎织女文化的宣传挖掘得到了各级领导的重视。据时任辛集乡党委书记邢春瑜介绍，2008 年国庆前夕，已经获悉将要去南阳市担任副市长的县委书记贺国营和县长荆建刚念念不忘鲁山的牛郎织女文化，专程利用节假日休息时间，陪同市长李恩东、市委秘书长张遂兴到鲁峰山考察牛郎织女文化。在九女潭边，贺书记手指县城刚刚竣工的 16 层县医院大楼，说："那是鲁山最高建筑。"李市长话题一岔，说："你多给我介绍些牛郎织女。"

　　2010 年，牛郎织女特种邮票在鲁山首发。2011 年之后，有关牛郎织女文化系列活动，转为由政府指导引导，民间主办的方式进行。

　　2011 年 4 月 5 日，农历三月初三，由县委宣传部、县文联、县文化局、县广电局、县三高、辛集乡党委政府主办，县民协县音协、县舞协、县摄协、县作协、县书协、天禧庆典礼仪、司美婚纱影楼承办的"中国牛郎织女文化之乡曲艺民歌会"在县三高院内隆重举行。本次活动除了主会场的大型文艺演出外，还在牛郎洞前举行牛郎后裔祭拜活动与地方文艺节目表演，同时，在鲁山坡顶南天门广场和南坡垭里也设曲艺表演点展演。本次活动亮点：一是传统婚俗展示。8：00在鲁阳影剧院集合，组织60—80人的全套古装中式婚礼仪仗队，2对中式婚服打扮新人，新郎骑高头大马，新娘坐大花轿，前面开道锣开道，紧跟迎亲牌，龙凤旗，黄罗伞，龙凤扇，唢呐队吹吹打打高奏喜乐，媒婆丫鬟伴随轿旁，队伍浩浩荡荡巡游县城一周后与10：00赶至鲁峰山主会场，此时舞台上已经布置好喜堂。主持人主持新人婚礼大典，把活动推向高潮。二是活动形式多样，亮点纷呈。主会场节目有歌舞、鼓儿词、口技、大调曲子、河南坠子、戏剧、歌曲联唱等。鼓儿词乃冯国所演《织女劝王母》，口技为郏县曲协主席陈民生表演；坠子由宝丰姊妹俩名陆书娟陆文娟联袂表演《春之歌》，这姊妹俩在2014年由中国曲协在法国主办的国际曲艺大赛中还得了大奖；草根舞为河南电视台"你最有才"冠军得主李新义表演。三是音乐展演，在文艺演出过程中，有一个表现形式，展出《民间传说——牛郎织女》特种邮票与我县民间剪纸仙手李福才所剪的牛郎织女剪纸，同时授予孙义村九女庙司管许四妮为"牛郎织女文化传承人"匾牌，授予张怀怅"鲁山牛郎织女文化守望者"匾牌。四是民俗展演，有风雷盘鼓、花伞秧歌等。

出席曲艺民歌会的市县领导有市政协副主席潘民中、市文联副主席范大岭、市民协主席王楚雪，县领导有陈章法、郭东晓、李玉洁。县委常委、宣传部长郭东晓为开幕式致辞。

此次活动得到人民网河南视窗、新华网、中国旅游摄影杂志社、中国摄影文化网、《河南日报》、《大河报》以及市、县媒体的大力支持。这些媒体大多以"鲁山牛郎故里赛山歌""走，鲁山听民歌去""曲艺民歌会唱响鲁山牛郎织女故里"为题予以报道。

2011年8月6日七夕节，由县总工会、县文联、县文明办、团县委、县文化局、县广电局、辛集乡党委政府主办，天禧礼仪公司承办"中国牛郎织女文化之乡"七夕情缘相亲交友大会，在县宣传文化中心广场隆重举行。活动现场布置热烈壮观，色彩艳丽喜气。白天相亲，晚上又举行了大型的婚礼秀"穿越时空的爱恋"以及演出活动。当年七夕相亲，由50余对青年男女达成相亲意向。

2012年8月23日七夕节，我县第三届七夕情缘相亲交友大会暨首届婚庆博览会仍然是在县宣传文化中心广场隆重举行。县委统战部长杨聚强、县人大副主任王三槐，县政协副主席李斌出席开幕式，此次活动由县文联、县文明办、团县委、县广电局、县妇联主办，郑州天禧文化传媒、县婚庆礼仪协会、乾文化传媒、鲁山天禧庆典礼仪承办。活动为期三天，突出七夕爱情主题，有文艺演出、大型主题婚礼秀、大型时尚婚纱秀、互动现场等。

2013年8月10日七夕节，我县举办"七夕情缘"民俗系列文化活动第四届相亲交友大会。

2014年8月2日七夕节，第五届七夕情缘万人相亲暨婚博会同样是在县宣传文化中心广场进行，具体由天禧文化传媒承办。

在此，需要特别说明的是，天禧文化传媒热心公益，乐于奉献，在传承、弘扬、宣传鲁山的历史文化，尤其是牛郎织女七夕文化方面做出了巨大贡献。他们的无私的奉献精神令人感动。为此 2014 年七夕之后，县炎黄文化研究会特意对之赠匾表彰。

《民间传说——牛郎织女》邮票首发式，在我县隆重举行

早在 2009 年 11 月，国家邮政局与中国邮政集团公司就在媒体公布出中国邮政 2010 年纪念·特种邮票发行计划。该年度纪特邮票计划发行 26 套。《牛郎织女》荣列其中。

方寸邮票，传遍天下。邮票是国家的文化名片。一个地方的风景文化能被设计成邮票，那是一个地方了不得的事情。很多国家设计出很多精美的深受大家喜爱的有关牛郎织女的图片，我国的台湾、香港以及国外不少国家都曾发行过牛郎织女邮票。例如 1981 年 8 月 6 日七夕节，中国台湾发行了《中国童话邮票——牛郎织女》邮票一套 4 枚，用中国画、水彩画、卡通画相结合的构图方法，以故事的形式展现了"牛郎织女"的来龙去脉。香港于 1994 年 6 月 8 日发行了《中国的传统节日》邮票一套 4 枚，其中有一枚"七夕"，主图为中国传统年画《鹊桥相会》，表现了牛郎织女于七月初七来到鹊桥之上相会的情景。1997 年，为庆贺"中国牛年·新年"，非洲的加纳共和国发行了一套《中国牛年——〈牛郎织女〉》邮票，全套 9 枚，呈九方联小版张，采用中国传统剪纸构图，边纸图案为"牛郎织女鹊桥相会"剪纸图，

并有"牛郎与织女"汉字，下方有英文故事概述。

遗憾的是国内一直未发行牛郎织女邮票。《民间传说——牛郎织女》纪特邮票能够列入到 2010 年的发行计划中，我想，这与 2009 年我们鲁山县被中国民协命名为中国牛郎织女文化之乡，几年来鲁山持续不断的搞活动，尤其是 2009 年的"七夕情缘"系列文化活动有关。正因此，我与县委宣传部副部长王青、辛集乡党委书记邢春瑜等近年来具体策划参与牛郎织女文化挖掘的人员在得到发行消息后，都兴奋不已，把这一情况向市、县有关部门做了反馈，并建议争取把这一颇具文化价值和纪念意义的邮票首发仪式放在鲁山举行。县邮政局在第一时间获悉消息后，也迅速做出反应，研究部署争取首发式在鲁进行的工作。2010 年元月 13 日，县邮政局特邀市邮政局、市集邮协会、平顶山电视台及县委宣传部、县文联、辛集乡党委政府领导及我县牛郎织女民俗文化研究方面的专家张怀发在县邮政局会议室座谈。座谈会后，相关领导以及平顶山电视台记者又到牛郎故里实地考察采访，并制作成专题在市电视台播放。

《中国邮政报》对于《民间传说——牛郎织女》这套邮票的发行也投入了极大的热情。编辑部商议，选择全国牛郎织女传说有影响、民俗文化比较厚重的几个地方，分别撰写实体要件文章，阐述自己独特的文化体系与渊源在该报发表。我县获知消息，首先积极主动与该报编辑取得联系，我与县文物保护管理所所长张怀发率先联合撰写出《牛郎织女传说源于鲁山》《再谈生郎织

女传说源于鲁山》两篇文章（每篇均在 1500 字左右）分别发表
在 2010 年 1 月 26 日和 2010 年 3 月 6 日的《中国邮政报》。怀
发先生又单独撰写出《鲁山有最充分的实体要件——兼复沈献智
先生"牛郎织女故事源自老河口"之说》发表在 2010 年 6 月 1
日该报上。三篇有力有理有据的文章无疑把鲁山的牛郎织女文化
展示在国人面前，勿言掀起了惊天波澜，应该说对于这枚邮票在
鲁举行首发式，起到了巨大的促进作用。有文友见面说："这几
篇文章在邮政报发表，顶住鲁山花多少广告钱。"也有说："这
几篇文章，真正把鲁山的牛郎织女文化推了出去。"话虽有些张
扬，确实令我们欣慰与自豪。

　　有鉴于牛郎织女传说在全世界的流布，以及牛郎织女邮票
在国外的影响，国家邮政总局对于《民间传说牛郎织女》这套邮
票的发行非常重视。他们于 2010 年年初就组织书协、非遗文化、
邮票设计等相关专家学者一行数人，在全国与牛郎织女有关的河
南南阳、山东淄博、山西和顺、河北邢台、湖北老河口、陕西西安、
江苏苏州以及河南鲁山 8 个城市进行考察，于当年 6 月 10 日到
达鲁山，实地考察了牛郎织女传说的发祥地鲁峰山、孙义村，参
观了鲁山的剪纸、泥塑、根雕等民间艺术，并在我县的中天大酒
店召开了《民间传说牛郎织女》特种邮票发行暨牛郎织女文化研
讨会。

　　市委、市政府对于这套邮票的在鲁发行也高度重视，专门
于 4 月份下发了《平顶山市"邮票搭台。文化强市"系列活动工

作方案》（平办〔2010〕12号）通知。通知中说道，2010年，国家邮政部门安排发行纪特邮票26套83枚，其中3套题材都与我市有关：一套是《中国古代书法—行书》，一套是《新中国治淮60周年》，一套是《民间传说——牛郎织女》。《中国古代书法行书》邮票共6枚，有王羲之《兰亭序》、颜真卿《祭侄文稿》、苏轼《黄州寒食帖》各2枚连体邮票。苏轼的卒葬地在郏县。《新中国治淮60周年》邮票一套4枚，是我国淮河治理题材第一套邮票。舞钢市石漫滩水库大坝被称为"治淮第一坝"，凝结了舞钢几代人的梦想。可以说，这3套邮票都与我们平顶山市有着深厚的渊源，首发式在平顶山地区举行，都有着特殊的意义。为使这3套邮票能在平顶山地区发行，市委、市政府主要领导及省邮政公司领导数次到北京做工作。中国邮政集团公司报请国家邮政局同意，于7月10日正式回函（邮票函〔2010〕59号）《关于同意在河南省举办〈民间传说郎织女〉邮票首发式的批复》，批复在鲁山举办牛郎织女邮票首发式。

2010年5月5日下午，市"邮票搭台·文化强市"系列活动组委会工作会议在市委、市政府办公大楼召开，副市长、组委会副主任黄祥利出席会议并讲话。会议主要是听取《中国古代书法——行书》邮票首发式准备情况的汇报。5月10日下午，平顶山又召开《中国古代书法——行书》邮票首发式动员大会，市长李恩东出席并讲话。李恩东强调，筹备组每位成员，首发式涉及的每个单位和部门，一定要提高认识，深化共识，及早谋划，尽早行动，高标准、高质量做好各项筹备工作，努力把首发式办的更具特色，更有水平，全方位展示平顶山的独特魅力和良好形象。

县委、县政府高度重视牛郎织女邮票首发式工作。县委办、县政府办于2010年7月27日以鲁办文〔2010〕12号文印发了《〈民间传说——郎织女〉邮票首发式活动实施方案》的通知，明确此项活动于2010年8月16日举行，具体由市委、市政府、省邮政公司主办，县委、县政府、市邮政局承办，县委宣传部、县邮政局、县文联、县文化局、县旅游局协办，并成立组委会，主任由县委常委、宣传部长郭东晓担任。组委会下设办公室，主任由县政府办公室副主任杨庆伟兼任，副主任由县委宣传部副部长王青，县邮政局局长刘建军兼任。办公室下设综合协调组、礼宾接待组、宣传组、秘书组、材料组、文艺节目组、邮票活动组、现场会务组、邮品保障组、安全保卫组等9各工作组，办公地点设在县邮政局。文艺节目组由我兼任组长。各组加强组织领导，明确责任分工，狠抓工作落实。

实质上，更多具体的筹备工作是由县邮政局承担。首先由县委宣传部郭东晓部长、主管邮政的县委常委、副县长黑云龙牵头，宣传部、邮政局并文联联合制定出活动方案，确定首发式的时间、地点、议程及参加领导名录，接着在多家广告、会展策划公司中采用招标形式，由郑州大润展览展示有限公司负责首发式现场的策划与布置，由金苹果广告公司负责户外广告宣传，可美婚纱影摄组织集体婚礼。县内的户外活动宣传，大体上在高速路上以及五里堡转盘处设置大型广告牌，过街横幅约 50 条。参加人员为平顶山市及所属 5 个县（市）区各 100 人，600 人组成 6 个方队。县委政府部分人员参加。原拟组织学生方阵，后害怕人员太多造成拥挤而取消。

8 月 13 日，市委常委、宣传部长唐飞莅鲁调研《民间传阅——牛郎织女》邮票首发式的筹备工作，县领导荆建刚、郭系晓、黑云龙陪同。唐飞在县宣传文化中心实地考察了活动场地的规模、环境文化、展台搭建，了解了安全保卫、组织协调、邮票布展、集体婚礼等情况，对我县的精心筹备十分满意。

8 月 16 日当天，鲁山县域热闹非凡，气氛热烈。进出鲁山城的几个要道口和县城几条主要街道悬挂了无数条宣传横幅。这些标语也可以说经过了千锤百炼，已成为宣传鲁山的经典广告用语，例如："七夕爱情故事，荣登国家名片""集邮文化博古今，鲁山文明传天下""相约鲁山看山水，沐浴佛光享盛世""天上人间魅力鲁山，爱情圣地七夕情缘""方寸之间诠释爱情，邮票见证七夕情缘""牛郎织女登上国家名片，鲁山厚重文化传遍天下""八方宾朋相约鲁山""喜迎《牛郎织女》邮票首发"等等。

县宣传文化中心广场更是一派盛装。广场正门口设大型彩虹门，近十个彩柱矗立，气球飘扬。省邮政管理局局长杨汉振，中国民协副主席、省文联晶主席、省民协主席夏挽群，省邮政公司副巡视员、省集邮协会副会长郭洪杰，中国邮政集团公司邮票发行部票品处处长马洪科；市领导唐飞、郑枝、潘民中；县领导荆建刚、郭斌献、张建民、杨红旗、郝元方、郭东晓、黑云龙、高学智、李玉洁、杨聚强、宁惠灵、刘涛出席首发式。首发式由县长郭斌献主持，县委书记荆建刚首先致欢迎词，马洪科宣读《民间传说——牛郎织女》特种邮票发行公告及邮票首发式批复，然后，市委常委、宣传部长唐飞致辞，省邮政公司副巡视员郭洪杰讲话。杨汉振、夏挽群、唐飞、荆建刚共同为《民间传说——牛郎织女》特种邮票揭幕并签名留念。揭幕时，中心广场喷泉处彩烟燃放，瞬时五彩烟雾带着哨音腾空萦绕震撼会场，旋风彩虹机喷射出漫天的金色亮花飞舞在空中，皇家礼炮鸣放，打出彩色礼花，乐队奏乐。彩焰升空，锣鼓喧天，将活动推向高潮。仪式结束，领导们又观看了民俗文化表演与展览和集体婚礼。演出以牛郎织女故事演绎为主，省、市、县的邮政干部职工、集邮爱好者以及社会各界人士共同见证了首发式盛况。

民间文化注重小活动大宣传，何况像牛郎织女邮票首发式这样的活动应该说已是大型的文化创意，所以，我县高度重视此次文化宣传。早在 8 月初新闻宣传组成立后，就制订出了详细的报道方案，《平顶山日报》《平顶山晚报》《平顶山电视台》《人生与伴侣》《特别关注》《前卫》等报刊媒体就刊发出宣传公益广告，大造声势，营造氛围。新华社打破常规，派 3 名文字、摄影记者重点采访，中央电视台还专门采访了县长郭斌献。《人民日报》记者当日也专程莅鲁。活动刚结束，《人民网》就刊登了我县邮票首发式的盛况。香港《文汇报》《大公报》《香港商报》都派出资深记者参与采访报道。

据不完全统计，参加此次首发式采访的新闻媒体达 35 家 58 人，人数之多、规格之高，实属罕见。

应该说，这次首发式的成功举办，与我县高度重视，尤其是县邮政局的精心策划有关，结合这套邮票的发行，县邮政部门会同上级邮票设计公司先后设计发行了 8 款系列集邮文化藏品。第一款为《民间传说——牛郎织女》邮票原地纪念封，一套 4 枚，贴票分别为《民间传说——牛郎织女》特种邮票。第二款为《人间仙境魅力鲁山》邮折，内置《民间传说——牛郎织女》邮票、方联各 1 套，《魅力鲁山》个性化邮票 1 版，塑料袋包装。该票选用 10 枚竖版式，主图为喜上眉梢，附图选用鲁山秀美自然风光，售价 68 元。第三款是《天上人间魅力鲁山》邮票珍藏册一册。天地盒包装。全书分爱情圣地、秀美鲁山、人文鲁山、和谐鲁山 4 个章节，分别从民间传说、秀美风光、古代历史、文化遗产来介绍鲁山牛郎织女民间传说的由来和展示鲁山的、人文历史、自然风光。配《民间传说——牛郎织女》《中国古代、书法——行书》《古代思想家》《邓小平同志诞生一百周年》《秀、美鲁山》个性化邮票等相关题材邮票。售价为 268 元。第四款为《天地缘人间情》民间传说邮票珍藏。全书以中国邮政已发行、邮票的中国民间传说《牛郎织女》《梁山伯与祝英台》《许仙与、白娘子》《董永与七仙女》《柳毅传书》为主线，展示中国民间、文化的博大精深。内置5大民间传说邮票套票、小本票及《生、织女》大版票。天地盒包装，正度12开本，售价298元。第五款、为《鹊桥邮缘 情满鲁山》彩银·邮票珍藏。内置《天上人间、魅力鲁山》邮票珍藏册（内容配票同第三款），《牛郎织女》彩银砖一个，正面为《民间传说——牛郎织女》4枚邮票图案，背面为《鹊桥邮缘 情满鲁山》。含纯银60克，仿皮盒包装。售价698元。第六款为《邮苑情缘》纯金·邮票珍藏。内置《邮苑情D缘》邮票珍藏册1册，纯金邮票亚克力摆件1个，含纯金6克。纯金邮票图案选取《民间传说——牛郎织女》之"男耕女织"。木盒包装，盒上为鲁山著名剪纸仙手、省非物质文化遗产传承人李福才所剪"鹊桥相会"剪纸图案。邮册内置T.99中国古典文学名著《牡丹亭》票、2002—20《古代思想家》、2010—11《中国古代书法——行书》邮票、2010—19《民间传说——牛郎织女》邮票。售2980元。

第七、第八款分别为《邮苑情缘》纯金·邮票典藏和经典。各置金砖1块，含金量分别为12克和16克。金砖正面浮雕均为"男耕女织"图案，两边配吉祥纹饰，背面为"邮苑情缘"书法体。木盒包装，盒正面为黄色李福才所剪"鹊桥相会"图案，内置邮票有所不同。两款预售价分别达五千多元和一万多元。

可以说，这8款邮品设计精美，收藏价值极高，销售形势很好。邮品中使用的照片基本上都是文联的资料库中所提供的。作为牵头单位，具体的组织者、发起人、参与人之一，通过近几年来挖掘牛郎织女文化，我县成功申报为"中国牛郎织女文化之乡"，成功举办《民间传说——牛郎织女》邮票首发式，我感到甚为欣慰。当然，这里面，付出心血和汗水的人很多很多。例如，就文联、文艺界来说，从赵村乡政府调文联担任党组书记的周保全，文联副主席杨向科，文联纪检组长、县民协主席郭伟宁，县作协主席叶剑秀，县书协主席王峰涛等等，不胜枚举。

文化，是一个看不见、摸不着的东西，反过来，它又是可感可触的精神瑰宝。通过"中国牛郎织女文化之乡"的申报，我们对鲁山牛郎织女文化进行了深入的挖掘和整理，展示了我们鲁山丰富的历史文化底蕴，客观完整、真实准确地反映出鲁山牛郎织女文化在本地民间文化中不可替代的历史文化价值。作为地方性的文化传承，牛郎织女文化在这个新的历史时期能够得到发扬光大，并作为鲁山的国家级文化名片而光耀华夏，由此推动地方社会各项事业的发展进步，提高一个地方的知名度和美誉度，这是一件了不起的事情。

牛郎织女赋

彩锦妙展天宇，金梭巧投人间。诚厚良善牛郎，喜与玉女结缘。女织男耕恩爱，儿女绕膝承欢。王母强拆鸳鸯，离隔天河两岸。一水盈盈，难阻坚贞不渝；银河迢迢，未泯经年思念。金风玉露两情久，虹飞桥渡鹊鸟连。四大凄美传说，牛郎织女为冠。诗词歌赋，千秋颂传。心香一瓣到瑶台，忠贞爱情植民间。

追溯发祥，氏族萌芽，秦汉雏形，多元民俗起源鲁山。湍堰肥沃，最宜放牧耕种；鲁峰耸翠，正合织丝养蚕。葡萄藤葳蕤多姿，姑娘花摇曳烂漫。九女潭水澈情深，牛郎洞遮风御寒；南天门担子追妻，七星图星接银汉；瑞云观缭绕紫气，玄武塔镇守方圆。孙义村立孙氏祠，九女庙建灵霄殿。认祖归宗，尊牛郎始祖；天庭攀亲，唤玉帝外公。孙氏后裔，情思绵绵。

往事越千年，古邑开新篇。举地域形象，展文化内涵。"中国牛郎织女文化之乡"，花落鲁山。七月流火，民俗荟萃；邮票首发，婚庆博览。三月山歌节传唱人间幸福，七夕古庙会演绎牛女情缘。盛世欢歌，祈爱情美满。

　　百代无更，鲁之名也；楚塞要冲，鲁之地也。泱泱华夏，人淳地美者，首推鲁山也。尧山巍巍孕墨子，鲁峰峨峨起仙缘。远眺近瞰，八景之首，一山环翠，势压群峦。新城耀金，电网密织，湍水如练；南水北调，一渠碧泓，天河新衔；西气东输，郑尧飞速，高铁斜穿；物阜民丰，百业勃兴，俊杰璀璨。叹曰：牛郎故里，毓秀钟灵民风淳；织女情地，祥云普照焕新颜。

　　天上人间，弦歌雅韵。歌咏斯地，厚德载物。莫道梓乡创辉煌，民间文化永灿烂。承日月精华，启美好明天。

2016 年 2 月 29 日

　　（注：该文与邢春瑜合写）

鲁山或为屈原故里

　　屈原是我国文学史上第一位伟大的诗人，其作品以崇高的理想、驰骋的想象抒发了他热爱祖国、同情人民、向往光明、憎恨黑暗的炽烈感情。他所标示出的人格和风骨，精神蓬勃，气象光辉，雄浑博大，刚健清新，体现出中国人崇尚的侠义刚烈之气。难怪诗仙李白评其诗曰："屈原词赋悬日月，楚王台榭空山丘。"高度肯定了屈原辞赋的万古不磨。

　　屈原以其独特的魅力影响和引领着一代世风，感召一代又一代世道人心，成为华夏民族的文化精髓。故而，1953 年，世界和平理事会通过决议，公布屈原为世界四大文化名人之一。

　　近年来，作为正史记载的建有中国最早一座屈原庙的鲁山张官营镇，党委政府每遇端午节，即举行纪念屈原活动。今年亦拟举办祭拜与诗歌朗诵等活动。

屈原研究专家考证　鲁山为屈原故里

2016 年 7 月 29 日上午，以中国屈原学会会长、北京语言大学博导方铭，副会长、中国传媒大学博导姚小鸥，副会长、副秘书长、中央民族大学博导黄凤显，副会长、副秘书长、中国政法大学教授黄震云，北京大学博导卢永鳞，《光明日报》国学版主编梁枢，中国屈原学会屈原文化高级研究员、清华大学博导廖名春一行 7 人莅临鲁山，到张官营镇肇城遗址考察屈原文化。下午，在鲁山县城崇汇大酒店六楼会议室召开报告会。专家们就中国历史上正史记载的第一处屈原庙为何会在鲁山；东汉硕儒延笃的画像何以会被放置在屈原庙、像屈原一样受到乡人的祭祀纪念；平顶山如何打造鲁山的屈原文化品牌等问题进行了较为深入的揭示与分析。专家们综合考察情况与史书资料，共同认为，肇城屈原庙是我国北方纪念伟大爱国诗人重要祭奠场所；屈原和鲁山肇城有着割舍不断的非同寻常的关系。

座谈会上，黄震云教授在谈过肇水、肇县、肇邑后说道：公元前 520 年前，楚平王封在鲁阳，鲁阳是楚文化的发展地，乡里把延笃的画像放在屈原庙，早已说明他们都是乡里人，这里可以看出来鲁阳是屈原故里。

一语激起万波澜。

实际上，提出屈原故里地在鲁山，非黄震云一人。湖北黄冈师范学院教授黄崇浩在 2015 年第 5 期《黄冈师范学院学报》，以正题"河南平顶山市鲁山县是屈原故里"，副题"'屈原生于南阳说'的一个新结论"发表论文，确认屈原故里是在鲁山。

文中摘要写道："笔者首倡'屈原生于南阳说'，但没有确认屈原生于南阳何地何处。今据新消息，结合《后汉书·延笃传》的记载，补足'屈原生于南阳说'，确认河南平顶山市鲁山县是屈原故里。"

黄崇浩教授年愈花甲，曾长期担任中国屈原学会常务理事、湖北省屈原学会副会长、黄冈师范学院学报主编、《中国楚辞学》编委，并曾著《屈原：忠愤人生》《屈子阳秋》等书，其治学是非常严谨的。他在《中州学刊》1998年第5期发表《屈原生于南阳说》论文，当时轰动整个学术界，使争论了两千多年的屈原故里地问题研究升温，成为新时期屈原文化研究关注的焦点。

黄崇浩所提屈原故里南阳说并未坐实南阳何处。经过十几年的考证与反思，2015年，黄崇浩敢于否定自己，撰写出"河南省平顶山市鲁山县是屈原故里"的文章。其及时纠正自己研究错误的治学态度令人钦佩。

去年至今，黄崇浩教授先后两次给笔者来信并无数次微信联系。2017年4月11日，我并同县炎黄文化研究会执行会长邢春瑜和肇城所在地张官营镇党委、政府领导一起，又专程远赴湖北红安县拜望黄崇浩。黄崇浩老先生多次谈到，他的这一最新研究结论，虽实在具有颠覆性，一时却又难以成为公论，不易为社会所接受，更难以为楚辞学术界所接受；因此，需要学界、文化界与地方政府鼓呼。黄教授并建议平顶山学院与黄冈师范学院联合召开研讨会推动屈原故里在鲁山的深入研究。

中国最早的屈原庙在鲁山

说鲁山为屈原故里，其中，重要依据是《后汉书·延笃传》的话："延笃，南阳犨人也……永康元年（167）卒于家，乡里图其形于屈原之庙"，意思是，延笃为南阳郡犨县（犨城）人，永康元年死于家，乡里画其像（或塑其像），放入屈原庙中，与屈原一同受祀。

这就说明延笃的家乡在延笃死前就已经有屈原庙了。

《水经注》："滍水又东，迳犨县故城北。"《左传》："昭公元年，楚公子围使伯州犁城犨。"《通典》："鲁山县，汉鲁阳县，有汉犨县故城，在今县东南。"《太平寰宇记》："犨故城，汉县也，在今县东南存焉。"《明史稿·地理志》："汝州鲁山县东南，有废犨城县。"《方舆纪要》："犨城，县东南五十里，春秋时楚邑。昭公元年，楚公子围使伯州犁城犨。"

清嘉庆《鲁山县志》："东汉建武二年，置犨县，属南阳郡。晋仍为犨县，属南阳国。"按该志沿革篇，晋后犨县撤了又置，置了又撤，唐代至今一直是鲁山县的领地。今鲁山县张官营镇古犨城遗址，出土有汉代以前文物。犨河距肇城遗址不远，河两岸几个村庄产的萝卜，生吃熟食味道极好，药用润肺止咳，素有"犨河萝卜名天下"之誉。

以上资料说明，古代犨城、犨县在今鲁山县张官营镇境内。鲁山县张官营镇西北，春秋周景王四年（前541）在这里建犨城。其规模之大，今前城、后城、紫金城自然村，皆在其范围之内。

嘉庆《鲁山县志·古迹》："乾隆《鲁山县志》引《延笃传》文云，按此则鲁阳有屈原庙矣，但不知废于何时耳。"《延笃传》与县志均未说明屈原庙始建时间，就按永康元年，也是当今发现的中国最早的屈原庙。

近年来，有学者在研究考证屈原庙和屈原籍贯中，引用《后汉书·延笃传》，但把"南阳犨人"的"犨"字割去，变成了南阳人。说："《后汉书·延笃传》关于南阳屈原庙的记载，是已知见于正史的最早的关于屈原纪念建筑的记录，这说明最迟在东汉时，南阳就已建立了屈原庙。"抛去"犨"字，说"最迟在东汉时南阳就已建立了屈原庙"就不确切了、

历史上犨地确实归属过南阳，但自唐以后就不再隶属南阳，现属平顶山市鲁山县。

世间供奉屈原的祠庙并不多，人们熟知的屈原祠庙一在湖北秭归，一在湖南汨罗。与秭归、汨罗屈原祠庙相较，犨城屈原庙是见于正史记载的最早屈原庙，这已成为当今屈原研

究界的共识。中国屈原学会会长方铭教授在《光明日报》2012
年6月18日《国学》版《屈原故里倾听学者的声音》里讲："根
据《后汉书·延笃传》记载，在东汉时期，南阳地区即有屈原
庙，这是现存历史文献中关于屈原庙的最早记载。"2013年2
月18日，他又在《光明日报》《国学》版发文《屈原与时代
的连接点》进一步强调："延笃家乡南阳筶县的屈原庙，是我
们今天所知正史中最早记录的屈原庙。这说明最迟在东汉时期，
就已经开始修建永久性的以纪念屈原为目的的庙宇祠堂了。"
中国屈原学会副会长兼副秘书长黄震云教授在《屈原的故里和
籍家》称："以理恒之，（鞯县）尾原庙建成的时间应该很昆，
最迟在东汉。"

鞯城屈原届是我国北刀纪忽伟大爱国诗火的祭奠场所，
是平顶山市可能为屈原故里的最有力证据。这也充分说明屈原
曾经和鲁山有着割舍不断的特殊关系。

鲁山何以为屈原故里

从故里唯一性上看，屈原故里只有一处，但若从现实文
化认同的习惯上看，能称为屈原故里的或不止一处。中国人对
久居之地称为故乡，而一个人往往一生中会因长期生活变迁有
多个故乡的称谓，如第二故乡。但以祖居地为故里的文化认同
概念始终是第一位的，有时即便是出生地也不能称为故里。

何为故里？故乡、家乡也。故里与故居、故地是有区别的。住过的地方应称"故地"，住过的居室应称"故居"，都与"故里"无关。屈原辗转流寓之所，多故地、故居，均不能称屈原故里。只有当祖居地与主要生活地基本契合时才能称之为家乡、故乡、故里。

近年，屈原故里西峡说，将《后汉书·延笃传》中关于屈原庙的记载作为主要证据支撑，并得到外界广泛支持，有相当强的说服力。清末学者、学界泰斗、曾任岳麓书院院长的王先谦对《后汉书·延笃传》中的延笃"遭党事禁锢。卒于家，乡里图其形于屈原之庙"作注释云，楚大夫抱忠贞而死，笃有志行文彩，故图其像而偶之焉。

屈原庙当属家庙性质。古代帝王诸侯等奉祀祖先的建筑称宗庙。贵族、显宦、世家大族奉祀祖先的建筑称家庙或宗祠。屈原庙不可能建于楚、秦。屈原作为战国后期楚国反秦代表，他死节时楚国大片国土已沦丧于秦国，楚北故国丹阳包括"方城之外"的鄾城就在其中。秦国是不可能允许建楚国大夫屈原之庙的。从庙制看，屈原庙也很难建于西汉初，因为那时盛行黄老之术，圣贤庙祀建之风没有形成。但如果从民间奉庙规律看，屈原庙形成于汉初也是极有可能的。秦亡之际，战国诸侯后裔纷纷反秦，重新建立正统家庙以承庙祀是非常有可能的，屈原作为楚国大夫，其后裔在故里鄾城建庙奉祀理所当然。

鲁山鄾城位于中原腹地，黄帝、炎帝、仓颉、蚩尤、高阳、尧帝、墨子等活动于此，为楚文化发祥地。屈原《离骚》自称"帝高阳之苗裔"，而高阳部落就曾活动于平顶山境域，今平煤八矿后有高阳山。屈原乃芈姓，现鲁山文物仓库即藏存有芈凤壶也。丹阳公认为南阳淅川一带，古鲁、古辇城一带该属楚都丹阳范围，至少属毗连区域。今鲁山、叶县、湛河区属早期楚族居住地，乃楚文化发祥地域。屈原作为芈姓族人，其始祖地在中原古丹阳一带在情理之中。

　　鲁山长期属于楚国，著名的方城现在谓之楚长城都是楚国修筑的。为什么楚国会在这一时期修筑大量城池，直接原因应该就是与中原诸侯争霸的需要。在楚国整体方位上，辇城一带处于楚北、大汉北区域，即所谓屈原《抽思》诗句"有鸟自南兮，来集汉北"所言。南阳是屈原流放之地，那么辇城一带也属于屈原流放游历之区域。秦汉郡县制设置以来一直到清末，叶邑、昆阳、辇城、鲁山等地长期属辖南阳郡，这应该是对楚文化区的承继。屈原祖居地大范畴应包括西峡、淅川、辇城、叶县、鲁山一带。

　　现辇城不存，但遗迹并没有消失，其故址就在今鲁山张官营镇前城、后城、紫金城之间的田垄间，能看到一处长方形隆起土岭，高约 2 米，宽约 50 米，长约 300 米。土层中可见夯土痕迹，其间碎砖瓦随处可见。这当是辇城中心区域。辇城虽消失于历史长河中，但从前城、后城和紫金城三座村落名字中仍可窥其历史踪影。

　　平顶山一带有多个屈姓村落分布。鲁山原犨城附近就有屈庄村，但屈姓居民不多。今张官营镇东毗邻叶县的任店镇有屈庄、、而叶县东部水寨乡有东屈庄，有屈姓族人千人左右，而叶县北部、原遵化店镇有北屈庄村，舞钢市也有小屈庄。这些屈姓村落不是无缘无故形成的，很可能与屈原都有着远祖关系，属于本地原始、型居民。

　　在张官营镇杨孙庄村北头，有一棵古柏，树龄达两千多年，树枝遒劲，干围三抱之多，属国家一级古树名木。当地村民口耳相传，说古柏处过去有一座古庙，古柏就是庙内树木。古庙很可、能就是屈原之庙。

　　综上，平顶山境域上古时期是高阳部落主要活动区域，是早期楚族中原楚人居住地，位于楚都丹阳范畴；春秋战国时期长期属楚，犨城一带均是楚人先祖主要生活区域。作为芈姓同族的屈原早年生活于此，甚至出生于此，至少是其先祖居住地或活动地。该屈原庙因屈原的先人或后人曾在此居住，或屈原两次出使齐国在此驻节及屈原被放逐汉北 5 年间寓居于此，留有遗迹，而得以建立。因此这里屈原裔孙大约于汉初修建屈原庙予以奉祀。

　　根据史实，综合犨城一带历史文化遗存，犨县可能是屈原故里，屈原庙就是屈原故里裔孙供奉他的家庙。

延笃何以会享配供奉于屈原庙

延笃何以会享配屈原庙？乡人为什么会把延笃的画像供奉于屈原庙？

根据《后汉书·延笃传》的记载，东汉末年的延笃是一位铮铮傲骨的官员。延笃（？—167），字叔坚，南阳郡攀县人。少时随唐溪典、马融学习，博通经传及百家学说，能写文章，很有名气。延笃初以博士身份受到汉桓帝征召，担任议郎，从事著作之事。历任侍中、左冯翊、京兆尹。延笃为政主张宽松仁爱，爱惜百姓。选用有道德修养者，参加政事，郡里和爱，三辅赞其政绩。后因得罪大将军梁冀，朝廷官吏秉承梁冀意旨，想借此生事，延笃遂以有病而免职回家，以教书维持生计。永康元年（167），延笃去世。

延笃一生可谓少从贤师，名动京城；重视教化，冰魂素魄；德贤能廉，一时重臣；帝王股肱，百姓交赞；刚直不阿，罢归故里；仁孝辨义，辩证统一；决意隐居，信以明志；配享屈庙，誉披千载。

作为屈原之后的文人，延笃定然熟读《离骚》《九章》《九歌》《天问》等传世文章，深受屈原政治思想和写作风格的影响。细细品味，他和屈原有太多相似相通之处。

成长经历方面，屈原和延笃都可称得上系出名门。屈原为楚王同宗，文采飞扬；延笃是名师高徒，有名京师。

政治上，两人都生活在政治环境黑暗的王朝末期，都有着高尚的道德品质、坚贞的政治操守、远大的政治抱负。仕途前期，两人的官都做得很大，屈原做到左徒、三闾大夫；延笃身历数职，先后在地方和首都担任过一把手，作过皇帝的贴身顾问和史官，既有正言直谏，也曾秉笔直书。历史都曾为他们搭建起施展才华的广阔空间。屈原"博闻强志，明于治乱，娴于辞令"，延笃"政用宽仁，忧恤民黎，擢用长者"；屈原诤谏楚王，遭两次放逐，自沉汨罗；延笃秉公执法，被借故罢免，又逢党锢，老死乡野。

学术上，造诣都极深。屈原是中国浪漫主义诗歌的奠基人，创造了新的诗歌体裁楚辞，其辉煌诗篇丰碑不朽；延笃精通儒学、经学、史学，是一代大儒。

人格上，延笃文风有屈原的烙印，形容读书为自己带来快乐时说"洋洋乎其盈耳也，涣烂兮其溢目也，纷纷欣欣兮其独乐也"，这分明是屈原的骚体；他对自己的定位是"为人臣不陷于不忠，为人子不陷于不孝，上交不谄，下交不黩"，思想明显受屈原影响；屈原在《离骚》中谈自身定位时说"瞻前而顾后兮，相观民之计极。夫孰非义而可用兮？孰非善而可服？阽余身而危死兮，览余初其犹未悔"。一个说："自打读书识字，我就明白一个道理，绝不能不忠不孝，对上谄媚，对下轻慢。"另一个说："回顾过去，瞻望将来，我看到了做人的真理。哪有不义的事可以去干，哪有不善的事应该去做？虽然面临死亡的危险，我也毫不后悔自己当初志向。"两者誓言坚守的人生底线何其相似！延笃说"从此而殁，下见先君远祖，可不惭赧"，语重心长，我不能愧对先祖啊；《离骚》开篇，屈原说"帝高阳之苗裔兮，朕皇考曰伯庸。"他们不约而同，表现了中国人传统、朴素的祖先信仰。

归宿方面，两人都是精准的预言家，他们没有亲眼目睹国家的灭亡，却都观察到了政权崩塌的前兆。他们的智慧使他们有敏锐的预见性，他们的人格使他们不甘于这样的未来，他们的处境又使他们无奈于此，陷入深深的无助和痛苦。屈原彷徨："举世皆浊我独清，众人皆醉我独醒！"延笃呐喊："夫道之将废，所谓命也！"一个一头扎进汨罗江，用一种极端的方式获得解脱："又安能以皓皓之白，而蒙世之温蠖乎？"一个一头钻进故纸堆，用沉湎经典的方式麻醉自己："渐离击筑，高凤读书，方之于吾，未足况也。"相较而言，屈原似乎更不幸，自沉汨罗之前，他已获悉秦兵攻破郢都，家园沦陷的消息；然而延笃却也并不幸运多少，他身后不久，农民起义与军阀混战此起彼伏，皇统崩裂，社稷倾覆，以至于"白骨露于野，千里无鸡鸣"。正是：一腔忧国爱民心，相隔四百春；两位宦海浮沉客，同是沦落人。

把延笃比作屈原，所以人们才会像把孟子、曾子、颜回、冉求的画像挂在孔庙那样，把延笃的画像祭祀在屈原庙中。

尘封的民族英雄

与吉鸿昌同时就义，却一直被尘封

近年，每逢任应岐诞辰或逝世日，鲁山不断组织纪念活动，文化界与史学界就新发现的有关任将军的珍贵史料予以公示研讨，还英雄以本真面目。每每，大家各抒己见，慷慨陈词，有的甚至低语呜咽，十分动情。人们一致认为：任应岐虽为生活所迫投身绿林，但最后走上光明的革命道路，其事迹催人泪下。半个多世纪以来，与他同时就义的吉鸿昌烈士，其声誉如日中天，尽人皆知，而任将军的名字却被湮没、尘封在历史的档案中，这是不公正的。相比之下，任将军的光辉事迹并不比吉鸿昌逊色。新的史料发现足可证明任应岐已经加入中国共产党，他应该被认定为革命烈士。

事实上，早在 2005 年 11 月 23 日，即吉鸿昌、任应岐遇难 71 周年前夕，北京市档案局（馆）联合天津市政协、平顶山市政协、鲁山县政协在北京市档案馆就主办了"吉鸿昌任应岐史料研讨会"。来自全国政协、中央档案馆、中国社会科学院、中国军事博物馆、中国人民抗日战争纪念馆、中国作家协会、北京市委、天津市政协、平顶山市政协、鲁山县委等单位及北京、天津、河南的吉鸿昌、任应岐研究者和亲属参加了会议。《光明日报》《团结报》《北京日报》《北京晨报》《北京青年报》《新京报》《法制晚报》等新闻单位应邀参加会议并采访报道，在首都引起很大轰动。时任全国政协文史委办公室主任王合忠提出："应深入挖掘任应岐将军史料，发扬任应岐将军的爱国主义精神。"原北京市档案局局长、北京市档案馆馆长王国华倡议："应当加强对任应岐事迹的研究，广泛宣传、弘扬任应岐烈士的爱国主义精神。"与会专家、学者一致认为任应岐将军和吉鸿昌将军一样事迹感人、精神伟大，是一位可歌可泣的抗日爱国将领和民族英雄，值得我们永远学习与怀念。2005 年 11 月 24 日，《新京报》以"吉鸿昌战友就义后埋名 71 年"为醒目标题，对研讨会情况作如下报道：

　　本报讯（记者王佳琳）昨日 14 时，在家人陪伴下，71 岁的任秀霞在东城区炮局胡同（原国民党陆军监狱）的东墙外痛哭流涕，口中呼唤着自己父亲的名字。71 年前的今天，她的父亲任应岐与"民族英雄"吉鸿昌同在陆军监狱就义后，因种种原因被历史遗忘数十年。北京市档案馆馆长等人表示，考虑认定任应岐的烈士称号。

据悉，今年 9 月在市档案馆举办的党史珍贵档案展上，一份名为《何应钦关于吉鸿昌赤化的密电》被披露，这份密电是吉鸿昌被捕遇害的导火索。展览经媒体报道后被任应岐的儿媳马文华看到，她告诉了远在河南的任应岐女儿任秀霞，于是任秀霞带着父亲的资料来到北京，市档案馆研究室的刘苏便着手查证这段历史。

通过资料汇总发现，《任应岐史料选编》《天津人民抗日斗争图鉴》《天津档案史料》《百年潮》杂志都分别记载了任应岐追随孙中山革命和反蒋抗日，以及最后与吉鸿昌将军共同就义的事迹。更值得注意的是，在 1934 年 11 月间的《大公报》等报纸上，记载的天津"国民饭店事件"以及后续报道中，吉鸿昌与任应岐的名字一直列在一起，文中多处称"吉任二人"，并指出二人"供认反蒋"。

昨天上午，来自任应岐家乡、居住地以及就义地的京津豫三地的档案、文史部门参加了在北京档案馆举行的"吉鸿昌、任应岐史料研讨会"。市档案馆副馆长等人在会上提出，应在进一步挖掘研究史料的基础上，考虑认定任应岐的烈士称号。

作为与吉鸿昌一起英勇就义的任应岐，国人多知吉乃民族英雄，而任是懦夫一个。这实在有违史实。搜览吉、任就义前后全国各大报所载新闻，应该还历史以真实面目，不应使任将军再受蒙辱。任应岐不但是爱国将领，而且是民族英雄。他不是懦夫，而是伟丈夫。

那么，任应岐到底是一个什么样的人，他何以会被历史尘封近 80 年呢？

起于绿林　追随孙中山

任应岐一生经历颇为曲折。早年授编于陕豫地方军阀镇嵩军的第三路憨玉琨部。后随樊钟秀加入广州军政府领导的陕西靖国军。靖国军解体后，这支地方农民武装为了生存与发展，游离于拌各大军阀之间，先后授编于各系军阀。

任应岐（1892 日—1934），字瑞周，清光绪十八年出生于河南省鲁山县仓头乡刘河村的一个农民家庭。父亲任范，以木工为业，母早亡，两姐一弟，先后夭折。7 岁时入当地私塾读书，因家境贫寒，13 岁辍学，参加劳动。父亲对他钟爱异常，1908 年夏送他入鲁山北关琴台高等小学就读（一说曾入淮阳师范读书）。期望他能够学有所成，将来建功立业，光耀门庭。

当时鲁、宝诸县，连遭旱灾，地方官吏和绅士豪强，不仅不体恤民间疾苦，反而变本加厉压榨、勒索，搜刮民脂民膏，逼得人民走投无路，相率揭竿而起。1909 年 9 月，刘嘉宾、聂梧岗两"杆"合股，攻占县属赵村分司，杀了分司头目史耀先，一时四方震惊，人心惶惶，鲁山陷入一片混乱之中。

1909 年初冬，琴台高小因四乡纷扰不安，被迫停办。这对满怀"学以致仕"幻想的任应岐来说，无异当头一棒！前途渺茫，使他失望，贫困、动乱的黑暗现实，更使他感到愤慨、悲怆。在琴台他曾对好友王鸿猷说："书读不成了，没光景了，看样子我们也只好下去背枪了。"

为了抗争，为了生存，任应岐决心铤而走险。经过串联密谋，同年腊月，他结合伙伴 5 人，带上两支土造和一支一响拐子炮，在县西北山，过起打家劫舍的绿林生活。

20 世纪 20 年代，任应岐曾威震豫南、鄂北，当地群众都知道他是"蹚将"出身，却万万没想到任竟是被逼上"梁山"的一位"秀才"。

作为学生出身的任应岐，有着较强的是非分辨能力。他目睹了辛亥革命前后的民间疾苦，又目睹了民国初年袁世凯称帝、张勋复辟、曹锟贿选等一幕幕丑剧，对北洋军阀本质早有深刻认识，深知连年军阀混战的危害。加之自"护法"运动时起任应岐就受到于右任、张钫、刘承烈等革命党人的熏陶和影响，心悦诚服地拥护孙中山的革命主张，时刻将国家民族命运系于心间。自此时起，作为樊钟秀主要助手的任应岐即与樊一起，先在北方的豫、陕，后又在南方的粤、赣，实际地参加了中山先生领导的革命军事斗争，听从中山先生驱策，效忠国民革命，终生矢志不移。

1923 年，直系军阀吴佩孚为遏制南方革命，派樊钟秀为援粤豫军司令，率部七千余人南下江西。时樊、任派员赴广州与孙中山秘密取得联系，表示愿效前驱。同年11月，陈炯明叛军自惠州进攻广州，形势万分危急，孙中山命樊部驰援，使广州转危为安。对此，中山先生奖勉备至，遂委樊为豫军讨贼军总司令，后改称建国豫军。樊钟秀于国民党"一大"被选为中央候补监察委员。"任应岐先后被委任为改军前敌总指挥、副总司令。

1924年10月，孙中山决定联合奉、皖两系讨伐直系军阀曹锟、吴佩孚，部署两路北伐军分途北上。然而不幸的是，1925年中山先生逝世于北京。噩耗传来，樊、任等人悲痛万分，他们率所部在驻地下半旗志哀达三个星期之久。为了继承和实现中山先生的遗志，任应岐牢记中山先生的教诲，无论形势怎样险恶，"易地不易心"，始终忠于中山先生倡导的国民革命。

1927年1月，任被委任国民革命军第十二军军长，后来又被委任军事委员会委员（1928年3月）和军事参议院参议（1932年6月）。1月16日任应岐通电宣誓就职，呈报与通电文词斐然，情发肺腑，慷慨激昂，可见其追随孙中山，一心求得革命成功之决心与信心。

但由于任与蒋政治见解不同，蒋恐任部壮大，把其十二军缩编为师，取消十二军的番号，委任为49师师长。1929年蒋又调任驻防安徽寿县。任部途经安徽灵泗县境内，遭蒋3个师的伏击，几乎被全歼。任应岐只身逃到天津。1930年任应岐召回自己旧部，参加了阎锡山、冯玉祥的联合讨蒋，出任第八方面军军长（总司令为樊钟秀）。许昌大战中樊被蒋介石的飞机炸死，任应岐代樊坚持战斗。由于张学良通电拥蒋，派兵入关，任率部从许昌北退到新郑县境，被包围缴械。任得到一家老百姓的掩护，隐匿三天，化装逃至平津。

爱国忧民　反蒋抗日

宁汉分裂时，任接受武汉政府改编，蒋已心存芥蒂。待局势稍定，蒋即着手逐步剪除异己，对任自不例外。

吃一堑，长一智，任应岐这时总算认清了蒋介石消灭异己的手段。他曾愤慨地不止一次地对好友程奎三说："蒋介石这小子心黑手狠，这一辈子绝不能再和他共事！"

任的再次失败，加深了他的仇蒋情绪，坚定了他与蒋誓不两立的决心。

任应岐抵津后，隐居于法租界。回顾半生戎马生涯和廿年浮沉变化，心中感慨万千！正在彷徨之际，得识吉鸿昌将军。当时吉鸿昌将军已是共产党员，党的地下工作者。二人因为有三方面相同的原因，很快结为密友。同乡，可用家乡话畅谈心曲；同是蒋的叛逆，先后被蒋介石排挤丢掉兵权；同有爱国心，愤蒋不抗日，希望伺机组织武装抗日到底，志向相同。二人在天津的寓所即"任公馆"和"吉公馆"，人称白楼、红楼，成为 30 年代初天津的两个重要的反蒋抗日秘密联络点。解放后出任北京市委负责人的刘仁同志，曾常常出入于吉、任两"公馆"，有时晚上就住在任家。二人常以打牌作掩护，与中共地下党和各地的反蒋抗日代表共议抗日救亡大计。

　　这一时期，任应岐思想有了很大变化。九一八凹事变后的危急形势，激发了他的爱国心。他反对剿共，支持抗日；重视发展教育、培养人才。他为河南同乡会办了一所震中中学，积极参加我党领导的抗日反蒋活动。1934 年 4 月 10 日，中共中央发表《为日本帝国主义占领华北、并吞中国告全国民众书》，号召全国各界"联合起来，在反帝统一战线下，一致与日本和其它帝国主义作战"。与此同时，中共军委特科负责人王世英传达了中共中央关于"立即筹备组织反帝同盟，发动各种爱国力量，组织抗日武装，迎接北方抗日高潮的到来"的行动方针，使任应岐等人方向更加明确，遂全力投入到广泛联络反蒋抗日力量，建立抗日武装的斗争中去。任应岐与南汉宸、吉鸿昌、宣侠父等在天津组织成立了"中国人民反法西斯大同盟"，并建立了包括冯玉祥（徐惟烈代）、李济深（任应岐代）、方振武在内的大同盟中央委员会。任应岐任常委，吉鸿昌、南汉宸、宣侠父担任中央委员会内中共党团领导成员；南汉宸兼秘书长。任、吉等进而议定：在天津组训骨干；派员到江西策动吉鸿昌旧部，到豫陕重召樊钟秀、任应岐旧部；收编其它武装，以期在中原发动 10 万人的大暴动。为实现这一历史使命，任应岐竭尽了全力。为筹集军需款项，杨虎城将军捐资 1 万，吉鸿昌捐资 1 万，任应岐则毁家纾难，把自已仅有的 4.5 万元存折交给组织，以表自己完全彻底的抗日决心。当时家人也不知，有当年任应岐亲笔手迹为证。

脱下军装的任应岐平时很少穿西装，更不穿日制西装，常穿一件黑色的大衣，圆口布鞋，到被捕就义一直是这身打扮。任应岐的公馆常常是高朋满座，有时也有小客人。有一年春节，李振亚带他儿子到任公馆去拜年，任指着孩子说："小孩子都爱吃糖，但日本糖不能吃，我这里有上海糖。"转身又对李振亚说："咱们一定要把日本人赶出去，中国的未来要看他们的。"

此外，任应岐尚有一段个人经历鲜为人知，即在中原大战之后，他除参加过1931年的广州"非常会议"反蒋活动外，还参加了旨在将蒋（介石）、汪（精卫）清除出党内秘密反对派组织）——"新国民党"的有关活动。特别是其间他与冯玉祥等人共同策划组织了民众抗日同盟军，发动"察哈尔抗战"。

任应岐与曹任远、李锡九、孙丹林、熊观民、裴鸣宇、刘承烈、刘人瑞等人均参与"新国民党"华北党部有关党务工作。任还曾对华北党部所辖七省三市等省市级党部（亦称"干部组织"）中的河南省党部"负专门责任"。原"新国民党"副书记长兼华北书记长曹任远在其个人档案中，每当提及受胡汉民委派来津主持"北方军事委员会"工作的熊克武时都谈到任应岐，从中不难看出在当年北方反蒋抗日斗争中，任应岐有着举足轻重的作用。

实质上，任应岐早已看出日本的狼子野心。1927年日本增兵青岛，准备侵占整个山东，8 月 15 日任应岐以第十二军全体将士们的名义发表通电，表达了他誓死抗日的决心：

"顷闻日本增兵青岛，并拟深入山东，噩耗传来，曷胜愤慨。豺狼野心甘冒不韪，阳假出兵护桥之名，阴行侵略陷害之实，既勾结奉鲁军阀，助长中国内乱，复施其鬼蜮伎俩，破坏东亚和平，似此阴谋实堪痛恨。凡属同胞亟应反对，务盼本革命之精神，作外交之后盾，庶我华胄得免沉沦，迫切陈词，不胜怵惕。"

电文言词慷慨激昂，爱国忧民之心可见一斑。

大义凛然　英勇就义

天津的一系列革命活动让蒋介石恨之入骨，蒋介石密令军统局不惜一切手段秘密刺杀吉鸿昌、南汉宸、宣侠父、任应岐等人。暗杀任务交由军统北平站站长陈恭澍全盘负责。由于吉鸿昌与任应岐联系密切，与各地反蒋抗日力量代表会面，大部分又是通过任应岐，于是敌人便将目标集中在任应岐身上。

1934 年 11 月 9 日，吉鸿昌任应岐在天津国民饭店被捕，后被引渡到天津蔡家花园国民党五十一军军法处拘留所，11 月 22 日被秘密转押到北平。

任应岐同吉鸿昌一道，在狱中和刑场上与敌人进行了坚决斗争，表现得异常坚定。他劝组织和家属不要进行营救。24 日晨接国民党中央军令，"以吉、任累次逞兵作乱，危害民国、通缉有案。更在津勾结共产党，应即按照《紧急治罪法》将吉、任二犯执行枪决"。24 日下午 1 时，在北平炮局胡同国民党陆军监狱，任应岐身着黑呢子大衣和身披青色呢斗篷的吉鸿昌，都拒不带刑具，坚持以坐姿，怒目迎视敌人的罪恶枪口，大义凛然，从容就义。真是士志未酬身先丧，长使英雄气难平。

时年，任 42 岁，吉 39 岁。

当时在敌人严格控制下的新闻用大量篇幅报道二将军就义时的状况。报道亦多褒扬之词。

例如，1934 年 11 月 23 日《实报》题为《吉鸿昌任应岐等四人昨傍晚解抵北平出站时吉作微笑，任亦自若，当晚押军分会军法组》，内容曰："押解卫兵扶吉、任等跳下火车，转登月台，均未带刑具。吉体高大，披青斗篷，戴呢帽，面现惨白，但仍作微笑，力持镇静。任衣黑呢皮大衣、微髭，态度亦颇自若……"

1934 年 11 月 26 日《华北日报》题为《吉鸿昌、任应岐在陆军监狱枪决加入共党危害民国该两犯已供认不讳》，内容有："吉鸿昌、任应岐二犯，前在津被获已由五十一军押解来平，交军分会归案讯办。当经该分会审讯，吉、任两犯均供认意图扰乱治安，加入共党，危害民国等情不讳，实属罪无可逭。当经依法判处死刑，业于二十四日由分会派员押赴陆军监狱执行枪决，并布告周知，以昭炯戒。"

1934 年 11 月 28 日《大公报》报道行刑经过："吉、任由津解平后，当晚军分会十一组曾提讯一次。二十四日晨中央命令到平，当于十一时许，将吉、任等二人用汽车载至陆军监狱刑场，执行枪决。军分会派上校科长赵嘉任为监刑官，押解前往。吉、任固未知死之将临也，态度从容，谈笑自若。两人亦均未带刑具，到达东直门里炮局子监狱后，始有典狱长杨益众等，宣布罪状，即将执行。吉、任两人始少变颜色，但仍矜矜自持，与人谈其过去历史，言语之间多愧悟慷慨之词，然为时已晚。"

1934 年 11 月 28 日《觉今日报》以题为《吉鸿昌任应岐尸体已领出重殡吉微有蓄储身后不萧条任生前无恒产在在可虚》报道："吉鸿昌、任应岐，于二十四日下午一时三十分在陆军监狱枪决后，吉、任之家属已先后到平，办理领尸手续……据闻吉在天津，除有楼房一座外，尚有现款四万余元，身后殓葬事宜，与其妻孥生活，可望无何问题。吉之友人对吉之子女教育婚嫁费，将代谋可靠办法。至于任之身后，因家无恒产，在在均为可虑。"

吉鸿昌党员身份早已确认。难道二人同时以"加入共党危害民国该两犯已供认不讳"执行枪决，而任应岐却不是共产党。一个是，一个不是，岂非国民党制造了一半的冤假错案，这不有些滑稽吗？如果任应岐真的不是共产党，他干吗要谈笑自若的承认，大义凛然地就义？

铮铮铁骨　视死如归

任应岐 1934 年 11 月 24 日中午就义前分别写给任夫人及其前岳母刘老太太的遗书。内容为

妻鉴：

先父灵要设法与先母合殡。小梅、来源、岫霞要尽力照管好好上学。诸事难为你了。再与来源姥姥说明，天津不能久住，因无钱之关系。家眷仍回河南为佳，与姐姐均住一处。

夫应岐

十一月二十四日

后面又补充写道："日后返里诸事要请大哥、二哥多关照为盼。""大丈夫有志不能申，有国不能救，痛哉。"

另一遗书：

刘老太鉴：

我死后因无钱，家眷不能在津久住，非回家不可。回家时你同来源均到河南居住。无论如何，事到如今请你原谅为盼。此话。

婿任应岐

十一月二十四日

同时，写给原 49 师军需处长李子重有函：

子重兄鉴：

外头所欠之账，仍请子重兄办理，并照看子女上学为盼。
此致。

瑞周拜

二十四日

从上述国民党的报纸报道中，我们可以看到这些句子："力
持镇静，索要纸笔，各立遗嘱一纸致其家属""态度从容，谈
笑自若。""矜矜自持，与人谈讲过去历史"云云。任遗嘱家人：
"因无钱之关系，家眷仍回河南为佳。"遗言末句甚是感人："大
快有志不能申，有国不能救，痛哉！"寥寥 15 字凝聚了英雄
的秸遗恨。后人可想象出任当时坦然平静、视死如归的心态。
而有的传记作品说先于吉鸿昌十数分钟而去的任应岐"哽咽着"
泪流满面"地诉说着"大丈夫有志不能申，有国不能救，痛哉"，
使内容和表情分离，这不仅有辱烈士形象，也有违实事真相。

遗书中再三叮嘱其遗属："因无钱之关系""天津不能久
住""家眷等仍回河南为佳"，再次证明任拿出的 4.5 万元积
蓄充作发动中原大暴动之经费，已是倾其所有，真正做到了"毫
无保留""完全彻底"。同时，也充分表明他执行中央和军委
特科的战略决策的坚定决心。任壮烈牺牲后，其遗属立即陷入

家无隔夜粮的地步，连从天津返回河南的路费也是朋友资助的。

2011 年 10 月 21 日，在北京电视台《档案》栏目播出的纪录片"黄埔怪才宣侠父"中，主持人用了将近 4 分钟的时间专一介绍任应岐。主持人饱含感情，开端第二句说"任应岐这样的人，是不应该被历史忘记的"，接着介绍任应岐所立遗嘱，最后来了一句悲愤之作"大丈夫有志不能申，有国不能救，痛哉"，主持人评论说"铮铮铁骨，跃然纸上"。说到任捐出 4.5 万元充作中原大暴动之经费时，又评论说："他这样做，没给自己留一分钱，像这样完全没有一点私心，一心为公的革命者到底能有几个，尤其是在今天。"

浩气长存　光照日月

勿言有关影视作品关于任的描写与当时各报报道大相径庭，仅吉任二人就义后，由监狱方备棺装殓，停于监内，就义两天后的 26 日才分别通知二人家属；就义时，二人均未捆绑，仍着常服，允立遗嘱，死后备棺，足见蒋介石对二人也是十分敬畏的。当时行刑情况，除报馆记者，外人难以知晓，所以报纸当时报道应是准确依据。由此，半个多世纪以来，在各类书报刊正式出版物中，包括工具书中，都难以搜寻到相关传略词条，找不到任应岐的踪影，这不能不说是对任将军牺牲的不公正待遇。就连当时报纸称任、吉二人系"加入共产党要犯""均供认加入共产党等情况不讳""加入共党属实",并以"加入共党、危害民国罪"而杀害,我们共产党却未能证实任为中共党员而追授烈士,似乎在 1934 年,不曾有一位叫任应岐的爱国将领与吉鸿昌一道为真理而献身。

历史应该是真实的,不应该被忘记。一代伟人毛泽东主席对任应岐高度赞扬,毛主席在其 1939 年 6 月所作《反投降提纲》(副题为:在延安高级干部会议上的报告和结论的提纲)一文的第二部分"抗战的前途"一节中讲道"……然而抗战是一定要坚持下去的,抗日民族统一战线与国共合作,是一定要使之巩固和发展的,三民主义旗帜与三民主义共和国口号是一定要坚持的,这是党的基本任务。……然而还有宋(庆龄)、何(香凝),邓演迷等坚持革命,没有叛变。'九一八'以后,有冯玉祥、蔡廷锴、赵博生、董振堂、季振同,有吉鸿昌、任应岐,有张学良、杨虎城、陈济棠、孙科"。这篇文章收入在《毛泽东文集》第二卷。毛主席把任应岐列入到"坚持革命"的 14 位著名人士中,这些人都为抗日救国作出了巨大贡献,有的甚至献出了宝贵的生命,这是对任应岐最正确也是最充分的肯定。

2009 年 7 月,河北乐亭李大钊纪念馆准备在李大钊诞辰 120 周年完成纪念馆扩改建工程前夕,派人到莫斯科,在俄罗斯国家社会政治历史档案馆带回一份《李大钊略传》的珍贵资料,全文约 1760 字,为誊清稿,改动很少,其中一处改动甚为重要,在李大钊"联合北方一切进步的实力,如国民党的旧

部，任应岐烈士的部队，实行反奉的军事行动"中，把任应岐
后面"师长"二字改为"烈士"。纪念馆考证，该文写作时间
在 1935 年底，最晚 1936 年年初。这也就是说，任应岐的活动
早已纳入李大钊的观察视野。在这篇历史文献中，最精警的一
笔，亦即在此，甚至到今天，这都是一则"新闻"，因为知道
任应岐为中共烈士的人极少。任应岐烈士，是 20 世纪初在中
国开始的共产主义革命中无数献出宝贵生命的党员先烈中的一
员。所不同的是，吉鸿昌烈士以民族英雄、优秀（中共）党员
载入史册，而任应岐的名字 70 年里不仅湮没无闻，长时间中
还背过"反动阵营的分子、阶级敌人"名声，最多是"爱国将领"。
在他的河南故乡，他的亲属像《集结号》里的谷连长一样，"连
国民党杀害他的罪名都已讲明是他参加了共党，明明是烈士，
怎么就在党的队伍里没有影子呢"，艰辛奔波，寻找他由旧军
人改信仰共产主义后的组织线索，岁月无尽，年复一年。这篇
发表在 2011 年 7 月 4 日《中华读书报》，题为州莫斯科档案〈李
大钊略传〉背后：沉睡 70 多年的文件》的文章还考证了谁是《李
大钊略传》的作者，谁是文件的审阅者，从而说明与蒋介石关
系较吉鸿昌更早、对蒋认识更"深"的任应岐与中共上海中央
（特科）和北方局有深入联系。

　　任应岐将军和吉鸿昌将军一样，浩气长存世间，英名光
照日月。我们应该还任应岐以英雄本色。

"鲁阳公墓"和"鲁阳公挥戈反日处"石碑经过

专家通报：山东拟在淄博建"稷下学宫暨诸子百家园"

2017 年 11 月中旬，我忽然接到我国著名墨学研究专家孙中原老先生的来电。孙教授言：经山东省政府批准，山东拟在淄博建"稷下学宫暨诸子百家园"，占地 300 多亩；园内究竟建设哪些景观，山东征求他的意见。既然是诸子百家，也就包含墨子，而墨学研究，山东做得好，力度大，墨子故里他们也争得厉害。作为墨子里籍鲁阳说的鲁山，应植入一些文化符号。孙教授考虑鲁阳公是先秦时期一重要人物，他询问我，鲁山现今有没有关于鲁阳公的文物古迹，若有，拍些照片发给他，他提供给山东方面。孙教授并特别强调，如果把鲁阳公的文化遗存建设加进去，某种程度上，就意味着墨子文化在鲁山的落地生根。因为墨子与鲁阳公是好朋友，二人在《墨经》中的对话有 12 次之多。

孙中原生于 1938 年，是中国人民大学哲学院教授，博士生导师，中国墨子学会副会长。曾任中国逻辑学会副会长、台湾东吴大学客座教授，专攻中国古代文献和中国逻辑史。著有《中华大典·哲学典·诸子百家分典》《中国逻辑史》《诸子百家的逻辑智慧》（中华先哲的思维艺术）《墨子及其后学》《墨学与现代文化》《墨子鉴赏辞典》《墨学大辞典》等 40 余种，论文 200 余篇尤其是在墨学研究上，更是国内学界之翘楚，公认坐头把交椅的人。

我与孙中原先生相识于 2012 年 4 月 21 日在鲁山下汤玉京宾馆召开的第四届国际墨子学术研讨会上。此次研讨会由中国社会科学院中国先秦史学会主办，河南省社会科学院、河南省墨子学会、政协平顶山市委员会、平顶山学院协办，中共鲁山县委、鲁山县人民政府承办。来自国内外的 50 多位专家和学者出席研讨会。研讨会主要就墨学与中华元典文化、墨学与中华民族精神、墨学与西学东渐、墨子行迹与墨学传播等议题进行了认真的学术交流，深入探讨了墨学的当代价值，集中展现了专家、学者近年来研究墨学的新成果。会上，孙中原即兴赋诗，诗曰："四方学者聚鲁山，精研墨学有鸿篇。时代呼唤新墨学，墨学新研为今天。楚国鲁阳墨圣居，墨学传承两千年。传承创新紧相连，述作传创多益善。滴水朵浪拥大潮，振兴中华有墨言。古今中外求贯次电话交流中，他特别强调说："我虽不能断定墨子是鲁山人，但从墨子与鲁阳文君的关系上说，无疑，墨子长期在鲁山居住过，所以，我说'楚国鲁阳墨圣居'。"

　　原来，稷下学宫，始建于齐桓公田午，又称稷下之学，位于齐国国都临淄（今山东省淄博市）稷门附近。"稷"是齐国国都临淄城（今山东省淄博市）一处城门的名称，"稷下"即齐都临淄城的稷门附近。因学宫地处稷门附近而得名为"稷下学宫"。稷下学宫是世界上第一所由官方举办、私家主持的特殊形式的"高等学府"。中国学术思想史上不可多见、蔚为壮观的"百家争鸣"，就是以齐国稷下学宫为中心的。在此期间，学术著作相继问世，有《宋子》《田子》《蜗子》《捷子》等，今已亡佚。另《管子》《晏子春秋》《司马法》《周官》等书之编撰，亦有稷下之士的参与。由于不少人是善于把学术和政治结合起来游说当权者的能手，故在宣王时受上大夫称号之稷下士多达76人。稷下学宫在其兴盛时期，曾容纳了当时"诸子百家"中的几乎各个学派，其中主要的如道、儒、法、名、兵、农、阴阳诸家，汇集天下贤士千人左右，其中著名的有如孟子（孟轲）、淳于髡、申子（申不害）、接子、季真、鲁连子（鲁仲连）、荀子（荀况）等。尤其荀子，曾三次担任学宫的"祭酒"（学宫之长）。当时，凡到稷下学宫的文人学者，无论其学术派别、思想观点、政治倾向，以及国别、年龄、资历等如何，都可以自由发表自己的学术见解，从而使稷下学宫成为当时各学派荟萃的中心，有力促成了天下学术争鸣局面的形成。

　　诸子百家乃春秋、战国、秦汉时期学术派别的总称，其中流传最为广泛的是法家、道家、墨家、儒家、阴阳家、名家、杂家、农家、小说家、纵横家、兵家、医家等，尤以孔子、老子、墨子为代表的三大哲学体系为最，由之形成诸子百家争鸣的繁荣局面，创造了中国古代灿烂的文化艺术，具有鲜明的特色。其思想学术流派的成就，影响了中国乃至相邻国家数千年。

关于诸子百家园的建设，江苏常州已捷足先登。近些年，常州花了不少功夫，围绕春秋时期政治、军事、文化等元素取材，大做文章，再现春秋文化历史人文景观，全方位演绎春秋故事。以情景体验的形式，设置春秋文化意境下的静态观赏型项目、互动演艺性项目和体验游乐式项目，做了一个大型主题梦幻乐园，叫淹城诸子百家园。

电话中，我向孙教授汇报，鲁山有关墨子的文化遗存不少，而鲁阳公的不多，史书记载有"鲁阳公墓"和"鲁阳公挥戈反日处"，但实地无任何标示，外人根本看不出来那里还曾有这么深邃的历史故事发生过。

查证志书："鲁阳公墓"与"鲁阳挥戈反日处"

与孙教授的通话情况，我迅速向县政协副主席、县炎黄文化研究会执行会长邢春瑜同志作了汇报。邢春瑜非常重视，当即表示，从现有史料来看，鲁阳公无疑也是鲁山的一个重要的历史文化名人。之前未受到我们的重视，我们应认真考察论证，找出"鲁阳公墓"和"鲁阳公挥戈反日处"（古"反"同今之"返"）的具体地址，予以恢复。邢春瑜指示我并县政协文史委主任石随欣等，先行查证资料，找出依据，大体确定这两个遗址遗存的方位。

我随之翻阅了历代县志与相关资料。

明正德《汝州志》卷四"陵墓"中，载鲁阳公墓"在大古城西北二里。俗以大古城为鲁王城，以此墓为鲁王墓，未详"。

清康熙《鲁山县志》卷之六"陵墓"中记载了8座古墓，排第一位的仍为周鲁阳公墓："在城西北三里，《淮南子·览冥训》内载：鲁阳公与韩构难，战酣日暮，援戈而挥，日为之反三舍。"又《一统志》载："鲁阳公墓，在邑大古城西北二里许。相传有'褒鲁王墓'四字。石碑为宣圣手书。因上官索墨刻甚烦，鲁人毁之，今不可考。"

清乾隆《鲁山县全志》在卷之"四陵"墓中列历代陵墓19处，周之鲁阳公墓曰："城西北三里，明《一统志》：墓在大古城西北二里许，有石碑，只存四字，今不可考。相传石碑四字，褒鲁王墓也，未详何许人，稽之于古，惟汉平帝元始元年，封鲁顷公之后公孙宽。为褒鲁侯，以奉周公之祀，亦未见其必为鲁阳否。且侯爵非王爵也。"

清嘉庆《鲁山县志》在卷十一地理志（六）中记载的32座茔墓又更为深入了些。有关鲁阳公墓引文更多。

依次有：《太平寰宇记》："鲁阳公墓，在露山东北五里，去县二十五里。"《路史·国名记》："鲁有鲁阳公墓。"《河南通志》："鲁阳公墓，在鲁山县城西北二里，墓有石碑，只存四字。"1《汝州志》："鲁阳公墓，在城西北三里。"《淮南子·览冥训》内载：）鲁阳公与韩构难，战酣日暮，援戈而挥之，日为之反三舍。"又考《一统志》载："鲁阳公墓，在邑大古城西北二里许。"徐志："鲁阳公墓，城西北三里。"

嘉庆志在《历代爵封表》中，在周代，把"鲁阳公公孙宽"列入："《外传·楚语》：惠王以梁与鲁阳文子。文子辞曰云云。王曰：子之仁德，不忘子孙，施及楚国，敢不从子，与之鲁阳。"

而 1994 年版、2014 年版新编《鲁山县志》，关于"鲁阳公墓"的内容大体与上述各志所载一样，只是又都注明"鲁阳公即鲁阳文子"。2014 年版又特意解释"鲁阳公又称鲁阳文君，战国时封于鲁阳"。

翻看傅燮诇的《绳庵集》，其中记载："鲁王墓有二，大者在治西北二里许，小者在治南望城岗。旧有石碣题'鲁王墓'三字，云是宣圣之笔，其字非篆非隶，颇极古拙，予见拓本。今此石已无，然必非夫子书。世之所传延陵季子墓，有夫子题数字，再则比干墓上有夫子书四字，皆古大贤，故夫子题之鲁王何人，而足当夫子题之耶？况吴楚称王，春秋子其不王，鲁阳不待辩而明也，必伪作无疑。"

傅燮诇于康熙十五年（1676）任庐山知县，一任 8 年，后擢邛州牧，最后官至福建汀州知府。其体貌魁梧，性行直爽，博涉群书，才情旷逸，诗词敏赡。其一生著述颇丰，纂入四库的有《史异传》。
其《绳庵集》中《鲁阳记事》《鲁阳遗文补遗》《绳庵诗稿》均
有大量鲁山记载与考述。

综观地方志书，有关鲁阳公的史迹记载，除了《淮南子·览
冥训》内载的"鲁阳公与韩构难，战酣日暮，援戈而挥之，日为
之反三舍"。几乎没有。对于鲁阳公墓，也是沿而袭之。但从历
代志书陵墓对"鲁阳公墓"均有记载，且又都毫无例外地把其列
入首位看，该墓的存在又是确凿无疑。多部志书记载鲁阳公墓是
在县西北二里许，《太平寰宇记》说是"在露山（即鲁山坡）东
北五里，去县二十五里"应是谬误。

那么，"鲁阳公挥戈反日处"的具体位置在哪里呢？我们也
来看看志书记载。

明嘉靖《鲁山县志》载："黑山，在县西南二十五里。相传，
汉光武为莽所迫，至此值暮昏黑，举手祝天，而夕阳回照，故名。"

清康熙《鲁山县志》卷一载："黑山，又名乌山，县北十八
里。鲁阳公与韩构难，日暮挥戈，夕阳返照。后光武为王莽所迫，
至此昏黑，因举手祝天，日亦返照。"

清乾隆《鲁山县全志》载："祖师庙、黑山庙皆在段店。"

清乾隆八年《鲁山县全志》在王雍《重修琴台记》中道："北
望乌山，挥戈返照之地，鲁阳公之旧迹尤有存者。"

清嘉庆《鲁山县志》载："黑山庙，徐志，北乡段店。"

1990 年版《鲁山县地名志》载："张店乡郭庄村庙西自然村，在张店西北 2.6 公里，黑山坡脚下。黑山坡主峰有黑山庙，因村在庙西侧，得名。"

该村还辖一个名叫庙东的自然村，因庙西人迁黑山庙东建房居住，得名庙东村，亦称庙前村。

很显然，就鲁山的志书看，鲁阳文君、鲁阳公、公孙宽乃是同一个人，即鲁阳文子。

而明嘉靖《鲁山县志》所载县西南二十五里的黑山，当在今滚河乡境，为汉王莽撵刘秀传说所留也，似与鲁阳公挥戈反日无涉。

史书记载：鲁阳公挥戈反日典出故事

有关"鲁阳公挥戈反日"这个典出故事，鲁山的志书中除了引用《淮南子·览冥训》中的几句原文外，没有更为详细的记载和解释。倒是《说文解字》《尔雅》《词源》《辞海》等，有"却日戈、回天却日、回戈术、回日轮、戈挥景、指日戈、挥天戈、挥戈、挥戈术、挥戈退日、挥日戈、日避挥戈勇、转日回天、驻白日、鲁戈、鲁戈回日、鲁日回轮、鲁阳德、鲁阳戈、鲁阳挥戈、鲁阳驻日"等诸多词条，讲述着我们鲁阳公的豪迈与英武，诠释着鲁阳公人能胜天的威仪，由之，也记录了鲁阳公的不朽功勋。

典故演绎为成语，这个典故必是动人心扉，读起来唇齿含香。

《淮南子·览冥训》短短的几句描述，可谓绘声绘色。仔细想想，这个战斗的场面是何等激烈：旌旗猎猎，杀声四起，鲁阳公与韩国的战斗正处于胶着状态。眼看天色已晚，双方仍然不分胜负，太阳将要落下西山，鲁阳公愈战愈勇，他举起长戈向日挥舞，竟然使太阳又倒退了三个星座的位置，光明再现，终于全歼敌军。而能够力挽狂澜，使太阳返回的人物岂非英雄？也难怪这一个成语又衍生出十多个成语，连诗仙李白也赞之："鲁阳何德，驻景挥戈。"诗魔白居易引曰："至乃邹衍吹律而寒谷暖，鲁阳挥戈而暮景回……"历代多少名人大家歌之咏之，正如明刘基所言："却美鲁阳功德盛，挥戈回日至今传。"

另外，我们从考古学家李学勤老先生的论文中也得知，一位台湾藏家收藏有一件秦器鲁阳戈，戈长 26 厘米，长胡四穿，援内均上扬，援起脊及缘，内有锋刃及一穿，在内上铸有"鲁阳"二字。由此亦可见鲁阳公决战杀场必胜的信心与壮举。

史料考据：挥戈反日的鲁阳公与鲁阳文君公孙宽并非一人

实质上，涉及鲁阳公的史料，在不少史书和出土文献中都有重要发现。最早的当数《国语》。

《国语·楚语下》载："惠王以梁与鲁阳文子。文子辞，曰：'梁险而在境，惧子孙而有贰者也……惧子孙之以梁之险，而乏

臣之祀也。'王曰：'子之仁，不忘子孙，施及楚国，敢不从子。'
与之鲁阳。"

在流传至今的《墨子》53 篇中，有《墨子·鲁问》一篇，主
要记载以非攻理论说服鲁阳文君放弃攻郑、攻宋打算的事。

市历史研究中心教授潘民中考证：

公孙宽于楚惠王十一年（前 478）接任司马一职，稍后几年
获封鲁阳，其获封鲁阳时年龄当在 40 岁左右。鲁阳公的后半生曾
谋划伐郑。《墨子·耕柱》有墨子与鲁阳公对话两则，《墨子·鲁
问》有 6 则，这些对话肯定不会发生在同一时间，而是相当长时
间内，多次接触、反复交谈的精粹，基本上是鲁阳公退居鲁阳前
后与墨子的思想交流。墨子称鲁阳公为"主君"，口气诚敬，鲁
阳公也能心平气和地与墨子讨论问题，二者相处得十分融洽。"鲁
阳文君将攻郑，子墨子闻而止之"，"闻而止之" 4 字，说明墨
子是听说后立即赶到并且制止。墨子若非是在鲁阳居住，按当时
的信息条件，他是不可能立即听说伐郑之事并且立即赶到制止的。

在 1994 年第 4 期《中原文物》一刊中，登载有何浩的论文《鲁
阳君、鲁阳公及鲁阳设县的问题》。何浩提出，鲁阳文君和鲁阳
公并非一人。论文考据：

　　春秋以至战国时期，由楚君任命的楚国县一级行政长官，多称为"公"或"尹"，所谓"某某公"，自必是指该县的县尹。战国早期以来，由楚君赐予封地并以封地之名冠以封号的贵族，称为"某某君"或"某某侯"，所谓"某某君""某某侯"，也就是指领有某地封邑的封君。县公、县尹属于官职，君侯属于爵称，两者区别明显，但在一些注释和著作中，却多有混淆。典型的就是鲁阳文君和鲁阳公。针对《淮南子·览冥训》中"鲁阳公与韩构难，战酣日暮，援戈而挥之，日为之反三舍"。东汉高诱注："鲁阳，楚之县。公，楚平王之孙，司马子期之子，《国语》所称鲁阳文子也。楚僭号称王，其守县大夫皆称公，故曰'鲁阳公'。"三国时吴人韦昭参照东汉贾逵的看法，亦注释说："文子，平王之孙，司马子期子鲁阳公也。"鲁阳文子，也即《墨子·鲁问》中的"鲁阳文君"，即楚惠王"与之鲁阳"后成为战国早期楚国封君的鲁阳君公孙宽。公孙宽，名宽，字文子，故又称鲁阳文君。

　　高诱、贾逵、韦昭之说相互呼应，看法完全一致。至北魏时，郦道元注《水经·温水》说："（鲁阳）昔在于楚，文子守之，与韩构难。"同样是将文子看作鲁阳的"守县大夫"。清代高士奇《左传姓名同异考》也说："公孙宽亦曰鲁阳文子，亦曰鲁阳公。"近人钱穆《先秦诸子系年·墨子游楚鲁阳考》从梁启超《墨子年代考》之说，"疑文子未必即宽"，却仍然认为《淮南子·览冥训》中的鲁阳公与《墨子·鲁问》中的鲁阳文君为同一此后，此说几成定论，很少有人怀疑。

《墨子·贵义》有"子墨子南游于楚，见楚献惠王"的记载。墨子游楚，也仅只一次。惠王十一年，文子为司马，稍后封于鲁阳，墨子止楚攻宋大概在惠王四十五年，所以说，墨子止鲁阳文君攻郑，亦大概在惠王四十五年或稍后。这时的鲁阳文君充其量也不过年近60岁，仍为鲁阳封君。这时的鲁阳文君肯定是惠王时原为司马的公孙宽。

何浩指出：

判定《淮南子》中的鲁阳公是不是惠王时人，自然是判明鲁阳公与鲁阳文君是否为一人的根据之一。而《淮南子·览冥训》谓"鲁阳公与韩构难"，这必然是前403年赵、韩、魏三家分晋列为诸侯后的史实。这应该是楚悼王时的事。如果说鲁阳公与韩战属于前393年负黍之战的一个组成部分，上距年近60的鲁阳文君攻郑已50来年。事实表明，惠王时的文子与悼王时的楚韩之战毫无关系。

另外，何浩文还说道：

《淮南子》所记鲁阳公与韩战，全文既无一字点明文子，也无一字提及墨子，此事本与文子、墨子无涉。

清华大学出土文献研究与保护中心陈颖飞，在其所撰《楚国封君制形成与初期面貌新探》一文中，考证道：

曾侯乙简的年代明确，即曾侯乙墓的入葬年代，楚惠王五十六年（前433）或稍后。此前，能确实的楚封君材料目前仅子国封析一条，楚惠王二年（前477）受封。仅仅40余年后，曾侯乙墓出土了大量的楚封君材料，除见于戈铭的"析君"外，简文的封君名有12个，鲁阳公、旅阳公、旅公、坪夜君、阳城君、乐君、贝令公、整阳公等。鲁阳公和旅阳公是一人，此说为后来发现的包山简证明。两名都见于包山简"城郑"一事的纪年简：鲁阳公以楚师后城郑之岁。包山简所追记"城郑"的这位"鲁阳公"，李学勤认为是楚韩争郑之战中的一年，当是公元前394年。近年新出清华简《系年》第二十三章，记载了楚悼王初期与郑、晋的大战，其中鲁阳公拒晋郑"入王子定"，主持其中一战，并且在最后的决战，即楚悼王五年（前397）的武阳大战中，"率师救武阳，与晋师战于武阳城之下"，最终"鲁阳公、平夜悼武君、阳城桓定君三执珪之君与右尹昭之埃死焉"。因此，《系年》的这位鲁阳公应是包山简"城郑"的鲁阳公之父辈。传世文献有"鲁阳公""鲁阳文子""鲁阳文君"，分载三事。《国语·楚语》记"鲁阳文子"辞惠王封梁而得鲁阳，韦昭注认为他是"司马子期子鲁阳公"，即公孙宽。《墨子》载大量"鲁阳文君"与墨子的对话，包括墨子劝阻他攻郑，孙冶让注"文君即公孙宽"。这两条记载确应指公孙宽。《淮南子·览冥训》描述了"鲁阳公"与韩激烈交战，高诱注"《国语》所称鲁阳文子也",认为这位"鲁阳公"就是"鲁阳文君"。据包山简、清华简《系年》的记载,这是不对的,这位与韩激战的应是死于武阳的"鲁阳公"之子,即包山简的"鲁阳公",与韩有亡父之仇。因此,目前材料所见鲁阳公至少有三代:第一代封君公孙宽,即"鲁阳文子",辞楚惠王封梁而封鲁阳,不排除他活到了曾侯乙墓下葬年(前433)的可能;死难于武阳之战(前397)的鲁阳公是第二代或第三代;"以楚师后城郑"(前394)、"与韩构难"的鲁阳公是第三代或第四代。

张新河、张九顺著《墨家鲁阳悬疑案》一书,较为详细地对于墨子里籍与事迹进行了考实。该书第十六章《鲁阳公"挥戈返日"考——兼论墨子"止鲁阳文君攻郑"》,对于鲁阳公挥戈反日的具体年代与地点进行了考据。文中考据道:

其实,"与韩构难"除鲁阳文君公孙宽外,楚国历史上确还有另一位鲁阳公——骐期。

据古典文献记载,在楚国鲁阳称鲁阳公的有两个人:一个是汉高诱注《淮南子·览冥训》中的司马子期之子公孙宽——鲁阳文子——鲁阳公——鲁阳文君;另一个人是唐余知古在《渚宫旧事·卷二》述及"悼王薨,鲁阳公骐期及阳城君杀王母阙姬而攻吴起"的名叫骐期的人。在时间上,正是楚悼王芈疑执政时期(悼王元年—二十一年)(前401年—前381年);在地点上,鲁阳和阳城(今河南省方城）相邻；在条件上，鲁阳文君公孙宽年龄已在 90 岁以上。据此，"挥戈返日"的鲁阳公只能是鲁阳公骈期。其时，鲁阳文君公孙宽虽参加了这次楚、韩会战，但已不能挥戈上阵。骈期应是鲁阳文君的子辈，他就是鲁阳文君以后的又一位鲁阳公。

如此，从上述史料看来，即便鲁阳公公孙宽与"鲁阳挥戈"的鲁阳公是两个人，那么，公孙宽有攻郑的计划，后来听从墨子劝谏，放弃了攻郑的打算，亦是明君；而后一个鲁阳公更是能够"挥戈反日"，无疑，两个人都是英雄。

实地考察："鲁阳公墓"与"鲁阳挥戈反日处"的具体地点

根据上述资料，2017 年 11 月 28 日下午，邢春瑜副主席组织县政协文史委主任石随欣、县史志办主任王顺利、县文史专家蔺景伦、县民协主席郭伟宁、县非物质文化遗产办公室主任尹刚等，我们一行近十人，先到县委党校西隔墙将相河上游考察鲁阳公墓遗址遗存的大体位置。这次考察，我们原拟也邀请县文物所原所长张怀发、县墨学研究专家张新河参加的，不巧张怀发在宁波其大儿子家，张新河在平顶山其儿子家。电话中，张怀发告诉我们，大古城的四至位置应该是在南至琴台城壕北侧，北至火车站南侧，西到核桃树庄东，东到化肥厂将相河西的范围内，大古城西北二里许当在宗庄乃至县委党校附近。

我们去查看时，将相河的治理正在进行中，两岸泥土翻新，表层用绿色的筛网覆盖，以防天气干燥尘土飞扬。党校西侧一块空地，荒坟乱草被一片枯萎遮掩。通往党校西边大潘庄、横跨在将相河上的是一座约 5 米高的石桥。陪同的宗庄村支部书记赵富兴和县委党校常务副校长聂留军介绍说：党校院内及其周边原是大片的坟茔，约数百座。这些坟茔究竟是何年代的已不可考。在通往大潘庄路的北侧将相河的东侧曾发现有大古墓，并且还有盗洞，老百姓传是大官的墓。这座 5 米高的石桥不是普通的石桥，而是一座石碑桥。通体全部是古石碑和石碑的碑座砌成。石桥约建于 20 世纪 60 年代初，石碑皆是附近古墓上的。我们一听，甚是诧异，因桥上没有栏杆，看不清楚，就纷纷跑到桥下察看，果然发现桥全部是石碑，不少石碑纹理不同，且多带有文字。这些文字有的长期浸泡在水中，沾染有泥土，有的裸露在外，风吹日晒，漫患不清。分辨出的多是明清的，砌入桥体内的不得而知。我们甚是惋惜，说这座桥应该好好保护起来，有朝一日扒开细看，恐怕还真会有惊人的重大发现。

根据史料记载，结合考察情况，我们几人达成共识，认为鲁阳公墓就在这一带，位置就定在去往大潘庄的石碑桥的北侧，将相河的东侧，这里曾经发现过古墓，恰好现在又是一片空地，既不影响交通，又与群众无涉，也便于祭念，短时间内也不至于被拆迁损毁，将来进一步修缮，还能够成为景点。

随后，我们又赶往黑山头考察。因为路径不熟，我们把车停在去往段店的公路旁边，披荆斩棘，登上位于城北张店乡楝树庄北的黑山庙坡，亦即黑山头。这里离县城正好 18 里。

黑山其实就是一座突兀的孤山。山南北长约 2000 米，东西宽约 1000 米，海拔约 200 米。其偏东南是白山庙坡，其北面是崇山峻岭，有走马岭和青条岭相连。在白山庙坡西侧的山腰上，有古道去汝州北通负黍（古地名，又名黄城。在今河南登封西南。战国时，韩、郑、楚屡在此交争，（前 256 年自韩入秦。鲁阳公与韩构难，挥戈反日，说的就是夺取负黍的事）、洛邑。站在黑山之巅往西往南远眺，正是太阳西落之时，平川十数公里，村庄与高楼尽收眼底，确有黑山回照之感。黑山庙墙上有"黑山回照"大字，询问庙内住持安民先生，朱先生虽说不太清楚黑山庙之渊源，但大体也知道其来历—在于鲁阳公挥戈反日，一在于王莽撵刘秀，还在于墨子和鲁阳文君有诸多故事。并说这庙内所敬黑山爷即墨子和鲁阳公也。祖祖辈辈，世世代代，一方民众称此山为黑山，建庙为黑山庙。朱先生并介绍，庙上原立有 8 通石碑，现多已不存。

为了更为具体地弄清楚黑山庙的来龙去脉，我们请朱安民联系郭庄村的支部书记。支部书记不在家，安排一名退休的老师接待我们。在庙西组东头一农户家的大门口，发现了一块 40 厘米高、20 厘米宽的残碑，碑上文字经石随欣粉笔拓印、泼水辨识，依稀为"重修济源庙碑记六次古八景之一黑山返照在……有济源神庙历年者……之……盛典不旬……而鸟华严飞庙"。"而鸟华严飞庙" 6字模糊不清，亦可能有错，而"黑山返照"则清晰可辨，其意明显当指鲁阳公挥戈反日后，渐趋黑暗的山又被回返的太阳照射明亮。

只是，在张新河、张九顺所著《墨家鲁阳悬疑案》第十六章《鲁阳公挥戈返日——兼论墨子"止鲁阳文君攻郑"》文中，记述他们于 2010 年 1 月 8 日下午，"在庙西村一个院落外乱石堆里，找到原立在黑山上的八通石碑的残碑三块，其中有一块长宽不规则的残碑，遗留阴刻文字有'重修黑山庙碑记六次……邑八里有黑山返照在……庙历年者久之'24 字"。这两次发现的石碑多有雷同文字，是两块碑？还是一块因断字不准出现谬误？在此存疑。

同行的蔺景伦老师告诉我们，2008 年春天，家住张店乡楝树庄村，时年 76 岁高龄的老中医杨时安先生来到他家，给他带去一竖幅老中医自己书写的精美的工笔小楷"白居易燕诗示刘叟"书法，落款为"黑山老人时安书"。蔺景伦问他何以以"黑山老人"这个雅名自誉，老人介绍：楝树庄村北三里去段店公路西侧有座山坡，名叫黑山，山顶建有黑山庙。他在孩提时期就听大人们说，庙里敬的是黑山爷，因为黑山爷脸黑衣裳也黑，当地人们也称他黑祖爷。不仅这黑山庙历史悠久，烟火旺盛，而且还是鲁山八大景之一，"黑山返照夕阳红"指的就是这座黑山。杨老先生还说，他在小的时候还听大人们讲，早在先秦时期因罢黜墨学，墨子便将墨字下边的土字去掉隐为黑姓，曾住在该山上传道。后来人们为了纪念他，就把该山称为黑山，把传道的墨子奉为黑山爷敬了起来。随着朝代的更迭和时代的变迁，黑山庙也屡兴屡废。现在的三间青砖灰瓦庙是 30 年前群众自发捐款捐物建起来的，当时杨时安老先生也参与其中。庙建成后，他经常登山到黑山庙，一则能锻炼身体，二则便于行使管理职责。因为他与黑山有缘，便以"黑山老人"自居。

上述，根据史料记载，结合口碑及传说，并实地考察，我们得出结论：此山即"鲁阳公挥戈反日处"遗址也。

竖立"鲁阳公墓"和"鲁阳公挥戈反日处"石碑

考察回来后，邢春瑜并我们几位商议，应该恢复这两个地方的遗址遗存，竖立"鲁阳公墓"和"鲁阳公挥戈反日处"石碑，纪念两位先贤。经费由县炎黄文化研究会与县文联共同解决。这也是我们对孙中原教授情倾鲁山的一种交待与回应。反过来，孙中原教授即便不提醒，我们也有责任恢复这两个遗址遗存。

看似简单的事情，真正做起来并不容易。尤其是"鲁阳公墓"的地址协调。邢春瑜不辞劳苦，先后上百次打电话联系协调此事。他首先给琴台街道办事处主管领导打电话询问，又直接给宗庄村支部书记赵富兴联系，又给将相河治理的县领导与有关同志协商，使用人家工地上的挖掘机，拢起一座坟茔。倒是"鲁阳公挥戈反日处"选择黑山的阳坡半腰处，要好办多了。碑刻所用字体经邢春瑜、我、王顺利、石随欣等考据有关史料，共同认为使用金文为宜。因为当时全国文字尚未统一。在碑刻方面，我们所知，比较有经验的还属鲁山辛集乡人、现在宝丰杨庄做石刻生意的徐占清大师。早在 2016 年 8 月，县炎黄文化研究会即与徐先生合作，在鲁峰山顶瑞云观南天门广场处立了一块造型特别的《牛郎织女赋》碑。我们感觉徐先生很有奉献精神，在文化上也很愿意为家乡做贡献，不妨这一块碑还交给他来做。徐占清先生也果然用心，立即派人前来察看地址，把精选出的多种先秦时期的这几个字用微信发给我们征询意见，然后敲定；接着又想尽办法找到两块旧碑，把字刻上去后打磨做旧，立了起来。

2017 年 12 月 20 日上午，邢春瑜、我、县民协主席郭伟宁、琴台街道办事处负责人、县文物所所长王培、县文化馆馆长王红旗、县作协副主席尹红岩、多名县文化界政协委员十多人，先到琴台街道办事处所属的大潘庄村东将相河畔的"鲁阳公墓"遗址处进行调研。琴台办事处领导与宗庄村委干部也赶至墓前。邢春瑜向大家简要介绍：鲁阳公是一位贤明的公侯，以勤政爱民，从谏如流著称。他曾打算伐郑之不仁，后接受朋友墨子的劝谏，取消了攻郑的计划。鲁阳公是我们鲁山县一个重要的文化名人，我们要传承和弘扬好鲁山优秀的传统文化，坚定文化自信，为鲁山的文化强县建设多做贡献。接着，大家向鲁阳公墓三鞠躬，表示对这位鲁山先秦时期文化名人的敬重与怀念。

随后，我们又来到在张店乡郭庄村黑山庙半山腰前。"鲁阳挥戈反日处"碑已矗立在半山腰一块巨大的连山石前。张店乡党委书记李怀海专程赶来，郭庄村的群众闻讯也纷纷前来参加纪念活动。邢春瑜和李怀海共同为"鲁阳挥戈反日处"揭碑。黑山庙住持朱安民简单介绍了黑山庙内所敬黑山爷即墨子与鲁阳文君，庙宇虽经数次修建，但一直保留着供奉墨子和鲁阳文君的习俗。文化界人士也纷纷发言。邢春瑜在调研中特别强调，地方党委政众要有高度的文化自觉，做好本地区的文化挖掘、传承、保护和宣传工作。

"鲁阳挥戈反日处"立碑与遗址遗存的调研活动，得到了黑山庙所属的郭庄村与黑山庙管委会的高度重视。之后，村领导、黑山庙住持朱安民等多次联系，他们要筹钱开碑，碑文请县炎黄文化研究会人员撰写。县政协文史委主任石随欣亲自执笔，又征求多人意见，几经修改，定稿后转交。黑山庙管委会于 2018 年春节前已把碑立好。

石随欣所撰碑文于下：

重立黑山庙碑记

丁酉孟冬，县炎黄文化研究会诸公造访黑山庙。言及黑山之源流，告吾等曰：此乃鲁阳公与韩构难故地也。日暮，公战犹酣，遂援戈而挥之，日为之反三舍。故以黑山谓之也。余等世代居于黑山之麓，黑山返照事，亦曾闻之，然未之详也。典籍有记，鲁阳公公孙宽，又称鲁阳文君，俗呼鲁王，受楚封于鲁阳。鲁阳墨翟，一代圣贤，史称墨子，与鲁阳公多有交往。公尝欲攻郑，墨子谏之，公闻过即止。由此，鲁阳公亦乃明君也。力能反日，岂独鲁阳公之勇武哉？抑或者黑山爷神力裹助耶？鲁王墓在县故子城西北二里许，距黑山仅三五里也。黑山庙旧有坚珉数通，惜哉尽毁矣！幸而于道边觅得一残碑，拂去蒙尘，得竖行者四，古八景之一黑山返照字样赫然在目。辅以典籍佐证，诸公之言不虚也，黑山庙所在之黑山，明代即为鲁邑八景之一，确凿无误也。然民间多有乖舛，误将王莽追刘秀事相穿凿。乙未年仲春，重修黑山庙既成，管理委员会曾勒石作黑山庙简介，碑文曰西汉末年王莽篡权追杀刘秀云云，即属此类。新时期弘扬优秀传统文化，建设文化强县，渐成蔚然。丁酉冬月，县炎黄文化研究会于黑山南麓树建鲁阳公挥戈反日处碑，为鲁山历史文化再添新之亮点。黑山庙亦当正本清源，管委会诸同仁×××、×××勤力同心，筹资刻石以记，重立黑山庙碑。是为记。

黑山庙管理委员会

丁酉季冬廿一日

县炎黄文化研究会、县政协文史委、县文联、县史志办以及各文艺家协会等达成共识，无论"鲁阳公墓"立的是哪一位鲁阳公，亦无论"挥戈反日"的是不是司马子期之子公孙宽，我们姑且把他们作为一位鲁阳公去敬奉。鲁山的上古文化非常厚重，围绕西鲁文化，我们有做不完的课题，将来，我们还要组织召开研讨会，举办大讲堂等，开展相关系列研究活动，力求把我县的历史文化资源挖掘得更加深入，使之更好地服务于当代社会，体现我们的文化自信。

2018 年 2 月 21 日